The Great Gatsby
El gran Gatsby

F. Scott Fitzgerald

# The Great Gatsby
# El gran Gatsby

Texto paralelo bilingüe
Bilingual edition

Inglés - Español
English - Spanish

texto en español, traducido del inglés por Guillermo Tirelli

ROSETTA EDU

Título original: *The Great Gatsby*

Primera publicación: 1925.

Ilustración de tapa:  Tavík František Šimon (1877–1942), *New York*, 1942.



Segunda edición: enero de 2026.

Publicado por Rosetta Edu.
Londres, enero de 2026.

ISBN: 978-1-915088-83-3

# Rosetta Edu
## *Ediciones bilingües*

**Páginas enfrentadas**
Páginas enfrentadas con la traducción y texto de origen en libros impresos.

**Párrafos alineados**
Los párrafos alineados entre los dos idiomas facilitan la comparación y la comprensión, ahorrando la necesidad de referirse constantemente al diccionario.

**Integridad y fidelidad**
Traducciones íntegras, fieles y no abreviadas del texto de origen.

**Cuidado del vocabulario**
Traducciones especiales para ediciones bilingües, con especial cuidado por la hegemonía de vocabulario utilizando glosarios en el proceso de traducción.

**Contexto educativo**
Ediciones enfocadas a estudiantes intermedios y avanzados del idioma de origen o del español en libros coleccionables y aptos para el contexto educativo.

# INDICE


| | |
|---|---|
| I | 10-11 |
| II | 48-49 |
| III | 78-79 |
| IV | 118-119 |
| V | 156-157 |
| VI | 188-189 |
| VII | 218-219 |
| VIII | 290-291 |
| IX | 320-321 |

Once again
to
Zelda


Then wear the gold hat, if that will move her;
If you can bounce high, bounce for her too,
Till she cry "Lover, gold-hatted, high-bouncing lover,
I must have you!"

Thomas Parke d'Invilliers

Una vez más
a
Zelda

Entonces ponte el sombrero dorado, si eso la conmueve;
si puedes rebotar alto, rebota por ella también,
hasta que ella grite: «amante, amante con sombrero de oro, rebotando alto,
¡debo tenerte!».

Thomas Parke d'Invilliers

I

In my younger and more vulnerable years my father gave me some advice that I've been turning over in my mind ever since.

"Whenever you feel like criticizing anyone," he told me, "just remember that all the people in this world haven't had the advantages that you've had."

He didn't say any more, but we've always been unusually communicative in a reserved way, and I understood that he meant a great deal more than that. In consequence, I'm inclined to reserve all judgements, a habit that has opened up many curious natures to me and also made me the victim of not a few veteran bores. The abnormal mind is quick to detect and attach itself to this quality when it appears in a normal person, and so it came about that in college I was unjustly accused of being a politician, because I was privy to the secret griefs of wild, unknown men. Most of the confidences were unsought—frequently I have feigned sleep, preoccupation, or a hostile levity when I realized by some unmistakable sign that an intimate revelation was quivering on the horizon; for the intimate revelations of young men, or at least the terms in which they express them, are usually plagiaristic and marred by obvious suppressions. Reserving judgements is a matter of infinite hope. I am still a little afraid of missing something if I forget that, as my father snobbishly suggested, and I snobbishly repeat, a sense of the fundamental decencies is parcelled out unequally at birth.

And, after boasting this way of my tolerance, I come to the admission that it has a limit. Conduct may be founded on the hard rock or the wet marshes, but after a certain point I don't care what it's founded on. When I came back from the East last autumn I felt that I wanted the world to be in uniform and at a sort of moral attention forever; I wanted no more riotous excursions with privileged glimpses into the human heart. Only Gatsby, the man who gives his name to this book, was exempt from my reaction—Gatsby, who represented everything for which I have an unaffected scorn. If personality is an unbroken series of success-

I

En mis años más jóvenes y vulnerables, mi padre me dio un consejo al que le he estado dando vueltas en mi cabeza desde entonces.

—Siempre que tengas ganas de criticar a alguien —me dijo—, solo recuerda que todas las personas en este mundo no han tenido las ventajas que tú has tenido.

No dijo nada más, pero siempre hemos sido inusualmente comunicativos de manera reservada, y comprendí que quería decir mucho más que eso. En consecuencia, me inclino a reservarme todos los juicios, hábito que ha hecho abrirse a muchos de naturaleza curiosa y también me ha hecho víctima de no pocos aburridos empedernidos. La mente anormal se apresura a detectar y adherirse a esta cualidad cuando aparece en una persona normal, y así sucedió que en la universidad se me acusó injustamente de crear intrigas, porque estaba al tanto de las penas secretas de hombres salvajes y misteriosos. La mayor parte de las confidencias no fueron buscadas; con frecuencia he fingido sueño, preocupación o una hostil frivolidad cuando me daba cuenta, por alguna señal inequívoca, de que una revelación íntima temblaba en el horizonte; porque las revelaciones íntimas de los hombres jóvenes, o al menos los términos en que las expresan, suelen ser plagiarios y estar empañados por evidentes supresiones. Reservar el juicio es una cuestión de esperanza infinita. Todavía tengo un poco de miedo de perderme algo si olvido que, como sugería mi padre con esnobismo, y yo repito con esnobismo, el fundamental sentido de la decencia se reparte desigualmente al nacer.

Y, después de presumir así de mi tolerancia, llego a admitir que tiene un límite. La conducta puede fundarse en la dura roca o en los pantanos húmedos, pero después de cierto punto no me importa en qué se funda. Cuando volví del Este el pasado otoño, sentí que quería que el mundo estuviera uniformado y en una especie de vigilancia moral permanente; no quería más excursiones desenfrenadas con miradas privilegiadas al corazón humano. Solo Gatsby, el hombre que da nombre a este libro, estaba exento de mi reacción: Gatsby, que representaba todo aquello por lo que siento un desprecio incondicional. Si la personalidad es una serie ininterrumpida de gestos

ful gestures, then there was something gorgeous about him, some heightened sensitivity to the promises of life, as if he were related to one of those intricate machines that register earthquakes ten thousand miles away. This responsiveness had nothing to do with that flabby impressionability which is dignified under the name of the "creative temperament"—it was an extraordinary gift for hope, a romantic readiness such as I have never found in any other person and which it is not likely I shall ever find again. No—Gatsby turned out all right at the end; it is what preyed on Gatsby, what foul dust floated in the wake of his dreams that temporarily closed out my interest in the abortive sorrows and short-winded elations of men.

***

My family have been prominent, well-to-do people in this Middle Western city for three generations. The Carraways are something of a clan, and we have a tradition that we're descended from the Dukes of Buccleuch, but the actual founder of my line was my grandfather's brother, who came here in fifty-one, sent a substitute to the Civil War, and started the wholesale hardware business that my father carries on today.

I never saw this great-uncle, but I'm supposed to look like him—with special reference to the rather hard-boiled painting that hangs in father's office. I graduated from New Haven in 1915, just a quarter of a century after my father, and a little later I participated in that delayed Teutonic migration known as the Great War. I enjoyed the counter-raid so thoroughly that I came back restless. Instead of being the warm centre of the world, the Middle West now seemed like the ragged edge of the universe—so I decided to go East and learn the bond business. Everybody I knew was in the bond business, so I supposed it could support one more single man. All my aunts and uncles talked it over as if they were choosing a prep school for me, and finally said, "Why—ye-es," with very grave, hesitant faces. Father agreed to finance me for a year, and after various delays I came East, permanently, I thought, in the spring of twenty-two.

The practical thing was to find rooms in the city, but it was

exitosos, entonces había algo magnífico en él, alguna sensibilidad aumentada respecto a las promesas de la vida, como si estuviera relacionado con una de esas intrincadas máquinas que registran los terremotos a diez mil millas de distancia. Esta capacidad de respuesta no tenía nada que ver con esa impresionabilidad flácida que se dignifica bajo el nombre de «temperamento creativo»; era un extraordinario don para la esperanza, una disposición romántica como no he encontrado en ninguna otra persona y que es probable que no vuelva a encontrar. No... Gatsby era correcto; es lo que devoraba a Gatsby, el polvo fétido que flotaba en la estela de sus sueños, lo que acabó temporalmente con mi interés por las penas abortadas y las euforias de corta duración de los hombres.

***

Mi familia ha sido gente prominente y acomodada en esta ciudad del Medio Oeste durante tres generaciones. Los Carraway son una especie de clan, y tenemos la tradición de que descendemos de los duques de Buccleuch, pero el verdadero fundador de mi línea fue el hermano de mi abuelo, que llegó aquí en el año cincuenta y uno, envió a un sustituto a la Guerra Civil y puso en marcha el negocio de ferretería al por mayor que hoy lleva mi padre.

Nunca vi a este tío abuelo, pero se supone que me parezco a él, con especial referencia al retrato bastante adusto que cuelga en el despacho de mi padre. Me gradué en New Haven en 1915, justo un cuarto de siglo después de mi padre, y poco después participé en esa demorada migración teutona conocida como la Gran Guerra. Disfruté tanto de la contraofensiva que volví desosegado. En lugar de ser el cálido centro del mundo, el Medio Oeste parecía ahora el borde desgarrado del universo, así que decidí ir al Este y aprender el negocio de los bonos. Todo el mundo que conocía estaba en el negocio de los bonos, así que supuse que podría mantener a un hombre soltero más. Todos mis tíos y tías lo discutieron como si estuvieran eligiendo una escuela preparatoria para mí, y finalmente dijeron: «Vaya... sí», con caras muy serias y vacilantes. Mi padre accedió a financiarme durante un año y, tras varios retrasos, llegué al Este, de forma permanente, así pensaba, en la primavera de 1922.

Lo más práctico era encontrar alojamiento en la ciudad, pero era

a warm season, and I had just left a country of wide lawns and friendly trees, so when a young man at the office suggested that we take a house together in a commuting town, it sounded like a great idea. He found the house, a weather-beaten cardboard bungalow at eighty a month, but at the last minute the firm ordered him to Washington, and I went out to the country alone. I had a dog—at least I had him for a few days until he ran away—and an old Dodge and a Finnish woman, who made my bed and cooked breakfast and muttered Finnish wisdom to herself over the electric stove.

It was lonely for a day or so until one morning some man, more recently arrived than I, stopped me on the road.

"How do you get to West Egg village?" he asked helplessly.

I told him. And as I walked on I was lonely no longer. I was a guide, a pathfinder, an original settler. He had casually conferred on me the freedom of the neighbourhood.

And so with the sunshine and the great bursts of leaves growing on the trees, just as things grow in fast movies, I had that familiar conviction that life was beginning over again with the summer.

There was so much to read, for one thing, and so much fine health to be pulled down out of the young breath-giving air. I bought a dozen volumes on banking and credit and investment securities, and they stood on my shelf in red and gold like new money from the mint, promising to unfold the shining secrets that only Midas and Morgan and Maecenas knew. And I had the high intention of reading many other books besides. I was rather literary in college—one year I wrote a series of very solemn and obvious editorials for the Yale News—and now I was going to bring back all such things into my life and become again that most limited of all specialists, the "well-rounded man." This isn't just an epigram—life is much more successfully looked at from a single window, after all.

una estación cálida, y yo acababa de dejar una región de amplios céspedes y árboles amigables, así que cuando un joven colega en la oficina sugirió que tomáramos juntos una casa en un pueblo cercano, me pareció una gran idea. Encontró la casa, un *bungalow* de cartón desgastado por la intemperie a ochenta dólares por mes, pero en el último momento la empresa le ordenó que fuera a Washington, y yo me fui al campo solo. Tenía un perro —al menos lo tuve durante unos días hasta que se escapó—, un viejo Dodge y una mujer finlandesa, que me hacía la cama y me preparaba el desayuno y murmuraba sabiduría finlandesa para sí misma sobre la estufa eléctrica.

Estuve solo durante un día más o menos hasta que una mañana un hombre, aún más recién llegado que yo, me paró en la carretera.

—¿Cómo se llega al pueblo de West Egg? —me preguntó con impotencia.

Le dije. Y mientras caminaba ya no me sentía solo. Ahora era un guía, un explorador, un colono original. Me había conferido casualmente la ciudadanía del lugar.

Y así, con el sol y los grandes ramos de hojas que crecen en los árboles, como crecen las cosas en las películas a cámara rápida, tuve esa convicción familiar de que la vida volvía a empezar con el verano.

Había mucho que leer, por un lado, y mucha salud que extraer del aire joven y vivificante. Compré una docena de volúmenes sobre la banca, el crédito y los valores de inversión, que se encontraban en mi estantería encuadernados en rojo y oro como dinero recién salido de la casa de moneda, prometiendo revelar los brillantes secretos que solo Midas, Morgan y Mecenas conocían. Y tenía la gran intención de leer muchos otros libros. Fui bastante inclinado a la literatura en la universidad —un año escribí una serie de editoriales muy solemnes y obvias para el *Yale News*— y ahora iba a traer de nuevo todas esas cosas a mi vida y convertirme de nuevo en el más limitado de todos los especialistas, el «hombre completo». Esto no es solo un epigrama: después de todo, a la vida se la mira mejor desde una sola ventana.

It was a matter of chance that I should have rented a house in one of the strangest communities in North America. It was on that slender riotous island which extends itself due east of New York—and where there are, among other natural curiosities, two unusual formations of land. Twenty miles from the city a pair of enormous eggs, identical in contour and separated only by a courtesy bay, jut out into the most domesticated body of salt water in the Western hemisphere, the great wet barnyard of Long Island Sound. They are not perfect ovals—like the egg in the Columbus story, they are both crushed flat at the contact end—but their physical resemblance must be a source of perpetual wonder to the gulls that fly overhead. To the wingless a more interesting phenomenon is their dissimilarity in every particular except shape and size.

I lived at West Egg, the—well, the less fashionable of the two, though this is a most superficial tag to express the bizarre and not a little sinister contrast between them. My house was at the very tip of the egg, only fifty yards from the Sound, and squeezed between two huge places that rented for twelve or fifteen thousand a season. The one on my right was a colossal affair by any standard—it was a factual imitation of some Hôtel de Ville in Normandy, with a tower on one side, spanking new under a thin beard of raw ivy, and a marble swimming pool, and more than forty acres of lawn and garden. It was Gatsby's mansion. Or, rather, as I didn't know Mr. Gatsby, it was a mansion inhabited by a gentleman of that name. My own house was an eyesore, but it was a small eyesore, and it had been overlooked, so I had a view of the water, a partial view of my neighbour's lawn, and the consoling proximity of millionaires—all for eighty dollars a month.

Across the courtesy bay the white palaces of fashionable East Egg glittered along the water, and the history of the summer really begins on the evening I drove over there to have dinner with the Tom Buchanans. Daisy was my second cousin once removed, and I'd known Tom in college. And just after the war I spent two days with them in Chicago.

Her husband, among various physical accomplishments, had

Fue una casualidad que alquilara una casa en una de las comunidades más extrañas de Norteamérica. Estaba ubicada en esa esbelta y revoltosa isla que se extiende hacia el este de Nueva York, y en la que hay, entre otras curiosidades naturales, dos inusuales formaciones de tierra. A treinta kilómetros de la ciudad, un par de enormes huevos, idénticos en su contorno y separados solo por una bahía de cortesía, sobresalen en la masa de agua salada más domesticada del hemisferio occidental, el gran corral húmedo de Long Island Sound. No son óvalos perfectos —como el huevo de la historia de Colón, ambos están aplastados en el extremo de contacto— pero su parecido físico debe ser una fuente de asombro perpetuo para las gaviotas que vuelan por encima. Para los que no tienen alas, un fenómeno más interesante es su diferencia en todos los aspectos, excepto en la forma y el tamaño.

Yo vivía en West Egg, el... bueno, el menos de moda de los dos, aunque esta es una etiqueta muy superficial para expresar el extraño y no poco siniestro contraste entre ellos. Mi casa estaba en la punta del huevo, a solo cincuenta metros del Sound, y apretada entre dos enormes propiedades que se alquilaban por doce o quince mil la temporada. La que estaba a mi derecha era un asunto colosal desde cualquier punto de vista; era una imitación de hecho de algún *Hôtel de Ville* de Normandía, con una torre en un lado, reluciente bajo una fina barba de hiedra cruda, y una piscina de mármol, y más de dieciséis hectáreas de césped y jardín. Era la mansión de Gatsby. O, mejor dicho, como yo no conocía al señor Gatsby, era una mansión habitada por un caballero de ese nombre. Mi propia casa era una monstruosidad, pero era una pequeña monstruosidad, y había sido pasada por alto, de modo que yo tenía una vista del agua, una vista parcial del césped de mi vecino, y la consoladora proximidad de los millonarios, todo por ochenta dólares al mes.

Al otro lado de la pequeña bahía, los palacios blancos del elegante East Egg brillaban a lo largo del agua, y la historia del verano comienza realmente en la noche en que conduje hasta allí para cenar con Tom Buchanan y señora. Daisy era mi prima segunda, y yo había conocido a Tom en la universidad. Y justo después de la guerra yo había pasado dos días con ellos en Chicago.

Su marido, entre varios logros físicos, había sido uno de los latera-

been one of the most powerful ends that ever played football at New Haven—a national figure in a way, one of those men who reach such an acute limited excellence at twenty-one that everything afterward savours of anticlimax. His family were enormously wealthy—even in college his freedom with money was a matter for reproach—but now he'd left Chicago and come East in a fashion that rather took your breath away: for instance, he'd brought down a string of polo ponies from Lake Forest. It was hard to realize that a man in my own generation was wealthy enough to do that.

Why they came East I don't know. They had spent a year in France for no particular reason, and then drifted here and there unrestfully wherever people played polo and were rich together. This was a permanent move, said Daisy over the telephone, but I didn't believe it—I had no sight into Daisy's heart, but I felt that Tom would drift on forever seeking, a little wistfully, for the dramatic turbulence of some irrecoverable football game.

And so it happened that on a warm windy evening I drove over to East Egg to see two old friends whom I scarcely knew at all. Their house was even more elaborate than I expected, a cheerful red-and-white Georgian Colonial mansion, overlooking the bay. The lawn started at the beach and ran towards the front door for a quarter of a mile, jumping over sundials and brick walks and burning gardens—finally when it reached the house drifting up the side in bright vines as though from the momentum of its run. The front was broken by a line of French windows, glowing now with reflected gold and wide open to the warm windy afternoon, and Tom Buchanan in riding clothes was standing with his legs apart on the front porch.

He had changed since his New Haven years. Now he was a sturdy straw-haired man of thirty, with a rather hard mouth and a supercilious manner. Two shining arrogant eyes had established dominance over his face and gave him the appearance of always leaning aggressively forward. Not even the effeminate swank of his riding clothes could hide the enormous power of that body—

les más potentes que jamás jugó al fútbol americano en New Haven, una figura nacional en cierto modo, uno de esos hombres que alcanzan una excelencia en algo específico a los veintiún años, tanto que todo lo que viene después sabe a anticlímax. Su familia era enormemente rica —incluso en la universidad su liberalidad con el dinero era motivo de reproche—, pero ahora había dejado Chicago y había llegado al Este de una manera que te dejaba sin aliento: por ejemplo, había traído una tropilla de ponis de polo desde Lake Forest. Era difícil comprender que un hombre de mi propia generación fuera tan rico como para hacer eso.

No sé por qué vinieron al Este. Habían pasado un año en Francia, sin ninguna razón en particular, y luego anduvieron a la deriva aquí y allá, sin descanso, dondequiera que la gente jugara al polo y fuera rica. Se trataba de una mudanza permanente, dijo Daisy por teléfono, pero yo no lo creía; no tenía acceso al corazón de Daisy, pero sentía que Tom iría a la deriva para siempre buscando, con un poco de nostalgia, la dramática turbulencia de algún partido de fútbol irrecuperable.

Y así sucedió que, en una cálida y ventosa tarde, me dirigí a East Egg para ver a dos viejos amigos a los que apenas conocía. Su casa era aún más elaborada de lo que esperaba, una alegre mansión colonial georgiana roja y blanca, con vistas a la bahía. El césped comenzaba en la playa y corría hacia la puerta principal por trescientos metros, saltando por encima de los relojes de sol y los paseos de ladrillo y los jardines encendidos; finalmente, cuando llegaba a la casa, subía por el lateral en brillantes enredaderas como si siguiera el impulso de su carrera. La fachada estaba interrumpida por una línea de ventanas francesas, que ahora brillaban con reflejos de oro y estaban abiertas de par en par al cálido viento de la tarde y Tom Buchanan, con ropa de montar, estaba de pie con las piernas separadas en el porche delantero.

Había cambiado desde sus años en New Haven. Ahora era un hombre robusto de treinta años y pelo pajizo, con una boca más bien dura y modales altivos. Dos ojos brillantes y arrogantes habían establecido el dominio sobre su rostro y le daban la apariencia de estar siempre inclinado agresivamente hacia adelante. Ni siquiera la afeminada ropa de montar podía ocultar la enorme potencia de aquel

he seemed to fill those glistening boots until he strained the top lacing, and you could see a great pack of muscle shifting when his shoulder moved under his thin coat. It was a body capable of enormous leverage—a cruel body.

His speaking voice, a gruff husky tenor, added to the impression of fractiousness he conveyed. There was a touch of paternal contempt in it, even toward people he liked—and there were men at New Haven who had hated his guts.

"Now, don't think my opinion on these matters is final," he seemed to say, "just because I'm stronger and more of a man than you are." We were in the same senior society, and while we were never intimate I always had the impression that he approved of me and wanted me to like him with some harsh, defiant wistfulness of his own.

We talked for a few minutes on the sunny porch.

"I've got a nice place here," he said, his eyes flashing about restlessly.

Turning me around by one arm, he moved a broad flat hand along the front vista, including in its sweep a sunken Italian garden, a half acre of deep, pungent roses, and a snub-nosed motorboat that bumped the tide offshore.

"It belonged to Demaine, the oil man." He turned me around again, politely and abruptly. "We'll go inside."

We walked through a high hallway into a bright rosy-coloured space, fragilely bound into the house by French windows at either end. The windows were ajar and gleaming white against the fresh grass outside that seemed to grow a little way into the house. A breeze blew through the room, blew curtains in at one end and out the other like pale flags, twisting them up toward the frosted wedding-cake of the ceiling, and then rippled over the wine-coloured rug, making a shadow on it as wind does on the sea.

cuerpo: parecía llenar aquellas relucientes botas hasta tensar los cordones, y se podía ver un gran paquete de músculos moviéndose cuando su hombro se movía bajo su delgado abrigo. Era un cuerpo capaz de ejercer una enorme fuerza, un cuerpo cruel.

Su voz de tenor ronco y áspero se sumaba a la impresión de disciplina que transmitía. Había un toque de desprecio paternal en ella, incluso hacia la gente que le caía bien, y había hombres en New Haven que le odiaban a muerte.

«No creas que mi opinión en estos asuntos sea definitiva —parecía decir—, solo porque soy más fuerte y más hombre que tú». Estábamos en la misma asociación de estudiantes, y aunque nunca fuimos íntimos, siempre tuve la impresión de que me aprobaba y quería que le estimara con esa dureza y esa desafiante melancolía que le era propia.

Hablamos durante unos minutos en el porche soleado.

—Tengo un buen lugar aquí —dijo, sus ojos parpadeando, inquietos.

Haciéndome girar, tomándome por el brazo, movió una mano ancha y plana a lo largo de la vista ante nosotros, incluyendo en su barrido un jardín italiano hundido, una media hectárea de rosas de penetrante y punzante aroma y una lancha de nariz respingona que golpeaba la marea mar adentro.

—Pertenecía a Demaine, el petrolero. —Me dio la vuelta de nuevo, amable y brusco a la vez—. Entremos.

Atravesamos un vestíbulo alto y entramos en un espacio brillante de color rosado, frágilmente unido a la casa por ventanas francesas en ambos extremos. Las ventanas estaban entreabiertas y brillaban blancas contra la hierba fresca del exterior que parecía crecer un poco en el interior de la casa. Una brisa recorría la habitación, haciendo que las cortinas entraran por un extremo y salieran por el otro como pálidas banderas, enroscándolas hacia la esmerilada tarta de bodas del techo, y luego ondulaban sobre la alfombra color borravino, haciendo una sombra en ella tal como lo hace el viento

The only completely stationary object in the room was an enormous couch on which two young women were buoyed up as though upon an anchored balloon. They were both in white, and their dresses were rippling and fluttering as if they had just been blown back in after a short flight around the house. I must have stood for a few moments listening to the whip and snap of the curtains and the groan of a picture on the wall. Then there was a boom as Tom Buchanan shut the rear windows and the caught wind died out about the room, and the curtains and the rugs and the two young women ballooned slowly to the floor.

The younger of the two was a stranger to me. She was extended full length at her end of the divan, completely motionless, and with her chin raised a little, as if she were balancing something on it which was quite likely to fall. If she saw me out of the corner of her eyes she gave no hint of it—indeed, I was almost surprised into murmuring an apology for having disturbed her by coming in.

The other girl, Daisy, made an attempt to rise—she leaned slightly forward with a conscientious expression—then she laughed, an absurd, charming little laugh, and I laughed too and came forward into the room.

"I'm p-paralysed with happiness."

She laughed again, as if she said something very witty, and held my hand for a moment, looking up into my face, promising that there was no one in the world she so much wanted to see. That was a way she had. She hinted in a murmur that the surname of the balancing girl was Baker. (I've heard it said that Daisy's murmur was only to make people lean toward her; an irrelevant criticism that made it no less charming.)

At any rate, Miss Baker's lips fluttered, she nodded at me almost imperceptibly, and then quickly tipped her head back again—the object she was balancing had obviously tottered a little and given her something of a fright. Again a sort of apology arose to my

en el mar.

El único objeto completamente inmóvil en la sala era un enorme sofá en el que dos mujeres jóvenes se mantenían a flote como en un globo sujeto a tierra. Ambas estaban vestidas de blanco, y sus vestidos ondulaban y se agitaban como si acabaran de volver a entrar tras un breve vuelo alrededor de la casa. Debí de quedarme unos instantes escuchando el látigo y el chasquido de las cortinas y el gemido de un cuadro en la pared. Luego se oyó un estruendo cuando Tom Buchanan cerró las ventanas traseras y el viento atrapado se extinguió en la habitación, y las cortinas y las alfombras y las dos jóvenes cayeron lentamente al suelo.

Yo no conocía a la más joven de las dos. Estaba extendida de cuerpo entero en su extremo del diván, completamente inmóvil, y con la barbilla un poco levantada, como si algo estuviera en equilibrio sobre ella y fuera a caer. Si me vio con el rabillo del ojo, no dio ninguna señal de ello; de hecho, casi me sorprendió murmurando una disculpa por haberla molestado al entrar.

La otra chica, Daisy, hizo un intento de levantarse —se inclinó ligeramente hacia delante con una expresión concienzuda— y luego se rio, una risita absurda y encantadora, y yo también me reí y me adelanté a la habitación.

—Estoy pa... paralizada de felicidad.

Volvió a reírse, como si hubiera dicho algo muy ingenioso, y me cogió la mano un momento, mirándome a la cara, asegurándome que no había nadie en el mundo a quien quisiera ver tanto. Esa era una manera de ser que ella tenía. Insinuó en un murmullo que el apellido de la muchacha equilibrista era Baker. (He oído decir que Daisy murmuraba solo para que la gente se inclinara hacia ella; una crítica irrelevante que no la hacía menos encantadora).

En cualquier caso, los labios de la señorita Baker se agitaron, ella asintió casi imperceptiblemente con la cabeza y luego volvió a inclinarla rápidamente hacia atrás: el objeto que estaba balanceando obviamente se había tambaleado un poco y le había dado un susto. De

lips. Almost any exhibition of complete self-sufficiency draws a stunned tribute from me.

I looked back at my cousin, who began to ask me questions in her low, thrilling voice. It was the kind of voice that the ear follows up and down, as if each speech is an arrangement of notes that will never be played again. Her face was sad and lovely with bright things in it, bright eyes and a bright passionate mouth, but there was an excitement in her voice that men who had cared for her found difficult to forget: a singing compulsion, a whispered "Listen," a promise that she had done gay, exciting things just a while since and that there were gay, exciting things hovering in the next hour.

I told her how I had stopped off in Chicago for a day on my way East, and how a dozen people had sent their love through me.

"Do they miss me?" she cried ecstatically.

"The whole town is desolate. All the cars have the left rear wheel painted black as a mourning wreath, and there's a persistent wail all night along the north shore."

"How gorgeous! Let's go back, Tom. Tomorrow!" Then she added irrelevantly: "You ought to see the baby."

"I'd like to."

"She's asleep. She's three years old. Haven't you ever seen her?"

"Never."

"Well, you ought to see her. She's—"

Tom Buchanan, who had been hovering restlessly about the room, stopped and rested his hand on my shoulder.

"What you doing, Nick?"

nuevo una especie de disculpa surgió de mis labios. Casi cualquier exhibición de completa autosuficiencia atrae un tributo aturdido de mi parte.

Volví a mirar a mi prima, que empezó a hacerme preguntas con su voz grave y emocionada. Era el tipo de voz que el oído sigue de arriba abajo, como si cada discurso fuera un arreglo de notas que nunca volverán a sonar. Su rostro era triste y encantador, con cosas brillantes en él, ojos brillantes y una boca brillante y apasionada, pero había una excitación en su voz que a los hombres que la habían querido les resultaba difícil de olvidar: una compulsión de canto, un «¡escucha!» susurrado, una promesa de que había hecho cosas alegres y excitantes hacía un rato y que había cosas alegres y excitantes rondando en la próxima hora.

Le conté que había hecho una parada en Chicago durante un día en mi camino hacia el Este, y que una docena de personas me habían pedido que le diera saludos.

—¿Me echan de menos? —exclamó extasiada.

—Toda la ciudad está desolada. Todos los coches tienen la rueda izquierda trasera pintada de negro, como una corona de luto, y hay un lamento persistente toda la noche a lo largo de la costa norte.

—¡Qué hermoso! Volvamos, Tom. Mañana. —Luego añadió de manera irrelevante—: Deberías ver al bebé.

—Me gustaría.

—Está dormida. Tiene tres años. ¿No la has visto nunca?

—Nunca.

—Bueno, deberías verla. Ella es...

Tom Buchanan, que había estado revoloteando inquieto por la habitación, se detuvo y apoyó su mano en mi hombro.

—¿A qué te dedicas, Nick?

"I'm a bond man."

"Who with?"

I told him.

"Never heard of them," he remarked decisively.

This annoyed me.

"You will," I answered shortly. "You will if you stay in the East."

"Oh, I'll stay in the East, don't you worry," he said, glancing at Daisy and then back at me, as if he were alert for something more. "I'd be a God damned fool to live anywhere else."

At this point Miss Baker said: "Absolutely!" with such suddenness that I started—it was the first word she had uttered since I came into the room. Evidently it surprised her as much as it did me, for she yawned and with a series of rapid, deft movements stood up into the room.

"I'm stiff," she complained, "I've been lying on that sofa for as long as I can remember."

"Don't look at me," Daisy retorted, "I've been trying to get you to New York all afternoon."

"No, thanks," said Miss Baker to the four cocktails just in from the pantry. "I'm absolutely in training."

Her host looked at her incredulously.

"You are!" He took down his drink as if it were a drop in the bottom of a glass. "How you ever get anything done is beyond me."

I looked at Miss Baker, wondering what it was she "got done." I enjoyed looking at her. She was a slender, small-breasted girl, with an erect carriage, which she accentuated by throwing her body backward at the shoulders like a young cadet. Her grey sun-

—Soy agente de bolsa.

—¿Con quiénes?

Le dije.

—Nunca he oído hablar de ellos —comentó tajante.

Eso me molestó.

—Ya oirás —respondí secamente—. Lo oirás si te quedas en el Este.

—Oh, me quedaré en el Este, no te preocupes —dijo, mirando a Daisy y luego de nuevo a mí, como si estuviera alerta por algo más—. Sería un maldito tonto si viviera en otro lugar.

—¡Por supuesto! — dijo la señorita Baker en ese momento, con tal brusquedad que me sobresalté; era la primera palabra que pronunciaba desde que entré en la habitación. Evidentemente, le sorprendió tanto como a mí, porque bostezó y, con una serie de rápidos y hábiles movimientos, se puso de pie.

—Estoy agarrotada —se quejó—, llevo tumbada en ese sofá desde que tengo uso de razón.

—No me mires a mí —replicó Daisy—, llevo toda la tarde intentando llevarte a Nueva York.

—No, gracias —dijo la señorita Baker a los cuatro cócteles recién llegados de la cocina—. Estoy en pleno entrenamiento.

Su anfitriona la miró incrédula.

—¡Lo estás! —Tom bajó su bebida como si fuera una gota en el fondo del vaso—. Cómo consigues lograr algo, no lo entiendo.

Miré a la señorita Baker, preguntándome qué era lo que había «logrado». Me gustaba mirarla. Era una muchacha esbelta, de pechos pequeños, con porte erguido, que acentuaba echando el cuerpo hacia atrás en los hombros como un joven cadete. Sus ojos grises y

strained eyes looked back at me with polite reciprocal curiosity out of a wan, charming, discontented face. It occurred to me now that I had seen her, or a picture of her, somewhere before.

"You live in West Egg," she remarked contemptuously. "I know somebody there."

"I don't know a single—"

"You must know Gatsby."

"Gatsby?" demanded Daisy. "What Gatsby?"

Before I could reply that he was my neighbour dinner was announced; wedging his tense arm imperatively under mine, Tom Buchanan compelled me from the room as though he were moving a checker to another square.

Slenderly, languidly, their hands set lightly on their hips, the two young women preceded us out on to a rosy-coloured porch, open toward the sunset, where four candles flickered on the table in the diminished wind.

"Why *candles?*" objected Daisy, frowning. She snapped them out with her fingers. "In two weeks it'll be the longest day in the year." She looked at us all radiantly. "Do you always watch for the longest day of the year and then miss it? I always watch for the longest day in the year and then miss it."

"We ought to plan something," yawned Miss Baker, sitting down at the table as if she were getting into bed.

"All right," said Daisy. "What'll we plan?" She turned to me helplessly: "What do people plan?"

Before I could answer her eyes fastened with an awed expression on her little finger.

"Look!" she complained; "I hurt it."

cansados por el sol me miraban con educada curiosidad recíproca desde un rostro pálido, encantador y descontento. Se me ocurrió que ya la había visto, o una imagen de ella, en algún lugar.

—Vives en West Egg —comentó despectivamente—. Conozco a alguien allí.

—No conozco a nadie...

—Debes conocer a Gatsby.

—¿Gatsby? —preguntó Daisy—. ¿Cuál Gatsby?

Antes de que pudiera responder que era mi vecino, anunciaron la cena; encajando imperativamente su tenso brazo bajo el mío, Tom Buchanan me obligó a salir de la habitación como si estuviera moviendo una ficha de damas a otra casilla.

Esbeltas, lánguidas, con las manos puestas ligeramente en las caderas, las dos jóvenes nos precedieron hasta un porche de color rosado, abierto hacia el atardecer, donde cuatro velas parpadeaban sobre la mesa en el menguado viento.

—¿Por qué *velas*? —objetó Daisy, frunciendo el ceño. Las apagó con los dedos—. Dentro de dos semanas será el día más largo del año. —Nos miró a todos radiantemente—. ¿Siempre están pendientes del día más largo del año y luego se lo pierden? Yo siempre estoy pendiente del día más largo del año y luego me lo pierdo.

—Deberíamos planear algo —bostezó la señorita Baker, sentándose en la mesa como si estuviera metiéndose en la cama.

—De acuerdo —dijo Daisy—. ¿Qué planeamos? —Se volvió hacia mí sin poder evitarlo—. ¿Qué planea la gente?

Antes de que yo pudiera responder, los ojos de ella se fijaron con una expresión de asombro en su dedo meñique.

—¡Miren! —se quejó—; me he hecho daño.

We all looked—the knuckle was black and blue.

"You did it, Tom," she said accusingly. "I know you didn't mean to, but you *did* do it. That's what I get for marrying a brute of a man, a great, big, hulking physical specimen of a—"

"I hate that word 'hulking,'" objected Tom crossly, "even in kidding."

"Hulking," insisted Daisy.

Sometimes she and Miss Baker talked at once, unobtrusively and with a bantering inconsequence that was never quite chatter, that was as cool as their white dresses and their impersonal eyes in the absence of all desire. They were here, and they accepted Tom and me, making only a polite pleasant effort to entertain or to be entertained. They knew that presently dinner would be over and a little later the evening too would be over and casually put away. It was sharply different from the West, where an evening was hurried from phase to phase towards its close, in a continually disappointed anticipation or else in sheer nervous dread of the moment itself.

"You make me feel uncivilized, Daisy," I confessed on my second glass of corky but rather impressive claret. "Can't you talk about crops or something?"

I meant nothing in particular by this remark, but it was taken up in an unexpected way.

"Civilization's going to pieces," broke out Tom violently. "I've gotten to be a terrible pessimist about things. Have you read *The Rise of the Coloured Empires* by this man Goddard?"

"Why, no," I answered, rather surprised by his tone.

"Well, it's a fine book, and everybody ought to read it. The idea is if we don't look out the white race will be—will be utterly submerged. It's all scientific stuff; it's been proved."

Todos miramos: el nudillo estaba negro y azul.

—Tú lo hiciste, Tom —dijo acusadoramente—. Sé que no era tu intención, pero *lo* hiciste. Eso es lo que me pasa por casarme con un hombre bruto, un espécimen físico, grande y corpulento de...

—Odio esa palabra, «corpulento» —objetó Tom—, incluso en broma.

—Corpulento —insistió Daisy.

A veces ella y la señorita Baker hablaban a la vez, discretamente y con una inconsecuencia bromista que nunca era del todo charla, que era tan fría como sus vestidos blancos y sus ojos impersonales en ausencia de todo deseo. Estaban aquí, y nos aceptaban a Tom y a mí, haciendo solo un educado y agradable esfuerzo por entretener o estar entretenidas. Sabían que en breve la cena terminaría y que un poco más tarde la velada también terminaría y se archivaría casualmente. Era muy diferente de lo que ocurría en el Oeste, donde la velada se apresuraba de fase en fase hacia su final, en una anticipación continuamente decepcionada o bien en el puro temor nervioso del momento mismo.

—Me haces sentir incivilizado, Daisy —confesé en mi segunda copa de clarete con ligero gusto a corcho pero aun así impresionante—. ¿No puedes hablar de cultivos o algo así?

No quise decir nada en particular con este comentario, pero fue tomado de una manera inesperada.

—La civilización se está yendo al garete —estalló Tom violentamente—. Me he convertido en un terrible pesimista sobre el estado de las cosas. ¿Has leído *El auge de los imperios de color,* de ese tal Goddard?

—Pues no —respondí, bastante sorprendido por su tono.

—Bueno, es un buen libro, y todo el mundo debería leerlo. La idea es que si no tenemos cuidado, la raza blanca será... será hundida por completo. Es todo material científico; ha sido probado.

"Tom's getting very profound," said Daisy, with an expression of unthoughtful sadness. "He reads deep books with long words in them. What was that word we—"

"Well, these books are all scientific," insisted Tom, glancing at her impatiently. "This fellow has worked out the whole thing. It's up to us, who are the dominant race, to watch out or these other races will have control of things."

"We've got to beat them down," whispered Daisy, winking ferociously toward the fervent sun.

"You ought to live in California—" began Miss Baker, but Tom interrupted her by shifting heavily in his chair.

"This idea is that we're Nordics. I am, and you are, and you are, and—" After an infinitesimal hesitation he included Daisy with a slight nod, and she winked at me again. "—And we've produced all the things that go to make civilization—oh, science and art, and all that. Do you see?"

There was something pathetic in his concentration, as if his complacency, more acute than of old, was not enough to him any more. When, almost immediately, the telephone rang inside and the butler left the porch Daisy seized upon the momentary interruption and leaned towards me.

"I'll tell you a family secret," she whispered enthusiastically. "It's about the butler's nose. Do you want to hear about the butler's nose?"

"That's why I came over tonight."

"Well, he wasn't always a butler; he used to be the silver polisher for some people in New York that had a silver service for two hundred people. He had to polish it from morning till night, until finally it began to affect his nose—"

"Things went from bad to worse," suggested Miss Baker.

—Tom se está volviendo muy profundo —dijo Daisy, con una expresión de tristeza irreflexiva—. Lee libros profundos con palabras largas. ¿Cuál era esa palabra que...?

—Bueno, estos libros son todos científicos —insistió Tom, mirándola con impaciencia—. Este tipo ha elaborado todo el asunto. Depende de nosotros, que somos la raza dominante, tener cuidado o estas otras razas tendrán el control de las cosas.

—Tenemos que derrotarlos —susurró Daisy, guiñando ferozmente el ojo hacia el ferviente sol.

—Deberías vivir en California... —comenzó a decir la señorita Baker, pero Tom la interrumpió, agitándose con pesadez en su silla.

—La idea es que somos nórdicos. Yo lo soy, y tú lo eres, y tú lo eres, y... —tras una infinitesimal vacilación, incluyó a Daisy con un leve movimiento de cabeza, y ella volvió a guiñarme el ojo—. Y hemos producido todas las cosas que hacen a la civilización... como... la ciencia y el arte... y todo eso. ¿Entiendes?

Había algo patético en su concentración, como si satisfacerse a sí mismo, más agudamente que antaño, ya no le bastara. Cuando, casi inmediatamente, sonó el teléfono en el interior y el mayordomo abandonó el porche, Daisy aprovechó la momentánea interrupción y se inclinó hacia mí.

—Te voy a contar un secreto de familia —susurró con entusiasmo—. Se trata de la nariz del mayordomo. ¿Quieres oír la historia sobre la nariz del mayordomo?

—Por eso he venido esta noche.

—Bueno, no siempre fue un mayordomo; solía pulirle la platería a ciertas personas en Nueva York que tenían un servicio de plata para doscientas personas. Tenía que pulirlo desde la mañana hasta la noche, hasta que finalmente empezó a afectarle la nariz...

—Las cosas fueron de mal en peor —sugirió la señorita Baker.

"Yes. Things went from bad to worse, until finally he had to give up his position."

For a moment the last sunshine fell with romantic affection upon her glowing face; her voice compelled me forward breathlessly as I listened—then the glow faded, each light deserting her with lingering regret, like children leaving a pleasant street at dusk.

The butler came back and murmured something close to Tom's ear, whereupon Tom frowned, pushed back his chair, and without a word went inside. As if his absence quickened something within her, Daisy leaned forward again, her voice glowing and singing.

"I love to see you at my table, Nick. You remind me of a—of a rose, an absolute rose. Doesn't he?" She turned to Miss Baker for confirmation: "An absolute rose?"

This was untrue. I am not even faintly like a rose. She was only extemporizing, but a stirring warmth flowed from her, as if her heart was trying to come out to you concealed in one of those breathless, thrilling words. Then suddenly she threw her napkin on the table and excused herself and went into the house.

Miss Baker and I exchanged a short glance consciously devoid of meaning. I was about to speak when she sat up alertly and said *"Sh!"* in a warning voice. A subdued impassioned murmur was audible in the room beyond, and Miss Baker leaned forward unashamed, trying to hear. The murmur trembled on the verge of coherence, sank down, mounted excitedly, and then ceased altogether.

"This Mr. Gatsby you spoke of is my neighbour—" I began.

"Don't talk. I want to hear what happens."

"Is something happening?" I inquired innocently.

"You mean to say you don't know?" said Miss Baker, honestly

—Sí. Las cosas fueron de mal en peor, hasta que finalmente tuvo que renunciar a su puesto.

Por un momento, los últimos rayos de sol cayeron con romántico afecto sobre su rostro resplandeciente; su voz me obligó a avanzar, sin aliento mientras la escuchaba; luego el resplandor se desvaneció, y cada luz la abandonó con persistente pesar, como los niños que abandonan una calle agradable al anochecer.

El mayordomo regresó y murmuró algo al oído a Tom, quien frunció el ceño, apartó su silla y, sin decir una palabra, entró. Como si su ausencia hubiera acelerado algo en su interior, Daisy volvió a inclinarse hacia delante, con una voz brillante y cantarina.

—Me encanta verte en mi mesa, Nick. Me recuerdas a una... a una rosa, una rosa absoluta. ¿No es así? —Se volvió hacia la señorita Baker en busca de confirmación—. ¿Una rosa absoluta?

Esto es falso. No me parezco ni un poco a una rosa. Ella solo estaba improvisando, pero un calor conmovedor brotaba de ella, como si su corazón intentara salir a la luz, oculto en una de esas palabras emocionantes, sin aliento. Entonces, de repente, ella tiró la servilleta sobre la mesa, se excusó y entró a la casa.

La señorita Baker y yo intercambiamos una breve mirada carente de significado a sabiendas. Yo estaba a punto de hablar cuando ella se sentó alerta y dijo: *«¡Shhh!»*, advirtiéndome. Un tenue murmullo apasionado se oyó en una habitación más lejana, y la señorita Baker se inclinó hacia delante sin vergüenza alguna, tratando de escuchar. El murmullo vibró al borde de la coherencia, se hundió, subió de tono y luego cesó por completo.

—Este señor Gatsby del que hablas es mi vecino... —comencé a decir.

—No hables. Quiero escuchar lo que pasa.

—¿Pasa algo? —pregunté inocentemente.

—¿Quieres decir que no lo sabes? —dijo la señorita Baker, honesta-

surprised. "I thought everybody knew."

"I don't."

"Why—" she said hesitantly. "Tom's got some woman in New York."

"Got some woman?" I repeated blankly.

Miss Baker nodded.

"She might have the decency not to telephone him at dinner time. Don't you think?"

Almost before I had grasped her meaning there was the flutter of a dress and the crunch of leather boots, and Tom and Daisy were back at the table.

"It couldn't be helped!" cried Daisy with tense gaiety.

She sat down, glanced searchingly at Miss Baker and then at me, and continued: "I looked outdoors for a minute, and it's very romantic outdoors. There's a bird on the lawn that I think must be a nightingale come over on the Cunard or White Star Line. He's singing away—" Her voice sang: "It's romantic, isn't it, Tom?"

"Very romantic," he said, and then miserably to me: "If it's light enough after dinner, I want to take you down to the stables."

The telephone rang inside, startlingly, and as Daisy shook her head decisively at Tom the subject of the stables, in fact all subjects, vanished into air. Among the broken fragments of the last five minutes at table I remember the candles being lit again, pointlessly, and I was conscious of wanting to look squarely at everyone, and yet to avoid all eyes. I couldn't guess what Daisy and Tom were thinking, but I doubt if even Miss Baker, who seemed to have mastered a certain hardy scepticism, was able utterly to put this fifth guest's shrill metallic urgency out of mind. To a certain

mente sorprendida—. Creía que todo el mundo lo sabía.

—Yo no.

—Vaya —dijo vacilante—. Tom tiene una mujer en Nueva York.

—¿Tiene una mujer? —repetí sin comprender.

La señorita Baker asintió.

—Podría tener la decencia de no llamarle por teléfono a la hora de la cena. ¿No crees?

Casi antes de que comprendiera lo que quería decir, se oyó el revoloteo de un vestido y el crujido de unas botas de cuero, y Tom y Daisy volvieron a la mesa.

—¡Era inevitable! —gritó Daisy con tensa alegría.

Ella se sentó, echó una mirada escrutadora a la señorita Baker y luego a mí, y continuó diciendo:

—He mirado fuera un minuto, y el exterior es muy romántico. Hay un pájaro en el césped que creo que debe ser un ruiseñor venido en la Cunard o en la White Star Line. Está cantando... —Su voz cantó—. Es romántico, ¿verdad, Tom?

—Muy romántico —dijo él. Y luego miserablemente me dijo—: Si hay suficiente luz después de la cena, quiero llevarte a los establos.

El teléfono sonó dentro, sorprendentemente, y cuando Daisy sacudió la cabeza rotundamente hacia Tom, el tema de los establos... de hecho, todos los temas se desvanecieron en el aire. Entre los fragmentos rotos de los últimos cinco minutos sobre la mesa, recuerdo que las velas fueron encendidas de nuevo, sin sentido, y fui consciente de querer mirar de frente a todos, y a la vez evitar todas las miradas. No podía adivinar lo que Daisy y Tom estaban pensando, pero dudo que incluso la señorita Baker, que parecía haber dominado un cierto escepticismo resistente, fuera capaz de apartar por

temperament the situation might have seemed intriguing—my own instinct was to telephone immediately for the police.

The horses, needless to say, were not mentioned again. Tom and Miss Baker, with several feet of twilight between them, strolled back into the library, as if to a vigil beside a perfectly tangible body, while, trying to look pleasantly interested and a little deaf, I followed Daisy around a chain of connecting verandas to the porch in front. In its deep gloom we sat down side by side on a wicker settee.

Daisy took her face in her hands as if feeling its lovely shape, and her eyes moved gradually out into the velvet dusk. I saw that turbulent emotions possessed her, so I asked what I thought would be some sedative questions about her little girl.

"We don't know each other very well, Nick," she said suddenly. "Even if we are cousins. You didn't come to my wedding."

"I wasn't back from the war."

"That's true." She hesitated. "Well, I've had a very bad time, Nick, and I'm pretty cynical about everything."

Evidently she had reason to be. I waited but she didn't say any more, and after a moment I returned rather feebly to the subject of her daughter.

"I suppose she talks, and—eats, and everything."

"Oh, yes." She looked at me absently. "Listen, Nick; let me tell you what I said when she was born. Would you like to hear?"

"Very much."

"It'll show you how I've gotten to feel about—things. Well, she

completo de su mente la estridente urgencia metálica de este quinto invitado. Para un determinado temperamento la situación podría haber parecido intrigante; mi propio instinto fue llamar inmediatamente a la policía.

Los caballos, no hace falta decirlo, no volvieron a ser mencionados. Tom y la señorita Baker, con metros de crepúsculo entre ellos, volvieron a entrar en la biblioteca, como si se tratara de una vigilia junto a un cadáver perfectamente tangible, mientras que, tratando de parecer agradablemente interesado y un poco sordo, seguí a Daisy alrededor de una cadena de verandas conectadas hasta el porche de enfrente. En su profunda penumbra nos sentamos uno al lado del otro en un sofá de mimbre.

Daisy se tomó la cara entre las manos como para sentir su encantadora forma, y sus ojos se movieron gradualmente hacia el aterciopelado crepúsculo. Vi que la poseían emociones turbulentas, así que le hice lo que pensé que serían algunas preguntas sedantes sobre su pequeña hija.

—No nos conocemos muy bien, Nick —dijo ella de repente—. Aunque seamos primos. No viniste a mi boda.

—Todavía no había vuelto de la guerra.

—Eso es cierto —dudó ella—. Bueno, lo he pasado muy mal, Nick, y soy bastante cínica con todo.

Evidentemente tenía razones para serlo. Esperé, pero no dijo nada más, y después de un momento volví al tema de su hija con poca convicción.

—Supongo que ella habla, y... come, y todo.

—Oh, sí. —Me miró distraídamente—. Escucha, Nick; déjame contarte lo que dije cuando nació. ¿Te gustaría oírlo?

—Mucho.

—Te mostrará cómo he llegado a sentir... las cosas. Bueno, ella te-

was less than an hour old and Tom was God knows where. I woke up out of the ether with an utterly abandoned feeling, and asked the nurse right away if it was a boy or a girl. She told me it was a girl, and so I turned my head away and wept. 'All right,' I said, 'I'm glad it's a girl. And I hope she'll be a fool—that's the best thing a girl can be in this world, a beautiful little fool.'

"You see I think everything's terrible anyhow," she went on in a convinced way. "Everybody thinks so—the most advanced people. And I *know*. I've been everywhere and seen everything and done everything." Her eyes flashed around her in a defiant way, rather like Tom's, and she laughed with thrilling scorn. "Sophisticated— God, I'm sophisticated!"

The instant her voice broke off, ceasing to compel my attention, my belief, I felt the basic insincerity of what she had said. It made me uneasy, as though the whole evening had been a trick of some sort to exact a contributory emotion from me. I waited, and sure enough, in a moment she looked at me with an absolute smirk on her lovely face, as if she had asserted her membership in a rather distinguished secret society to which she and Tom belonged.

***

Inside, the crimson room bloomed with light. Tom and Miss Baker sat at either end of the long couch and she read aloud to him from the *Saturday Evening Post*—the words, murmurous and uninflected, running together in a soothing tune. The lamplight, bright on his boots and dull on the autumn-leaf yellow of her hair, glinted along the paper as she turned a page with a flutter of slender muscles in her arms.

When we came in she held us silent for a moment with a lifted hand.

"To be continued," she said, tossing the magazine on the table, "in our very next issue."

nía menos de una hora y Tom estaba Dios sabe dónde. Me desperté de la anestesia con una sensación de abandono total, y enseguida le pregunté a la enfermera si era niño o niña. Me dijo que era una niña, así que giré la cabeza y lloré. «Muy bien», dije, «me alegro de que sea una niña. Y espero que sea una tonta; eso es lo mejor que puede ser una niña en este mundo, una hermosa tonta».

»Ya ves que pienso que todo es terrible de todas formas —continuó convencida—. Todo el mundo lo piensa... la gente con ideas más avanzadas. Y yo lo *sé*. He estado en todas partes y he visto todo y he hecho todo. —Sus ojos brillaron a su alrededor de manera desafiante, más bien como los de Tom, y se rio con emocionante desprecio—. ¡Sofisticada... Dios, soy sofisticada!

En el momento en que su voz se interrumpió, dejando de atraer mi atención, mi creencia, sentí la insinceridad básica de lo que ella había dicho. Me sentí incómodo, como si toda la velada hubiera sido una especie de estratagema para extraerme una emoción que contribuyera a ello. Esperé y, efectivamente, en un momento me miró con una sonrisa absoluta en su encantador rostro, como si hubiera afirmado su pertenencia a una sociedad secreta bastante distinguida, a la que ella y Tom pertenecían.

***

En el interior, la habitación carmesí florecía de luz. Tom y la señorita Baker se sentaron a ambos lados del largo sofá y ella le leía en voz alta el *Saturday Evening Post,* con palabras murmuradas y sin inflexiones, que se sucedían en una melodía relajante. La luz de la lámpara, brillante sobre las botas de él y opaca sobre el amarillo otoñal del cabello de ella, brillaba a lo largo del papel mientras ella pasaba una página con un movimiento de los delgados músculos de sus brazos.

Cuando entramos, nos mantuvo en silencio un momento con la mano levantada.

—Continuará —dijo, arrojando la revista sobre la mesa— en nuestro próximo número.

Her body asserted itself with a restless movement of her knee, and she stood up.

"Ten o'clock," she remarked, apparently finding the time on the ceiling. "Time for this good girl to go to bed."

"Jordan's going to play in the tournament tomorrow," explained Daisy, "over at Westchester."

"Oh—you're *Jor*dan Baker."

I knew now why her face was familiar—its pleasing contemptuous expression had looked out at me from many rotogravure pictures of the sporting life at Asheville and Hot Springs and Palm Beach. I had heard some story of her too, a critical, unpleasant story, but what it was I had forgotten long ago.

"Good night," she said softly. "Wake me at eight, won't you."

"If you'll get up."

"I will. Good night, Mr. Carraway. See you anon."

"Of course you will," confirmed Daisy. "In fact I think I'll arrange a marriage. Come over often, Nick, and I'll sort of—oh—fling you together. You know—lock you up accidentally in linen closets and push you out to sea in a boat, and all that sort of thing—"

"Good night," called Miss Baker from the stairs. "I haven't heard a word."

"She's a nice girl," said Tom after a moment. "They oughtn't to let her run around the country this way."

"Who oughtn't to?" inquired Daisy coldly.

"Her family."

Su cuerpo se afirmó con un movimiento inquieto de la rodilla y se puso de pie.

—Las diez —comentó, aparentemente viendo la hora en el techo—. Es hora de que esta buena chica se vaya a la cama.

—Jordan va a jugar mañana en el torneo —explicó Daisy—, en Westchester.

—Oh... tú eres *Jor*dan Baker.

Ahora sabía por qué su rostro me resultaba familiar: su agradable expresión despectiva me había mirado desde muchas fotos en huecograbado sobre la vida deportiva en Asheville y Hot Springs y Palm Beach. También había oído alguna historia sobre ella, una historia negativa y desagradable, pero hacía tiempo que había olvidado cuál era.

—Buenas noches —dijo suavemente—. Despiértame a las ocho, ¿quieres?

—Si te levantas.

—Lo haré. Buenas noches, señor Carraway. Hasta luego.

—Por supuesto que sí —confirmó Daisy—. De hecho, creo que voy a organizar un matrimonio. Ven a menudo, Nick, y arreglaré alguna forma para que... oh... estén juntos. Ya sabes... encerrarlos accidentalmente en armarios de lino y empujarlos al mar en un barco, y todo ese tipo de cosas...

—Buenas noches —dijo la señorita Baker desde las escaleras—. No he oído ni una palabra.

—Es una buena chica —dijo Tom después de un momento—. No deberían dejarla correr por el país de esta manera.

—¿Quién no debería? —preguntó Daisy con frialdad.

—Su familia.

"Her family is one aunt about a thousand years old. Besides, Nick's going to look after her, aren't you, Nick? She's going to spend lots of weekends out here this summer. I think the home influence will be very good for her."

Daisy and Tom looked at each other for a moment in silence.

"Is she from New York?" I asked quickly.

"From Louisville. Our white girlhood was passed together there. Our beautiful white—"

"Did you give Nick a little heart to heart talk on the veranda?" demanded Tom suddenly.

"Did I?" She looked at me. "I can't seem to remember, but I think we talked about the Nordic race. Yes, I'm sure we did. It sort of crept up on us and first thing you know—"

"Don't believe everything you hear, Nick," he advised me.

I said lightly that I had heard nothing at all, and a few minutes later I got up to go home. They came to the door with me and stood side by side in a cheerful square of light. As I started my motor Daisy peremptorily called: "Wait!"

"I forgot to ask you something, and it's important. We heard you were engaged to a girl out West."

"That's right," corroborated Tom kindly. "We heard that you were engaged."

"It's a libel. I'm too poor."

"But we heard it," insisted Daisy, surprising me by opening up again in a flower-like way. "We heard it from three people, so it must be true."

Of course I knew what they were referring to, but I wasn't even vaguely engaged. The fact that gossip had published the banns

—Su familia es una tía de unos mil años. Además, Nick va a cuidar de ella, ¿no es así, Nick? Va a pasar muchos fines de semana aquí este verano. Creo que la influencia del hogar será muy buena para ella.

Daisy y Tom se miraron un momento en silencio.

—¿Es de Nueva York? —pregunté rápidamente.

—De Louisville. Nuestra infancia inmaculada la pasamos juntos allí. Nuestra hermosa, inmaculada...

—¿Le diste a Nick una pequeña charla de corazón a corazón en la veranda? —preguntó Tom de repente.

—¿Lo hice? —Me miró—. No me acuerdo, pero creo que hablamos de la raza nórdica. Sí, estoy seguro de que lo hicimos. Se nos ocurrió de repente y sin que nos diéramos cuenta...

—No creas todo lo que oyes, Nick —me aconsejó él.

Dije con ligereza que no había oído nada en absoluto, y unos minutos después me levanté para ir a casa. Vinieron a la puerta conmigo y se pusieron uno al lado del otro en un alegre cuadrado de luz. Cuando puse en marcha mi motor, Daisy me llamó perentoriamente:

—¡Espera! Me olvidé de preguntarte algo, y es importante. Hemos oído que estás comprometido con una chica del Oeste.

—Así es —corroboró Tom amablemente—. Hemos oído que estabas comprometido.

—Es una calumnia. Soy demasiado pobre.

—Pero lo hemos oído —insistió Daisy, sorprendiéndome al abrirse de nuevo en forma de flor—. Lo hemos oído de tres personas, así que debe ser verdad.

Por supuesto que sabía a qué se referían, pero no estaba ni siquiera vagamente comprometido. El hecho de que las habladurías hu-

was one of the reasons I had come East. You can't stop going with an old friend on account of rumours, and on the other hand I had no intention of being rumoured into marriage.

Their interest rather touched me and made them less remotely rich—nevertheless, I was confused and a little disgusted as I drove away. It seemed to me that the thing for Daisy to do was to rush out of the house, child in arms—but apparently there were no such intentions in her head. As for Tom, the fact that he "had some woman in New York" was really less surprising than that he had been depressed by a book. Something was making him nibble at the edge of stale ideas as if his sturdy physical egotism no longer nourished his peremptory heart.

Already it was deep summer on roadhouse roofs and in front of wayside garages, where new red petrol-pumps sat out in pools of light, and when I reached my estate at West Egg I ran the car under its shed and sat for a while on an abandoned grass roller in the yard. The wind had blown off, leaving a loud, bright night, with wings beating in the trees and a persistent organ sound as the full bellows of the earth blew the frogs full of life. The silhouette of a moving cat wavered across the moonlight, and, turning my head to watch it, I saw that I was not alone—fifty feet away a figure had emerged from the shadow of my neighbour's mansion and was standing with his hands in his pockets regarding the silver pepper of the stars. Something in his leisurely movements and the secure position of his feet upon the lawn suggested that it was Mr. Gatsby himself, come out to determine what share was his of our local heavens.

I decided to call to him. Miss Baker had mentioned him at dinner, and that would do for an introduction. But I didn't call to him, for he gave a sudden intimation that he was content to be alone— he stretched out his arms toward the dark water in a curious way, and, far as I was from him, I could have sworn he was trembling. Involuntarily I glanced seaward—and distinguished nothing except a single green light, minute and far away, that might have been the end of a dock. When I looked once more for Gatsby he had vanished, and I was alone again in the unquiet darkness.

bieran publicado las amonestaciones era una de las razones por las que había venido al Este. No se puede dejar de ir a ver a una vieja amiga solo por causa de los rumores, y por otra parte no tenía ninguna intención de que se rumoreara sobre mi matrimonio.

Su interés me conmovió bastante y los hizo menos remotamente ricos; sin embargo, me sentí confundido y un poco disgustado mientras me alejaba. Me parecía que lo que debía hacer Daisy era salir corriendo de la casa, con la niña en brazos, pero aparentemente no había tales intenciones en su cabeza. En cuanto a Tom, el hecho de que «tuviera una mujer en Nueva York» era realmente menos sorprendente que el hecho de que se hubiera deprimido por un libro. Algo le hacía mordisquear el borde de las ideas rancias, como si su robusto egoísmo físico ya no alimentara su perentorio corazón.

Ya era pleno verano en los tejados de los bares de la calle y frente a los garajes de los caminos, donde las nuevas bombas de gasolina rojas se asentaban en charcos de luz, y cuando llegué a mi finca de West Egg metí el coche bajo su cobertizo y me senté un rato en un rollo de hierba abandonado en el patio. El viento se había ido, dejando una noche ruidosa y brillante, con el batir de las alas en los árboles y un persistente sonido de órgano cuando el fuelle de la tierra llenaba de vida a las ranas. La silueta de un gato que se movía vaciló a través de la luz de la luna y, al girar la cabeza para observarlo, vi que yo no estaba solo: a quince metros de distancia, una figura había salido de la sombra de la mansión de mi vecino y estaba de pie con las manos en los bolsillos mirando la pimienta plateada de las estrellas. Algo en sus movimientos pausados y en la posición segura de sus pies sobre el césped sugería que se trataba del mismísimo señor Gatsby, que había salido a determinar qué parte le correspondía de nuestros cielos locales.

Decidí llamarle. La señorita Baker lo había mencionado en la cena, y eso serviría de presentación. Pero no le llamé, porque dio la repentina impresión de que se contentaba con estar solo: extendió los brazos hacia el agua oscura de una manera curiosa y, a pesar de que yo estaba lejos de él, podría jurar que estaba temblando. Involuntariamente miré hacia el mar y no distinguí nada, salvo una única luz verde, diminuta y lejana, que podría haber sido el extremo de un muelle. Cuando volví a buscar a Gatsby, este había desaparecido y yo estaba de nuevo solo en la inquietante oscuridad.

II

About halfway between West Egg and New York the motor road hastily joins the railroad and runs beside it for a quarter of a mile, so as to shrink away from a certain desolate area of land. This is a valley of ashes—a fantastic farm where ashes grow like wheat into ridges and hills and grotesque gardens; where ashes take the forms of houses and chimneys and rising smoke and, finally, with a transcendent effort, of ash-grey men, who move dimly and already crumbling through the powdery air. Occasionally a line of grey cars crawls along an invisible track, gives out a ghastly creak, and comes to rest, and immediately the ash-grey men swarm up with leaden spades and stir up an impenetrable cloud, which screens their obscure operations from your sight.

But above the grey land and the spasms of bleak dust which drift endlessly over it, you perceive, after a moment, the eyes of Doctor T. J. Eckleburg. The eyes of Doctor T. J. Eckleburg are blue and gigantic—their retinas are one yard high. They look out of no face, but, instead, from a pair of enormous yellow spectacles which pass over a nonexistent nose. Evidently some wild wag of an oculist set them there to fatten his practice in the borough of Queens, and then sank down himself into eternal blindness, or forgot them and moved away. But his eyes, dimmed a little by many paintless days, under sun and rain, brood on over the solemn dumping ground.

The valley of ashes is bounded on one side by a small foul river, and, when the drawbridge is up to let barges through, the passengers on waiting trains can stare at the dismal scene for as long as half an hour. There is always a halt there of at least a minute, and it was because of this that I first met Tom Buchanan's mistress.

The fact that he had one was insisted upon wherever he was known. His acquaintances resented the fact that he turned up in popular cafés with her and, leaving her at a table, sauntered about, chatting with whomsoever he knew. Though I was curious

Aproximadamente a mitad de camino entre West Egg y Nueva York, la carretera se une apresuradamente al ferrocarril y corre junto a él durante un cuarto de milla, para alejarse de cierta zona de tierra desolada. Se trata de un valle de cenizas, una finca fantástica en la que las cenizas crecen como el trigo en crestas y colinas y grotescos jardines; en la que las cenizas adoptan las formas de casas y de chimeneas y de humo ascendente y, finalmente, con un esfuerzo trascendente, de hombres grises como la ceniza, que se mueven tenuemente, ya desmoronados por el aire polvoriento. De vez en cuando, una fila de coches grises se arrastra por una pista invisible, emite un espantoso crujido y se detiene, e inmediatamente los hombres grises como la ceniza se arremolinan con palas de plomo y levantan una nube impenetrable, que oculta sus oscuras operaciones de la vista.

Pero por encima de la tierra gris y de los espasmos de polvo lúgubre que vagan sin cesar sobre ella, se perciben, al cabo de un momento, los ojos del doctor T. J. Eckleburg. Los ojos del doctor T. J. Eckleburg son azules y gigantescos; sus retinas tienen un metro de altura. No miran desde ninguna cara, sino desde un par de enormes gafas amarillas que pasan por encima de una nariz inexistente. Evidentemente, algún salvaje oculista las colocó allí para engrosar su consulta en el distrito de Queens, y luego se hundió él mismo en la ceguera eterna, o las olvidó y se marchó. Pero sus ojos, un poco oscurecidos por muchos días sin pintura, bajo el sol y la lluvia, siguen contemplando el solemne basurero.

El valle de las cenizas está delimitado por un lado por un pequeño río fétido y, cuando el puente levadizo está levantado para dejar pasar las barcazas, los pasajeros de los trenes que esperan pueden contemplar la lúgubre escena hasta por media hora. Siempre hay una parada allí de al menos un minuto, y fue debido a esto que conocí a la amante de Tom Buchanan.

El hecho de que tuviera una se repetía dondequiera que se le conociera. A sus conocidos les molestaba que se presentara en los cafés populares con ella y que, dejándola a la mesa, se pasease de un lado a otro, charlando con cualquiera que conociera. Aunque yo

to see her, I had no desire to meet her—but I did. I went up to New York with Tom on the train one afternoon, and when we stopped by the ash-heaps he jumped to his feet and, taking hold of my elbow, literally forced me from the car.

"We're getting off," he insisted. "I want you to meet my girl."

I think he'd tanked up a good deal at luncheon, and his determination to have my company bordered on violence. The supercilious assumption was that on Sunday afternoon I had nothing better to do.

I followed him over a low whitewashed railroad fence, and we walked back a hundred yards along the road under Doctor Eckleburg's persistent stare. The only building in sight was a small block of yellow brick sitting on the edge of the waste land, a sort of compact Main Street ministering to it, and contiguous to absolutely nothing. One of the three shops it contained was for rent and another was an all-night restaurant, approached by a trail of ashes; the third was a garage—*Repairs.* GEORGE B. WILSON. *Cars bought and sold.*—and I followed Tom inside.

The interior was unprosperous and bare; the only car visible was the dust-covered wreck of a Ford which crouched in a dim corner. It had occurred to me that this shadow of a garage must be a blind, and that sumptuous and romantic apartments were concealed overhead, when the proprietor himself appeared in the door of an office, wiping his hands on a piece of waste. He was a blond, spiritless man, anaemic, and faintly handsome. When he saw us a damp gleam of hope sprang into his light blue eyes.

"Hello, Wilson, old man," said Tom, slapping him jovially on the shoulder. "How's business?"

"I can't complain," answered Wilson unconvincingly. "When are you going to sell me that car?"

tenía curiosidad por verla, no tenía ningún deseo de conocerla, pero lo hice. Una tarde fui a Nueva York con Tom en el tren, y cuando nos detuvimos junto a los montones de cenizas él se puso en pie de un salto y, agarrándome del codo, me obligó literalmente a bajar del vagón.

—Nos bajamos aquí —insistió—. Quiero que conozcas a mi chica.

Creo que se había emborrachado bastante en el almuerzo, y su empeño en tener mi compañía rozaba la violencia. La suposición arrogante era que el domingo por la tarde yo no tenía nada mejor que hacer.

Le seguí por encima de la valla de ferrocarril baja y pintada de blanco, y retrocedimos unos cien metros a lo largo de la carretera bajo la persistente mirada del doctor Eckleburg. El único edificio a la vista era un pequeño bloque de ladrillos amarillos asentado en el borde del terreno baldío, una especie de calle principal compacta que llegaba a él y que colindaba con absolutamente nada. Una de las tres tiendas que contenía estaba en alquiler y otra era un restaurante que funcionaba toda la noche, al que se llegaba por un camino de cenizas; la tercera era un garaje —«Reparaciones. George B. Wilson. Compra y venta de coches»— en el que entré siguiendo a Tom.

El interior era poco próspero y estaba despojado; el único coche visible era la ruina cubierta de polvo de un Ford que se agazapaba en un rincón oscuro. Se me había ocurrido que esta sombra de garaje debía ser un decorado, y que encima se ocultaban suntuosos y románticos apartamentos, cuando el propio propietario apareció en la puerta de un despacho, limpiándose las manos en un trozo de basura. Era un hombre rubio, sin espíritu, anémico y ligeramente guapo. Cuando nos vio, un húmedo brillo de esperanza brotó en sus ojos azul claro.

—Hola, Wilson, viejo —dijo Tom, dándole una jovial palmada en el hombro—. ¿Cómo va el negocio?

—No puedo quejarme —respondió Wilson sin convicción—. ¿Cuándo vas a venderme ese coche?

"Next week; I've got my man working on it now."

"Works pretty slow, don't he?"

"No, he doesn't," said Tom coldly. "And if you feel that way about it, maybe I'd better sell it somewhere else after all."

"I don't mean that," explained Wilson quickly. "I just meant—"

His voice faded off and Tom glanced impatiently around the garage. Then I heard footsteps on a stairs, and in a moment the thickish figure of a woman blocked out the light from the office door. She was in the middle thirties, and faintly stout, but she carried her flesh sensuously as some women can. Her face, above a spotted dress of dark blue crêpe-de-chine, contained no facet or gleam of beauty, but there was an immediately perceptible vitality about her as if the nerves of her body were continually smouldering. She smiled slowly and, walking through her husband as if he were a ghost, shook hands with Tom, looking him flush in the eye. Then she wet her lips, and without turning around spoke to her husband in a soft, coarse voice:

"Get some chairs, why don't you, so somebody can sit down."

"Oh, sure," agreed Wilson hurriedly, and went toward the little office, mingling immediately with the cement colour of the walls. A white ashen dust veiled his dark suit and his pale hair as it veiled everything in the vicinity—except his wife, who moved close to Tom.

"I want to see you," said Tom intently. "Get on the next train."

"All right."

"I'll meet you by the newsstand on the lower level."

She nodded and moved away from him just as George Wilson

—La próxima semana; tengo a mi empleado trabajando en él ahora.

—Trabaja muy lentamente, ¿no?

—No, no lo hace —dijo Tom fríamente—. Y si te sientes así al respecto, tal vez sea mejor que lo venda en otro lugar después de todo.

—No quería decir eso —explicó Wilson rápidamente—. Solo quería decir...

Su voz se apagó y Tom miró con impaciencia alrededor del garaje. Entonces oí pasos en una escalera, y en un momento la gruesa figura de una mujer bloqueó la luz de la puerta de la oficina. Tenía unos treinta años y era ligeramente corpulenta, pero llevaba su carne con la sensualidad como lo hacen algunas mujeres. Su rostro, por encima de un vestido a lunares de *crêpe de chine* azul oscuro, no contenía ninguna faceta o brillo de belleza, pero había una vitalidad inmediatamente perceptible en ella, como si los nervios de su cuerpo estuvieran continuamente ardiendo. Sonrió lentamente y, pasando por delante de su marido como si fuera un fantasma, estrechó la mano de Tom, mirándolo a los ojos. Luego se humedeció los labios y, sin volverse, le habló a su marido con voz suave y gruesa:

—Trae algunas sillas, ¿no te parece? Para que alguien pueda sentarse.

—Oh, claro —aceptó Wilson apresuradamente, y se dirigió hacia la pequeña oficina, mezclándose inmediatamente con el color del cemento de las paredes. Un polvo blanco ceniciento ocultaba su traje oscuro y su pelo pálido como ocultaba todo lo que había en los alrededores, excepto su esposa, que se acercaba a Tom.

—Quiero verte —dijo Tom con decisión—. Sube al próximo tren.

—De acuerdo.

—Te veré junto al quiosco de la planta baja.

Ella asintió y se alejó de él justo cuando George Wilson salió con

emerged with two chairs from his office door.

We waited for her down the road and out of sight. It was a few days before the Fourth of July, and a grey, scrawny Italian child was setting torpedoes in a row along the railroad track.

"Terrible place, isn't it," said Tom, exchanging a frown with Doctor Eckleburg.

"Awful."

"It does her good to get away."

"Doesn't her husband object?"

"Wilson? He thinks she goes to see her sister in New York. He's so dumb he doesn't know he's alive."

So Tom Buchanan and his girl and I went up together to New York—or not quite together, for Mrs. Wilson sat discreetly in another car. Tom deferred that much to the sensibilities of those East Eggers who might be on the train.

She had changed her dress to a brown figured muslin, which stretched tight over her rather wide hips as Tom helped her to the platform in New York. At the newsstand she bought a copy of *Town Tattle* and a moving-picture magazine, and in the station drugstore some cold cream and a small flask of perfume. Upstairs, in the solemn echoing drive she let four taxicabs drive away before she selected a new one, lavender-coloured with grey upholstery, and in this we slid out from the mass of the station into the glowing sunshine. But immediately she turned sharply from the window and, leaning forward, tapped on the front glass.

"I want to get one of those dogs," she said earnestly. "I want to get one for the apartment. They're nice to have—a dog."

We backed up to a grey old man who bore an absurd resemblance to John D. Rockefeller. In a basket swung from his neck

dos sillas de la puerta de su oficina.

La esperamos al final de la carretera y fuera de la vista. Faltaban pocos días para el 4 de julio, y un niño italiano, gris y escuálido, estaba colocando petardos en fila a lo largo de la vía del tren.

—Terrible lugar, ¿verdad? —dijo Tom, intercambiando un ceño fruncido con el doctor Eckleburg.

—Horrible.

—Le viene bien alejarse.

—¿Su marido no se opone?

—¿Wilson? Él cree que ella va a ver a su hermana en Nueva York. Es tan tonto que no sabe que está vivo.

Así que Tom Buchanan, su chica y yo subimos juntos a Nueva York, o no del todo juntos, porque la señora Wilson se sentó discretamente en otro vagón. Tom respetó la sensibilidad de los habitantes de East Egg que pudieran estar en el tren.

Se había cambiado el vestido por uno de muselina de color marrón, que se ceñía a sus caderas más bien anchas cuando Tom la ayudó a subir al andén en Nueva York. En el quiosco compró un ejemplar de *Town Tattle* y una revista de cine, y en la botica de la estación una crema facial y un pequeño frasco de perfume. Una vez arriba, en la entrada solemne y llena de ecos, dejó que se alejaran cuatro taxis antes de elegir uno nuevo, de color lavanda con tapicería gris, y en él nos deslizamos desde el macizo de la estación hacia el sol resplandeciente. Pero inmediatamente se apartó bruscamente de la ventanilla, se inclinó hacia delante y dio unos golpecitos en el cristal del chofer.

—Quiero uno de esos perros —dijo encarecidamente—. Quiero uno para el apartamento. Es bueno tener... un perro.

Retrocedimos hasta llegar a un anciano gris que tenía un absurdo parecido con John D. Rockefeller. En un cesto que pendía de su cue-

cowered a dozen very recent puppies of an indeterminate breed.

"What kind are they?" asked Mrs. Wilson eagerly, as he came to the taxi-window.

"All kinds. What kind do you want, lady?"

"I'd like to get one of those police dogs; I don't suppose you got that kind?"

The man peered doubtfully into the basket, plunged in his hand and drew one up, wriggling, by the back of the neck.

"That's no police dog," said Tom.

"No, it's not exactly a police dog," said the man with disappointment in his voice. "It's more of an Airedale." He passed his hand over the brown washrag of a back. "Look at that coat. Some coat. That's a dog that'll never bother you with catching cold."

"I think it's cute," said Mrs. Wilson enthusiastically. "How much is it?"

"That dog?" He looked at it admiringly. "That dog will cost you ten dollars."

The Airedale—undoubtedly there was an Airedale concerned in it somewhere, though its feet were startlingly white—changed hands and settled down into Mrs. Wilson's lap, where she fondled the weatherproof coat with rapture.

"Is it a boy or a girl?" she asked delicately.

"That dog? That dog's a boy."

"It's a bitch," said Tom decisively. "Here's your money. Go and buy ten more dogs with it."

We drove over to Fifth Avenue, warm and soft, almost pastoral,

llo se agazapaban una docena de cachorros muy jóvenes de una raza indeterminada.

—¿De qué raza son? —preguntó la señora Wilson con entusiasmo, cuando él se acercó a la ventanilla del taxi.

—De toda raza. ¿De qué raza quiere usted, señora?

—Me gustaría tener uno de esos perros policía; supongo que no tiene de esa raza.

El hombre se asomó dubitativo a la cesta, metió la mano y sacó uno, retorciéndose, por la nuca.

—Ese no es un perro policía —dijo Tom.

—No, no es exactamente un perro policía —dijo el hombre con decepción en su voz—. Es más bien un Airedale. —Pasó la mano por el paño marrón del lomo—. Mire ese pelaje. Menudo pelaje. Este es un perro que nunca le molestará por haber cogido frío.

—Me parece precioso —dijo la señora Wilson con entusiasmo—. ¿Cuánto cuesta?

—¿Este perro? —Lo miró con admiración—. Este perro le costará diez dólares.

El Airedale —sin duda había un Airedale implicado en alguna parte, aunque sus patas eran asombrosamente blancas— cambió de manos y se acomodó en el regazo de la señora Wilson, que acarició el pelaje resistente a la intemperie con embeleso.

—¿Es un macho o una hembra? —preguntó con delicadeza.

—¿Ese perro? Ese perro es un macho.

—Es una perra —dijo Tom con decisión—. Aquí tienes tu dinero. Ve y compra diez perros más con él.

Nos dirigimos a la Quinta Avenida, cálida y suave, casi pastoral,

on the summer Sunday afternoon. I wouldn't have been surprised to see a great flock of white sheep turn the corner.

"Hold on," I said, "I have to leave you here."

"No you don't," interposed Tom quickly. "Myrtle'll be hurt if you don't come up to the apartment. Won't you, Myrtle?"

"Come on," she urged. "I'll telephone my sister Catherine. She's said to be very beautiful by people who ought to know."

"Well, I'd like to, but—"

We went on, cutting back again over the Park toward the West Hundreds. At 158th Street the cab stopped at one slice in a long white cake of apartment-houses. Throwing a regal homecoming glance around the neighbourhood, Mrs. Wilson gathered up her dog and her other purchases, and went haughtily in.

"I'm going to have the McKees come up," she announced as we rose in the elevator. "And, of course, I got to call up my sister, too."

The apartment was on the top floor—a small living-room, a small dining-room, a small bedroom, and a bath. The living-room was crowded to the doors with a set of tapestried furniture entirely too large for it, so that to move about was to stumble continually over scenes of ladies swinging in the gardens of Versailles. The only picture was an over-enlarged photograph, apparently a hen sitting on a blurred rock. Looked at from a distance, however, the hen resolved itself into a bonnet, and the countenance of a stout old lady beamed down into the room. Several old copies of *Town Tattle* lay on the table together with a copy of *Simon Called Peter,* and some of the small scandal magazines of Broadway. Mrs. Wilson was first concerned with the dog. A reluctant elevator boy went for a box full of straw and some milk, to which he added on his own initiative a tin of large, hard dog biscuits—one of which decomposed apathetically in the saucer of milk all afternoon. Meanwhile Tom brought out a bottle of whisky from a locked bureau door.

en la tarde del domingo de verano. No me habría sorprendido ver un gran rebaño de ovejas blancas doblar la esquina.

—Espera —dije yo—, tengo que dejarlos aquí.

—No, no tienes que hacerlo —interpuso Tom rápidamente—. Myrtle se sentirá mal si no subes al apartamento. ¿No es así, Myrtle?

—Venga —instó ella—. Llamaré por teléfono a mi hermana Catherine. La gente que sabe dice que es muy hermosa.

—Bueno, me gustaría, pero...

Seguimos adelante, tomando de nuevo un atajo por Central Park hacia el oeste. En la Calle 158, el taxi se detuvo en un trozo de un largo pastel blanco de casas de apartamentos. Lanzando una regia mirada de bienvenida al vecindario, la señora Wilson recogió su perro y sus otras compras, y entró con altivez.

—Voy a hacer subir a los McKees —anunció mientras subíamos en el ascensor—. Y, por supuesto, también tengo que llamar a mi hermana.

El apartamento estaba en el último piso: un pequeño salón, un pequeño comedor, un pequeño dormitorio y un baño. El salón estaba abarrotado hasta las puertas con un conjunto de muebles tapizados demasiado grandes para él, de modo que moverse era tropezar continuamente con escenas de damas columpiándose en los jardines de Versalles. El único cuadro era una fotografía demasiado grande, aparentemente una gallina empollando sobre una roca borrosa. Sin embargo, si se miraba desde la distancia, la gallina se convertía en un gorro y el rostro de una anciana corpulenta iluminaba la habitación. Sobre la mesa había varios ejemplares antiguos de *Town Tattle,* junto con un ejemplar de *Simón, llamado Pedro* y algunas de las pequeñas revistas de escándalos de Broadway. La señora Wilson se ocupó primero del perro. Un ascensorista reticente fue a por una caja llena de paja y un poco de leche, a la que añadió por iniciativa propia una lata de grandes y duras galletas para perros, una de las cuales se descompuso apáticamente en el platillo de leche durante toda la tarde. Mientras tanto, Tom sacó una botella de *whisky* de una

I have been drunk just twice in my life, and the second time was that afternoon; so everything that happened has a dim, hazy cast over it, although until after eight o'clock the apartment was full of cheerful sun. Sitting on Tom's lap Mrs. Wilson called up several people on the telephone; then there were no cigarettes, and I went out to buy some at the drugstore on the corner. When I came back they had both disappeared, so I sat down discreetly in the living-room and read a chapter of *Simon Called Peter*—either it was terrible stuff or the whisky distorted things, because it didn't make any sense to me.

Just as Tom and Myrtle (after the first drink Mrs. Wilson and I called each other by our first names) reappeared, company commenced to arrive at the apartment door.

The sister, Catherine, was a slender, worldly girl of about thirty, with a solid, sticky bob of red hair, and a complexion powdered milky white. Her eyebrows had been plucked and then drawn on again at a more rakish angle, but the efforts of nature toward the restoration of the old alignment gave a blurred air to her face. When she moved about there was an incessant clicking as innumerable pottery bracelets jingled up and down upon her arms. She came in with such a proprietary haste, and looked around so possessively at the furniture that I wondered if she lived here. But when I asked her she laughed immoderately, repeated my question aloud, and told me she lived with a girl friend at a hotel.

Mr. McKee was a pale, feminine man from the flat below. He had just shaved, for there was a white spot of lather on his cheekbone, and he was most respectful in his greeting to everyone in the room. He informed me that he was in the "artistic game," and I gathered later that he was a photographer and had made the dim enlargement of Mrs. Wilson's mother which hovered like an ectoplasm on the wall. His wife was shrill, languid, handsome, and horrible. She told me with pride that her husband had photographed her a hundred and twenty-seven times since they had been married.

puerta cerrada del escritorio.

Solo me he emborrachado dos veces en mi vida, y la segunda vez fue aquella tarde; de modo que todo lo que ocurrió tiene una tonalidad tenue y nebulosa, aunque hasta después de las ocho el apartamento estuvo lleno de sol radiante. Sentada en el regazo de Tom, la señora Wilson llamó a varias personas por teléfono; luego no había cigarrillos, y salí a comprar algunos en la botica de la esquina. Cuando volví, ambos habían desaparecido, así que me senté discretamente en el salón y leí un capítulo de *Simón, llamado Pedro;* o era algo terriblemente malo o el *whisky* distorsionaba las cosas, porque no tenía ningún sentido para mí.

Justo cuando Tom y Myrtle (después del primer trago la señora Wilson y yo nos llamamos por nuestros nombres de pila) reaparecieron, la gente empezó a llegar a la puerta del apartamento.

La hermana, Catherine, era una muchacha esbelta y mundana de unos treinta años, con una sólida y pegajosa melena pelirroja, y una tez empolvada de color blanco lechoso. Se había depilado las cejas y luego las había vuelto a dibujar en un ángulo más rasgado, pero los esfuerzos de la naturaleza por restaurar la antigua alineación daban un aire borroso a su rostro. Cuando se movía, se oía un chasquido incesante mientras innumerables brazaletes de cerámica tintineaban arriba y abajo en sus brazos. Entró con una prisa propia a la dueña de un lugar, y miró los muebles de forma tan posesiva que me pregunté si vivía aquí. Pero cuando le pregunté se rio desmesuradamente, repitió mi pregunta en voz alta y me dijo que vivía con una amiga en un hotel.

El señor McKee era un hombre pálido y afeminado, del departamento de abajo. Acababa de afeitarse, pues tenía una mancha blanca de espuma en el pómulo, y fue muy respetuoso al saludar a todos los presentes. Me informó de que estaba en el «mundo artístico», y más tarde deduje que era fotógrafo y que había hecho la borrosa ampliación de la madre de la señora Wilson que flotaba como un ectoplasma en la pared. Su mujer era chillona, lánguida, guapa y horrible. Me dijo con orgullo que su marido la había fotografiado ciento veintisiete veces desde que se habían casado.

Mrs. Wilson had changed her costume some time before, and was now attired in an elaborate afternoon dress of cream-coloured chiffon, which gave out a continual rustle as she swept about the room. With the influence of the dress her personality had also undergone a change. The intense vitality that had been so remarkable in the garage was converted into impressive hauteur. Her laughter, her gestures, her assertions became more violently affected moment by moment, and as she expanded the room grew smaller around her, until she seemed to be revolving on a noisy, creaking pivot through the smoky air.

"My dear," she told her sister in a high, mincing shout, "most of these fellas will cheat you every time. All they think of is money. I had a woman up here last week to look at my feet, and when she gave me the bill you'd of thought she had my appendicitis out."

"What was the name of the woman?" asked Mrs. McKee.

"Mrs. Eberhardt. She goes around looking at people's feet in their own homes."

"I like your dress," remarked Mrs. McKee, "I think it's adorable."

Mrs. Wilson rejected the compliment by raising her eyebrow in disdain.

"It's just a crazy old thing," she said. "I just slip it on sometimes when I don't care what I look like."

"But it looks wonderful on you, if you know what I mean," pursued Mrs. McKee. "If Chester could only get you in that pose I think he could make something of it."

We all looked in silence at Mrs. Wilson, who removed a strand of hair from over her eyes and looked back at us with a brilliant smile. Mr. McKee regarded her intently with his head on one side, and then moved his hand back and forth slowly in front of his face.

La señora Wilson se había cambiado de traje hacía un rato, y ahora llevaba un elaborado vestido de tarde de gasa color crema, que crujía continuamente cuando se movía por la habitación. Con la influencia del vestido, su personalidad también había sufrido un cambio. La intensa vitalidad que había sido tan notable en el garaje se convirtió en una impresionante elegancia. Su risa, sus gestos, sus afirmaciones se volvían más violentamente afectadas momento a momento y, a medida que ella se expandía, la habitación se hacía más pequeña a su alrededor, hasta que ella parecía estar girando sobre un pivote ruidoso y chirriante a través del aire humeante.

—Querida —le dijo a su hermana con un grito agudo y cortante—, la mayoría de estos tipos te engañan siempre. Solo piensan en el dinero. La semana pasada vino una mujer a arreglarme los pies, y cuando me dio la factura se podría pensar que me había sacado la apendicitis.

—¿Cómo se llamaba la mujer? —preguntó la señora McKee.

—La señora Eberhardt. Va por ahí arreglando los pies de la gente en sus propias casas.

—Me gusta tu vestido —comentó la señora McKee—, creo que es adorable.

La señora Wilson rechazó el cumplido levantando la ceja con desdén.

—Es solo una cosa vieja y loca —dijo—. Solo me lo pongo a veces cuando no me importa mi aspecto.

—Pero te queda de maravilla, si sabes a qué me refiero —prosiguió la señora McKee—. Si Chester pudiera sacarte una fotografía en esa pose creo que podría sacar algo de provecho.

Todos miramos en silencio a la señora Wilson, que se quitó un mechón de pelo de los ojos y nos devolvió la mirada con una brillante sonrisa. El señor McKee la miraba atentamente con la cabeza hacia un lado, y luego movía la mano de un lado a otro lentamente frente a su cara.

"I should change the light," he said after a moment. "I'd like to bring out the modelling of the features. And I'd try to get hold of all the back hair."

"I wouldn't think of changing the light," cried Mrs. McKee. "I think it's—"

Her husband said *"Sh!"* and we all looked at the subject again, whereupon Tom Buchanan yawned audibly and got to his feet.

"You McKees have something to drink," he said. "Get some more ice and mineral water, Myrtle, before everybody goes to sleep."

"I told that boy about the ice." Myrtle raised her eyebrows in despair at the shiftlessness of the lower orders. "These people! You have to keep after them all the time."

She looked at me and laughed pointlessly. Then she flounced over to the dog, kissed it with ecstasy, and swept into the kitchen, implying that a dozen chefs awaited her orders there.

"I've done some nice things out on Long Island," asserted Mr. McKee.

Tom looked at him blankly.

"Two of them we have framed downstairs."

"Two what?" demanded Tom.

"Two studies. One of them I call *Montauk Point—The Gulls,* and the other I call *Montauk Point—The Sea.*"

The sister Catherine sat down beside me on the couch.

"Do you live down on Long Island, too?" she inquired.

"I live at West Egg."

"Really? I was down there at a party about a month ago. At a

—Debería cambiar la luz —dijo después de un momento—. Me gustaría resaltar el modelado de los rasgos. Y trataría de captar todo el pelo de atrás.

—No se me ocurriría cambiar la luz —exclamó la señora McKee—. Creo que es...

Su marido dijo *«¡sh!»* y todos volvimos a mirar a la modelo, con lo que Tom Buchanan bostezó audiblemente y se puso de pie.

—Ustedes, los McKees, beban algo —dijo—. Trae más hielo y agua mineral, Myrtle, antes de que todos se duerman.

—Le dije a ese chico lo del hielo. —Myrtle levantó las cejas, desesperada por la desidia de la clase baja—. ¡Esta gente! Hay que estar detrás de ellos todo el tiempo.

Me miró y se rio sin razón alguna. Luego se abalanzó sobre el perro, lo besó con éxtasis y se dirigió a la cocina, dando a entender que una docena de cocineros esperaban allí sus órdenes.

—He hecho cosas interesantes en Long Island —afirmó el señor McKee.

Tom le miró sin comprender.

—Dos de ellas las tenemos enmarcadas abajo.

—¿Dos qué? —preguntó Tom.

—Dos estudios. Uno de ellos lo llamo *Montauk Point-Las gaviotas,* y el otro *Montauk Point-El mar.*

La hermana, Catherine, se sentó a mi lado en el sofá.

—¿También vives en Long Island? —preguntó.

—Vivo en West Egg.

—¿En serio? Estuve allí en una fiesta hace un mes. En casa de un

man named Gatsby's. Do you know him?"

"I live next door to him."

"Well, they say he's a nephew or a cousin of Kaiser Wilhelm's. That's where all his money comes from."

"Really?"

She nodded.

"I'm scared of him. I'd hate to have him get anything on me."

This absorbing information about my neighbour was interrupted by Mrs. McKee's pointing suddenly at Catherine:

"Chester, I think you could do something with *her*," she broke out, but Mr. McKee only nodded in a bored way, and turned his attention to Tom.

"I'd like to do more work on Long Island, if I could get the entry. All I ask is that they should give me a start."

"Ask Myrtle," said Tom, breaking into a short shout of laughter as Mrs. Wilson entered with a tray. "She'll give you a letter of introduction, won't you, Myrtle?"

"Do what?" she asked, startled.

"You'll give McKee a letter of introduction to your husband, so he can do some studies of him." His lips moved silently for a moment as he invented, "'George B. Wilson at the Gasoline Pump,' or something like that."

Catherine leaned close to me and whispered in my ear:

"Neither of them can stand the person they're married to."

caballero llamado Gatsby. ¿Lo conoces?

—Vivo en la casa de al lado.

—Bueno, dicen que es un sobrino o un primo del emperador Guillermo II. De ahí viene todo su dinero.

—¿De verdad?

Ella asintió.

—Le tengo miedo. Odiaría que se la tome conmigo.

Esta fascinante información sobre mi vecino fue interrumpida por la señora McKee, que señaló repentinamente a Catherine:

—Chester, creo que podrías hacer algo con *ella* —espetó ella, pero el señor McKee se limitó a asentir de forma aburrida, y volvió su atención hacia Tom.

—Me gustaría hacer más trabajos en Long Island, si pudiera conseguir quien me presente. Todo lo que pido es que me den algo para comenzar.

—Pregúntale a Myrtle —dijo Tom, rompiendo en un breve alarido de risa cuando la señora Wilson entró con una bandeja—. Te dará una carta de presentación, ¿verdad, Myrtle?

—¿Hacer qué? —preguntó ella, sorprendida.

—Le darás a McKee una carta de presentación para tu marido, para que pueda hacer algunos estudios sobre él —sus labios se movieron en silencio por un momento mientras inventaba—, «George B. Wilson en la bomba de gasolina», o algo así.

Catherine se acercó a mí y me susurró al oído:

—Ninguno de los dos soporta a la persona con la que están casados.

"Can't they?"

"Can't *stand* them." She looked at Myrtle and then at Tom. "What I say is, why go on living with them if they can't stand them? If I was them I'd get a divorce and get married to each other right away."

"Doesn't she like Wilson either?"

The answer to this was unexpected. It came from Myrtle, who had overheard the question, and it was violent and obscene.

"You see," cried Catherine triumphantly. She lowered her voice again. "It's really his wife that's keeping them apart. She's a Catholic, and they don't believe in divorce."

Daisy was not a Catholic, and I was a little shocked at the elaborateness of the lie.

"When they do get married," continued Catherine, "they're going West to live for a while until it blows over."

"It'd be more discreet to go to Europe."

"Oh, do you like Europe?" she exclaimed surprisingly. "I just got back from Monte Carlo."

"Really."

"Just last year. I went over there with another girl."

"Stay long?"

"No, we just went to Monte Carlo and back. We went by way of Marseilles. We had over twelve hundred dollars when we started, but we got gyped out of it all in two days in the private rooms. We had an awful time getting back, I can tell you. God, how I hated that town!"

The late afternoon sky bloomed in the window for a moment

—¿Es así?

—No los *soportan.* —Ella miró a Myrtle y luego a Tom—. Lo que digo es, ¿para qué seguir viviendo con ellos si no se soportan? Si yo fuera ellos me divorciaría y me casaría con el otro enseguida.

—¿A ella tampoco le gusta Wilson?

La respuesta fue inesperada. Vino de Myrtle, que había escuchado la pregunta, y fue violenta y obscena.

—Ya ves —gritó Catherine triunfante. Volvió a bajar la voz—. Es realmente su esposa la que los mantiene separados. Ella es católica y no creen en el divorcio.

Daisy no era católica, y me sorprendió un poco la elaboración de la mentira.

—Cuando se casen —continuó Catherine—, se irán al Oeste a vivir un tiempo hasta que todo se calme.

—Sería más discreto ir a Europa.

—Oh, ¿te gusta Europa? —exclamó sorprendida—. Acabo de volver de Montecarlo.

—¿De verdad?

—Sí, el año pasado. Fui allí con otra chica.

—¿Te quedaste mucho tiempo?

—No, solo fuimos a Montecarlo y volvimos. Pasamos por Marsella. Teníamos más de mil doscientos dólares cuando empezamos, pero nos lo quitaron todo en dos días en las habitaciones privadas. Lo pasamos muy mal al volver, te lo aseguro. ¡Dios, cómo odiaba esa ciudad!

El cielo de la tarde floreció en la ventana por un momento como la

like the blue honey of the Mediterranean—then the shrill voice of Mrs. McKee called me back into the room.

"I almost made a mistake, too," she declared vigorously. "I almost married a little kike who'd been after me for years. I knew he was below me. Everybody kept saying to me: 'Lucille, that man's way below you!' But if I hadn't met Chester, he'd of got me sure."

"Yes, but listen," said Myrtle Wilson, nodding her head up and down, "at least you didn't marry him."

"I know I didn't."

"Well, I married him," said Myrtle, ambiguously. "And that's the difference between your case and mine."

"Why did you, Myrtle?" demanded Catherine. "Nobody forced you to."

Myrtle considered.

"I married him because I thought he was a gentleman," she said finally. "I thought he knew something about breeding, but he wasn't fit to lick my shoe."

"You were crazy about him for a while," said Catherine.

"Crazy about him!" cried Myrtle incredulously. "Who said I was crazy about him? I never was any more crazy about him than I was about that man there."

She pointed suddenly at me, and everyone looked at me accusingly. I tried to show by my expression that I expected no affection.

"The only *crazy* I was was when I married him. I knew right away I made a mistake. He borrowed somebody's best suit to get married in, and never even told me about it, and the man came after it one day when he was out: 'Oh, is that your suit?' I said. 'This is the

miel azul del Mediterráneo; entonces la voz estridente de la señora McKee me devolvió a la habitación.

—Yo también estuve a punto de cometer un error —declaró enérgicamente—. Estuve a punto de casarme con un pequeño judío que me perseguía hacía años. Sabía que estaba por debajo de mí. Todo el mundo me decía: «Lucille, ese hombre está muy por debajo de ti». Pero si no hubiera conocido a Chester, seguro que me habría pillado.

—Sí, pero escucha —dijo Myrtle Wilson, moviendo la cabeza de arriba abajo—, al menos no te casaste con él.

—Lo sé, no lo hice.

—Bueno, yo me casé con él —dijo Myrtle, ambiguamente—. Y esa es la diferencia entre tu caso y el mío.

—¿Por qué lo hiciste, Myrtle? —preguntó Catherine—. Nadie te obligó.

Myrtle reflexionó.

—Me casé con él porque pensé que era un caballero —dijo finalmente—. Pensé que tenía algo de buena educación, pero no era digno de lamerme el zapato.

—Estuviste loca por él durante un tiempo —dijo Catherine.

—¡Loca por él! —gritó Myrtle incrédula—. ¿Quién ha dicho que estaba loca por él? Nunca estuve más loca por él que por ese hombre que está ahí.

Me señaló de repente, y todos me miraron de forma acusadora. Traté de demostrar con mi expresión que no esperaba ningún aprecio.

—La única *locura* que tuve fue cuando me casé con él. Supe enseguida que había cometido un error. Tomó prestado el mejor traje de alguien para casarse, y ni siquiera me lo dijo, y el hombre vino a buscarlo un día cuando él estaba fuera: «Oh, ¿es ese su traje?», le

first I ever heard about it.' But I gave it to him and then I lay down and cried to beat the band all afternoon."

"She really ought to get away from him," resumed Catherine to me. "They've been living over that garage for eleven years. And Tom's the first sweetie she ever had."

The bottle of whisky—a second one—was now in constant demand by all present, excepting Catherine, who "felt just as good on nothing at all." Tom rang for the janitor and sent him for some celebrated sandwiches, which were a complete supper in themselves. I wanted to get out and walk eastward toward the park through the soft twilight, but each time I tried to go I became entangled in some wild, strident argument which pulled me back, as if with ropes, into my chair. Yet high over the city our line of yellow windows must have contributed their share of human secrecy to the casual watcher in the darkening streets, and I saw him too, looking up and wondering. I was within and without, simultaneously enchanted and repelled by the inexhaustible variety of life.

Myrtle pulled her chair close to mine, and suddenly her warm breath poured over me the story of her first meeting with Tom.

"It was on the two little seats facing each other that are always the last ones left on the train. I was going up to New York to see my sister and spend the night. He had on a dress suit and patent leather shoes, and I couldn't keep my eyes off him, but every time he looked at me I had to pretend to be looking at the advertisement over his head. When we came into the station he was next to me, and his white shirtfront pressed against my arm, and so I told him I'd have to call a policeman, but he knew I lied. I was so excited that when I got into a taxi with him I didn't hardly know I wasn't getting into a subway train. All I kept thinking about, over and over, was 'You can't live forever; you can't live forever.'"

She turned to Mrs. McKee and the room rang full of her artificial laughter.

dije. «Es la primera vez que oigo hablar de ello». Pero se lo di y luego me acosté y lloré sin parar toda la tarde.

—Realmente debería alejarse de él —me resumió Catherine—. Llevan once años viviendo en ese garaje. Y Tom es el primer amor que tuvo.

La botella de *whisky* —la segunda— era ahora solicitada constantemente por todos los presentes, excepto por Catherine, que «se sentía igual de bien sin nada». Tom llamó al conserje y le mandó traer unos famosos sándwiches, que eran una cena completa en sí mismos. Yo quería salir y caminar hacia el este, hacia el parque, a través del suave crepúsculo, pero cada vez que intentaba ir me enredaba en alguna discusión salvaje y estridente que me hacía retroceder, como tirado con una cuerda, hacia mi silla. Sin embargo, en lo alto de la ciudad, nuestra línea de ventanas amarillas debió de aportar su cuota de secreto humano al observador casual de las calles que se oscurecían, y yo también lo vi, mirando hacia arriba y preguntándose. Yo estaba dentro y fuera, simultáneamente encantado y repelido por la inagotable variedad de la vida.

Myrtle acercó su silla a la mía y, de repente, su cálido aliento derramó sobre mí la historia de su primer encuentro con Tom.

—Fue en los dos pequeños asientos enfrentados que siempre son los últimos que quedan en el tren. Iba a Nueva York a ver a mi hermana y a pasar la noche. Él estaba vestido de etiqueta, con zapatos de charol, y yo no podía dejar de mirarle, pero cada vez que él me miraba yo tenía que fingir que estaba mirando el anuncio que había sobre su cabeza. Cuando entramos en la estación, él estaba a mi lado, y su camisa blanca me presionaba el brazo, y entonces le dije que tendría que llamar a un policía, pero él sabía que yo mentía. Estaba tan excitada que cuando me subí a un taxi con él apenas sabía que no estaba subiendo a un tren subterráneo. Lo único que pensaba, una y otra vez, era «No puedes vivir para siempre; no puedes vivir para siempre».

Se volvió hacia la señora McKee y la habitación se llenó de su risa artificial.

"My dear," she cried, "I'm going to give you this dress as soon as I'm through with it. I've got to get another one tomorrow. I'm going to make a list of all the things I've got to get. A massage and a wave, and a collar for the dog, and one of those cute little ashtrays where you touch a spring, and a wreath with a black silk bow for mother's grave that'll last all summer. I got to write down a list so I won't forget all the things I got to do."

It was nine o'clock—almost immediately afterward I looked at my watch and found it was ten. Mr. McKee was asleep on a chair with his fists clenched in his lap, like a photograph of a man of action. Taking out my handkerchief I wiped from his cheek the spot of dried lather that had worried me all the afternoon.

The little dog was sitting on the table looking with blind eyes through the smoke, and from time to time groaning faintly. People disappeared, reappeared, made plans to go somewhere, and then lost each other, searched for each other, found each other a few feet away. Some time toward midnight Tom Buchanan and Mrs. Wilson stood face to face discussing, in impassioned voices, whether Mrs. Wilson had any right to mention Daisy's name.

"Daisy! Daisy! Daisy!" shouted Mrs. Wilson. "I'll say it whenever I want to! Daisy! Dai—"

Making a short deft movement, Tom Buchanan broke her nose with his open hand.

Then there were bloody towels upon the bathroom floor, and women's voices scolding, and high over the confusion a long broken wail of pain. Mr. McKee awoke from his doze and started in a daze toward the door. When he had gone halfway he turned around and stared at the scene—his wife and Catherine scolding and consoling as they stumbled here and there among the crowded furniture with articles of aid, and the despairing figure on the couch, bleeding fluently, and trying to spread a copy of *Town Tattle* over the tapestry scenes of Versailles. Then Mr. McKee turned and continued on out the door. Taking my hat from the chandelier, I followed.

—Querida —exclamó—, te voy a regalar este vestido en cuanto me lo saque. Mañana tengo que comprar otro. Voy a hacer una lista de todas las cosas que tengo que hacer. Un masaje y una permanente, y un collar para el perro, y uno de esos ceniceros tan bonitos en los que se toca un resorte, y una corona con un lazo de seda negro para la tumba de mamá que dure todo el verano. Tengo que escribir una lista para que no se me olviden todas las cosas que tengo que hacer.

Eran las nueve; casi inmediatamente después miré mi reloj y descubrí que eran las diez. El señor McKee estaba dormido en una silla con los puños cerrados en el regazo, como una fotografía de un hombre de acción. Sacando mi pañuelo limpié de su mejilla la mancha de espuma seca que me había preocupado toda la tarde.

El perrito estaba sentado en la mesa mirando con ojos ciegos a través del humo, y de vez en cuando gemía débilmente. La gente desaparecía, reaparecía, hacía planes para ir a alguna parte, y luego se perdía, se buscaba, se encontraba a pocos metros. En algún momento hacia la medianoche, Tom Buchanan y la señora Wilson estaban frente a frente discutiendo, con voces apasionadas, sobre si la señora Wilson tenía derecho a mencionar el nombre de Daisy.

—¡Daisy! ¡Daisy! Daisy! —gritó la señora Wilson—. ¡Lo diré cuando quiera! ¡Daisy! Dai...

Con un breve y hábil movimiento, Tom Buchanan le rompió la nariz con la mano abierta.

Entonces hubo toallas ensangrentadas en el suelo del cuarto de baño, y voces de mujeres indignadas, y por encima de la confusión un largo y entrecortado gemido de dolor. El señor McKee se despertó de su letargo y se dirigió aturdido hacia la puerta. Cuando hubo recorrido la mitad del camino, se dio la vuelta y contempló la escena: su esposa y Catherine regañando y consolando mientras tropezaban aquí y allá entre los muebles amontonados con artículos para emergencia, y la figura desesperada en el sofá, sangrando con fluidez, y tratando de extender un ejemplar de *Town Tattle* sobre las escenas del tapiz de Versalles. Entonces el señor McKee se dio la vuelta y se encaminó nuevamente hacia la puerta. Tomando mi sombrero del candelabro, lo seguí.

"Come to lunch some day," he suggested, as we groaned down in the elevator.

"Where?"

"Anywhere."

"Keep your hands off the lever," snapped the elevator boy.

"I beg your pardon," said Mr. McKee with dignity, "I didn't know I was touching it."

"All right," I agreed, "I'll be glad to."

... I was standing beside his bed and he was sitting up between the sheets, clad in his underwear, with a great portfolio in his hands.

"Beauty and the Beast... Loneliness... Old Grocery Horse... Brook'n Bridge..."

Then I was lying half asleep in the cold lower level of the Pennsylvania Station, staring at the morning *Tribune,* and waiting for the four o'clock train.

—Ven a comer algún día —sugirió, mientras bajábamos en el ascensor.

—¿Dónde?

—A cualquier sitio.

—Quite las manos de la palanca —se quejó el ascensorista.

—Disculpe —dijo el señor McKee con dignidad—, no sabía que la estaba tocando.

—Está bien —acepté—, lo haré con gusto.

... Yo estaba de pie junto a su cama y él estaba sentado entre las sábanas, en calzoncillos, con una gran carpeta en las manos.

«La Bella y la Bestia... Soledad... El viejo caballo de la tienda de comestibles... El puente de Brooklin...».

Y luego yo estaba tumbado medio dormido en el frío piso inferior de Pennsylvania Station, mirando fijamente al *Tribune* de la mañana, y esperando el tren de las cuatro.

III

There was music from my neighbour's house through the summer nights. In his blue gardens men and girls came and went like moths among the whisperings and the champagne and the stars. At high tide in the afternoon I watched his guests diving from the tower of his raft, or taking the sun on the hot sand of his beach while his two motorboats slit the waters of the Sound, drawing aquaplanes over cataracts of foam. On weekends his Rolls-Royce became an omnibus, bearing parties to and from the city between nine in the morning and long past midnight, while his station wagon scampered like a brisk yellow bug to meet all trains. And on Mondays eight servants, including an extra gardener, toiled all day with mops and scrubbing-brushes and hammers and garden-shears, repairing the ravages of the night before.

Every Friday five crates of oranges and lemons arrived from a fruiterer in New York—every Monday these same oranges and lemons left his back door in a pyramid of pulpless halves. There was a machine in the kitchen which could extract the juice of two hundred oranges in half an hour if a little button was pressed two hundred times by a butler's thumb.

At least once a fortnight a corps of caterers came down with several hundred feet of canvas and enough coloured lights to make a Christmas tree of Gatsby's enormous garden. On buffet tables, garnished with glistening hors-d'oeuvre, spiced baked hams crowded against salads of harlequin designs and pastry pigs and turkeys bewitched to a dark gold. In the main hall a bar with a real brass rail was set up, and stocked with gins and liquors and with cordials so long forgotten that most of his female guests were too young to know one from another.

By seven o'clock the orchestra has arrived, no thin five-piece affair, but a whole pitful of oboes and trombones and saxophones and viols and cornets and piccolos, and low and high drums. The last swimmers have come in from the beach now and are dressing upstairs; the cars from New York are parked five deep in the

Había música en la casa de mi vecino durante las noches de verano. En sus jardines azules, hombres y mujeres iban y venían como polillas entre los murmullos, el champán y las estrellas. Por la tarde, con la marea alta, veía a sus invitados zambullirse desde el trampolín de su plataforma, o tomar el sol en la arena caliente de su playa mientras sus dos lanchas motoras surcaban las aguas del Sound, remolcando hidroaviones sobre cataratas de espuma. Los fines de semana, su Rolls-Royce se convertía en un ómnibus que llevaba y traía a los grupos a la ciudad entre las nueve de la mañana y mucho después de la medianoche, mientras su camioneta correteaba como un veloz insecto amarillo al encuentro de todos los trenes. Y los lunes, ocho sirvientes, incluido un jardinero extra, trabajaban todo el día con fregonas y cepillos, martillos y tijeras de jardín, reparando los estragos de la noche anterior.

Todos los viernes llegaban cinco cajas de naranjas y limones de un frutero de Nueva York, y todos los lunes esas mismas naranjas y limones salían de su puerta trasera en una pirámide de mitades sin pulpa. Había una máquina en la cocina que podía extraer el zumo de doscientas naranjas en media hora si se pulsaba un pequeño botón doscientas veces con el pulgar de un mayordomo.

Al menos una vez por quincena bajaba un cuerpo de camareros con varios cientos de metros de lona y suficientes luces de colores para hacer un árbol de Navidad del enorme jardín de Gatsby. En las mesas del buffet, adornadas con relucientes entremeses, se agolpaban los jamones horneados con especias frente a las ensaladas de diseños arlequinados y los cerdos y pavos de pastelería como encantados, en un dorado oscuro. En el salón principal se instaló un bar con una auténtica barandilla de bronce, abastecido con ginebras y licores y con cordiales tan olvidados que la mayoría de sus invitadas eran demasiado jóvenes para distinguir unos de otros.

A las siete en punto ha llegado la orquesta, que no es simplemente un quinteto, sino un montón de oboes, trombones, saxofones, violas, cornetas y flautas dulces, y tambores bajos y altos. Los últimos bañistas han llegado de la playa y se están vistiendo en el piso de arriba; los coches de Nueva York están aparcados a cinco metros de

drive, and already the halls and salons and verandas are gaudy with primary colours, and hair bobbed in strange new ways, and shawls beyond the dreams of Castile. The bar is in full swing, and floating rounds of cocktails permeate the garden outside, until the air is alive with chatter and laughter, and casual innuendo and introductions forgotten on the spot, and enthusiastic meetings between women who never knew each other's names.

The lights grow brighter as the earth lurches away from the sun, and now the orchestra is playing yellow cocktail music, and the opera of voices pitches a key higher. Laughter is easier minute by minute, spilled with prodigality, tipped out at a cheerful word. The groups change more swiftly, swell with new arrivals, dissolve and form in the same breath; already there are wanderers, confident girls who weave here and there among the stouter and more stable, become for a sharp, joyous moment the centre of a group, and then, excited with triumph, glide on through the sea-change of faces and voices and colour under the constantly changing light.

Suddenly one of these gypsies, in trembling opal, seizes a cocktail out of the air, dumps it down for courage and, moving her hands like Frisco, dances out alone on the canvas platform. A momentary hush; the orchestra leader varies his rhythm obligingly for her, and there is a burst of chatter as the erroneous news goes around that she is Gilda Gray's understudy from the Follies. The party has begun.

I believe that on the first night I went to Gatsby's house I was one of the few guests who had actually been invited. People were not invited—they went there. They got into automobiles which bore them out to Long Island, and somehow they ended up at Gatsby's door. Once there they were introduced by somebody who knew Gatsby, and after that they conducted themselves according to the rules of behaviour associated with an amusement park. Sometimes they came and went without having met Gatsby at all, came for the party with a simplicity of heart that was its own ticket of admission.

I had been actually invited. A chauffeur in a uniform of robin's-

profundidad en la entrada, y los salones y las terrazas ya están llenos de colores primarios, de cabellos ondulados de formas extrañas y de chales que ni siquiera se sueñan en Castilla. El bar está en pleno apogeo, y flotan las rondas de cócteles que impregnan el jardín exterior, hasta que el aire está vivo con charlas y risas, e insinuaciones casuales y presentaciones olvidadas en el acto, y encuentros entusiastas entre mujeres que nunca supieron sus nombres.

Las luces se hacen más brillantes a medida que la tierra se aleja del sol, y ahora la orquesta está tocando música de cóctel, y la ópera de voces alcanza un tono más alto. La risa es más fácil minuto a minuto, se derrama con prodigalidad, se vuelca en una palabra alegre. Los grupos cambian más rápidamente, se hinchan con nuevas llegadas, se disuelven y se forman en el mismo instante; ya hay vagabundos, chicas seguras de sí mismas que se entrelazan aquí y allá entre los más robustos y estables, se convierten por un momento en el centro de un grupo, y luego, excitadas por el triunfo, se deslizan a través del mar de rostros y voces y colores bajo la luz que cambia constantemente.

De repente, una de estas gitanas, con su vestido de ópalo, coge un cóctel al vuelo, lo bebe de un trago para armarse de valor y, moviendo las manos como Frisco, sale bailando sola a la plataforma de lona. Se hace un silencio momentáneo; el director de orquesta se ve obligado a cambiar el ritmo para ella, y hay un estallido de charla cuando se difunde la noticia errónea de que es la suplente de Gilda Gray de las Follies. La fiesta ha comenzado.

Creo que la primera noche que fui a la casa de Gatsby fui uno de los pocos huéspedes que realmente habían sido invitados. La gente no era invitada, sino que iba allí. Se subían a automóviles que los llevaban a Long Island y, de alguna manera, acababan en la puerta de Gatsby. Una vez allí eran presentados por alguien que conocía a Gatsby, y después se comportaban según las normas asociadas a un parque de atracciones. A veces iban y venían sin haber conocido a Gatsby en absoluto, llegaban a la fiesta con una sencillez de corazón que era su propio billete de entrada.

En realidad, me habían invitado. Un chófer con un uniforme de

egg blue crossed my lawn early that Saturday morning with a surprisingly formal note from his employer: the honour would be entirely Gatsby's, it said, if I would attend his "little party" that night. He had seen me several times, and had intended to call on me long before, but a peculiar combination of circumstances had prevented it—signed Jay Gatsby, in a majestic hand.

Dressed up in white flannels I went over to his lawn a little after seven, and wandered around rather ill at ease among swirls and eddies of people I didn't know—though here and there was a face I had noticed on the commuting train. I was immediately struck by the number of young Englishmen dotted about; all well dressed, all looking a little hungry, and all talking in low, earnest voices to solid and prosperous Americans. I was sure that they were selling something: bonds or insurance or automobiles. They were at least agonizingly aware of the easy money in the vicinity and convinced that it was theirs for a few words in the right key.

As soon as I arrived I made an attempt to find my host, but the two or three people of whom I asked his whereabouts stared at me in such an amazed way, and denied so vehemently any knowledge of his movements, that I slunk off in the direction of the cocktail table—the only place in the garden where a single man could linger without looking purposeless and alone.

I was on my way to get roaring drunk from sheer embarrassment when Jordan Baker came out of the house and stood at the head of the marble steps, leaning a little backward and looking with contemptuous interest down into the garden.

Welcome or not, I found it necessary to attach myself to someone before I should begin to address cordial remarks to the passersby.

"Hello!" I roared, advancing toward her. My voice seemed unnaturally loud across the garden.

"I thought you might be here," she responded absently as I

color azul huevo de petirrojo cruzó mi jardín aquel sábado por la mañana, temprano, con una nota sorprendentemente formal de su empleador: el honor sería enteramente de Gatsby, decía, si yo asistía a su «pequeña fiesta» esa noche. Me había visto varias veces y había tenido la intención de visitarme mucho antes, pero una peculiar combinación de circunstancias lo había impedido; todo firmado por Jay Gatsby, con una caligrafía majestuosa.

Vestido con un traje de franela blanca, me dirigí a su jardín poco después de las siete, y deambulé bastante incómodo entre remolinos y remolinos de gente que no conocía, aunque por aquí y por allá había una cara que había visto en el tren. Enseguida me llamó la atención la cantidad de jóvenes ingleses que había por allí; todos bien vestidos, con aspecto un poco hambriento, y todos hablando en voz baja y con seriedad con estadounidenses sólidos y prósperos. Estaba seguro de que vendían algo: bonos o seguros o automóviles. Eran conscientes, por lo menos, del dinero fácil que había a su alrededor y estaban convencidos de que sería suyo a cambio de unas pocas palabras en el tono adecuado.

Nada más llegar intenté encontrar a mi anfitrión, pero las dos o tres personas a las que pregunté por su paradero me miraron con tal asombro y negaron con tanta vehemencia cualquier conocimiento de sus movimientos, que me escabullí en dirección a la tabla de cócteles, el único lugar del jardín en el que un hombre solo podía permanecer sin parecer inútil y solitario.

Estaba a punto de emborracharme de pura vergüenza cuando Jordan Baker salió de la casa y se paró a la cabecera de la escalinata de mármol, inclinándose un poco hacia atrás y mirando con despectivo interés hacia el jardín.

Bienvenido o no, me pareció mejor unirme a alguien antes de empezar a dirigir comentarios cordiales a los transeúntes.

—¡Hola! —rugí, avanzando hacia ella. Mi voz parecía anormalmente alta a través del jardín.

—Pensé que estarías aquí —respondió distraídamente cuando me

came up. "I remembered you lived next door to—"

She held my hand impersonally, as a promise that she'd take care of me in a minute, and gave ear to two girls in twin yellow dresses, who stopped at the foot of the steps.

"Hello!" they cried together. "Sorry you didn't win."

That was for the golf tournament. She had lost in the finals the week before.

"You don't know who we are," said one of the girls in yellow, "but we met you here about a month ago."

"You've dyed your hair since then," remarked Jordan, and I started, but the girls had moved casually on and her remark was addressed to the premature moon, produced like the supper, no doubt, out of a caterer's basket. With Jordan's slender golden arm resting in mine, we descended the steps and sauntered about the garden. A tray of cocktails floated at us through the twilight, and we sat down at a table with the two girls in yellow and three men, each one introduced to us as Mr. Mumble.

"Do you come to these parties often?" inquired Jordan of the girl beside her.

"The last one was the one I met you at," answered the girl, in an alert confident voice. She turned to her companion: "Wasn't it for you, Lucille?"

It was for Lucille, too.

"I like to come," Lucille said. "I never care what I do, so I always have a good time. When I was here last I tore my gown on a chair, and he asked me my name and address—inside of a week I got a package from Croirier's with a new evening gown in it."

acerqué—. Recordé que vivías al lado de...

Me cogió la mano de forma impersonal, como una promesa de que se ocuparía de mí en un minuto, y prestó atención a dos chicas con vestidos amarillos idénticos, que se detuvieron al pie de la escalinata.

—¡Hola! —gritaron juntas—. Lo sentimos que no hayas ganado.

Eso fue en el torneo de golf. Había perdido en la final la semana anterior.

—No sabes quiénes somos —dijo una de las chicas de amarillo—, pero te conocimos aquí hace un mes.

—Se han teñido el pelo desde entonces —comentó Jordan, y yo me puse en marcha, pero las chicas se habían alejado despreocupadamente y su comentario quedó dirigido a la luna prematura, sacada, como la cena, sin duda, de la cesta de un proveedor. Con el esbelto brazo dorado de Jordan apoyado en el mío, bajamos los escalones y paseamos por el jardín. Una bandeja de cócteles flotó hacia nosotros a través del crepúsculo, y nos sentamos en una mesa con las dos chicas de amarillo y tres hombres, cada uno de los cuales se nos presentó como el señor Mmmm.

—¿Vienes a menudo a estas fiestas? —preguntó Jordan a la chica que estaba a su lado.

—La última a la que vine fue en la que te conocí —respondió la chica, con voz segura y alerta. Se volvió hacia su compañera y dijo—: ¿Tú, lo mismo, no es así Lucille?

También era así para Lucille.

—Me gusta venir —dijo Lucille—. Nunca me importa lo que hago, así que siempre me lo paso bien. La última vez que estuve aquí me rompí el vestido en una silla, y él me preguntó mi nombre y mi dirección; en una semana recibí un paquete de Croirier's con un vestido de noche nuevo.

"Did you keep it?" asked Jordan.

"Sure I did. I was going to wear it tonight, but it was too big in the bust and had to be altered. It was gas blue with lavender beads. Two hundred and sixty-five dollars."

"There's something funny about a fellow that'll do a thing like that," said the other girl eagerly. "He doesn't want any trouble with *any*body."

"Who doesn't?" I inquired.

"Gatsby. Somebody told me—"

The two girls and Jordan leaned together confidentially.

"Somebody told me they thought he killed a man once."

A thrill passed over all of us. The three Mr. Mumbles bent forward and listened eagerly.

"I don't think it's so much *that*," argued Lucille sceptically; "It's more that he was a German spy during the war."

One of the men nodded in confirmation.

"I heard that from a man who knew all about him, grew up with him in Germany," he assured us positively.

"Oh, no," said the first girl, "it couldn't be that, because he was in the American army during the war." As our credulity switched back to her she leaned forward with enthusiasm. "You look at him sometimes when he thinks nobody's looking at him. I'll bet he killed a man."

She narrowed her eyes and shivered. Lucille shivered. We all turned and looked around for Gatsby. It was testimony to the romantic speculation he inspired that there were whispers about him from those who had found little that it was necessary to whis-

—¿Lo guardaste? —preguntó Jordan.

—Claro que sí. Iba a ponérmelo esta noche, pero me quedaba demasiado grande en el busto y tenía que arreglarlo. Era azul gas con cuentas de color lavanda. Doscientos sesenta y cinco dólares.

—Hay algo curioso en un tipo que hace una cosa así —dijo la otra chica con entusiasmo—. No quiere tener problemas con *nadie*.

—¿Quién no quiere? —pregunté.

—Gatsby. Alguien me dijo...

Las dos chicas y Jordan se inclinaron juntas confidencialmente.

—Alguien me dijo que creía que él había matado a alguien una vez.

Un estremecimiento nos invadió a todos. Los tres señores Mmmm se inclinaron hacia delante y escucharon con avidez.

—No creo que llegue a tanto como *eso* —argumentó Lucille con escepticismo—; creo más bien que fue un espía alemán durante la guerra.

Uno de los hombres asintió en señal de confirmación.

—Me lo dijo un hombre que lo sabía todo, que creció con él en Alemania —aseguró positivamente.

—Oh, no —dijo la primera chica—, no puede ser eso, porque estuvo en el ejército americano durante la guerra. —Cuando nuestra credulidad pasó de nuevo a ella, se inclinó hacia delante con entusiasmo—. Mírenlo a veces cuando cree que nadie lo está mirando. Apuesto a que mató a un hombre.

Entrecerró los ojos y se estremeció. Lucille se estremeció. Todos nos volvimos y miramos a nuestro alrededor en busca de Gatsby. Era testimonio de la especulación romántica que inspiraba el hecho de que hubiera susurros sobre él por parte de aquellos que habían

per about in this world.

The first supper—there would be another one after midnight—was now being served, and Jordan invited me to join her own party, who were spread around a table on the other side of the garden. There were three married couples and Jordan's escort, a persistent undergraduate given to violent innuendo, and obviously under the impression that sooner or later Jordan was going to yield him up her person to a greater or lesser degree. Instead of rambling, this party had preserved a dignified homogeneity, and assumed to itself the function of representing the staid nobility of the countryside—East Egg condescending to West Egg and carefully on guard against its spectroscopic gaiety.

"Let's get out," whispered Jordan, after a somehow wasteful and inappropriate half-hour; "this is much too polite for me."

We got up, and she explained that we were going to find the host: I had never met him, she said, and it was making me uneasy. The undergraduate nodded in a cynical, melancholy way.

The bar, where we glanced first, was crowded, but Gatsby was not there. She couldn't find him from the top of the steps, and he wasn't on the veranda. On a chance we tried an important-looking door, and walked into a high Gothic library, panelled with carved English oak, and probably transported complete from some ruin overseas.

A stout, middle-aged man, with enormous owl-eyed spectacles, was sitting somewhat drunk on the edge of a great table, staring with unsteady concentration at the shelves of books. As we entered he wheeled excitedly around and examined Jordan from head to foot.

"What do you think?" he demanded impetuously.

"About what?"

encontrado poco acerca de lo que fuera necesario susurrar en este mundo.

La primera cena —iba a haber otra después de la medianoche— se estaba sirviendo ahora, y Jordan me invitó a unirme a su propio grupo, que estaba sentado alrededor de una mesa en el otro lado del jardín. Había tres matrimonios y el acompañante de Jordan, un estudiante obstinado y dado a las insinuaciones violentas, y que obviamente tenía la impresión de que tarde o temprano Jordan iba a cederle su persona en mayor o menor grado. En lugar de dispersarse, este grupo había conservado una digna homogeneidad, y había asumido para sí la función de representar a la estirada nobleza de la campiña: el East Egg condescendiendo con el West Egg y poniéndose cuidadosamente en guardia contra su espectroscópica alegría.

—Vamos —susurró Jordan, después de una media hora en cierto modo desaprovechada e insípida—; esto es demasiado bien educado para mí.

Nos levantamos, y ella explicó que íbamos a buscar al anfitrión: yo nunca lo había conocido, dijo, y eso me inquietaba. El estudiante asintió con un gesto cínico y melancólico.

El bar, donde miramos primero, estaba lleno, pero Gatsby no estaba allí. Ella no pudo encontrarlo desde lo alto de la escalera, y no estaba en la veranda tampoco. Por casualidad probamos una puerta de aspecto importante y entramos en una biblioteca gótica, con techos altos y paneles de roble inglés tallado, y probablemente transportada completa desde alguna ruina en el extranjero.

Un hombre corpulento de mediana edad, con enormes gafas de ojo de búho, estaba sentado algo borracho en el borde de una gran mesa, mirando con inestable concentración los estantes de libros. Cuando entramos, se giró excitado y examinó a Jordan de pies a cabeza.

—¿Qué les parece? —preguntó impetuosamente.

—¿Qué cosa?

He waved his hand toward the bookshelves.

"About that. As a matter of fact you needn't bother to ascertain. I ascertained. They're real."

"The books?"

He nodded.

"Absolutely real—have pages and everything. I thought they'd be a nice durable cardboard. Matter of fact, they're absolutely real. Pages and—Here! Lemme show you."

Taking our scepticism for granted, he rushed to the bookcases and returned with Volume One of the *Stoddard Lectures.*

"See!" he cried triumphantly. "It's a bona-fide piece of printed matter. It fooled me. This fella's a regular Belasco. It's a triumph. What thoroughness! What realism! Knew when to stop, too—didn't cut the pages. But what do you want? What do you expect?"

He snatched the book from me and replaced it hastily on its shelf, muttering that if one brick was removed the whole library was liable to collapse.

"Who brought you?" he demanded. "Or did you just come? I was brought. Most people were brought."

Jordan looked at him alertly, cheerfully, without answering.

"I was brought by a woman named Roosevelt," he continued. "Mrs. Claud Roosevelt. Do you know her? I met her somewhere last night. I've been drunk for about a week now, and I thought it might sober me up to sit in a library."

"Has it?"

"A little bit, I think. I can't tell yet. I've only been here an hour. Did I tell you about the books? They're real. They're—"

Hizo un gesto con la mano hacia las bibliotecas.

—Esto. De hecho, no hace falta que se molesten en averiguarlo. Lo he comprobado. Son reales.

—¿Los libros?

Asintió con la cabeza.

—Absolutamente reales: tienen páginas y todo. Pensé que estarían hechas de un buen cartón duradero. De hecho, son absolutamente reales. Páginas y... ¡Aquí! Déjenme mostrarles.

Dando por sentado nuestro escepticismo, se apresuró a ir a las estanterías y regresó con el primer volumen de las *Conferencias* de Stoddard.

—¡Miren! —gritó triunfante—. Es una pieza impresa de buena fe. Me ha engañado. Este tipo es un verdadero Belasco. Es un triunfo. ¡Qué minuciosidad! ¡Qué realismo! Sabía cuándo parar, también, no cortó las páginas. Pero, ¿qué quieren? ¿Qué esperan?

Me arrebató el libro y lo volvió a colocar apresuradamente en su estante, murmurando que si se quitaba un ladrillo toda la biblioteca podía derrumbarse.

—¿Quién los ha traído? —preguntó—. ¿O simplemente han venido? A mí me han traído. La mayoría de la gente ha sido traída.

Jordan le miró atenta y alegremente, sin responder.

—Me trajo una mujer llamada Roosevelt —continuó—. La señora Claud Roosevelt. ¿La conocen? La conocí anoche en algún lugar. Llevo una semana de borrachera y pensé que se me pasaría sentándome en una biblioteca.

—¿Y fue así?

—Un poco, creo. No puedo decirlo todavía. Solo llevo una hora aquí. ¿Les he hablado de los libros? Son reales. Son...

"You told us."

We shook hands with him gravely and went back outdoors.

There was dancing now on the canvas in the garden; old men pushing young girls backward in eternal graceless circles, superior couples holding each other tortuously, fashionably, and keeping in the corners—and a great number of single girls dancing individually or relieving the orchestra for a moment of the burden of the banjo or the traps. By midnight the hilarity had increased. A celebrated tenor had sung in Italian, and a notorious contralto had sung in jazz, and between the numbers people were doing "stunts" all over the garden, while happy, vacuous bursts of laughter rose toward the summer sky. A pair of stage twins, who turned out to be the girls in yellow, did a baby act in costume, and champagne was served in glasses bigger than finger-bowls. The moon had risen higher, and floating in the Sound was a triangle of silver scales, trembling a little to the stiff, tinny drip of the banjoes on the lawn.

I was still with Jordan Baker. We were sitting at a table with a man of about my age and a rowdy little girl, who gave way upon the slightest provocation to uncontrollable laughter. I was enjoying myself now. I had taken two finger-bowls of champagne, and the scene had changed before my eyes into something significant, elemental, and profound.

At a lull in the entertainment the man looked at me and smiled.

"Your face is familiar," he said politely. "Weren't you in the First Division during the war?"

"Why yes. I was in the Twenty-eighth Infantry."

"I was in the Sixteenth until June nineteen-eighteen. I knew I'd seen you somewhere before."

We talked for a moment about some wet, grey little villages in France. Evidently he lived in this vicinity, for he told me that he

—Nos lo has dicho.

Le estrechamos la mano con gravedad y volvimos a salir al exterior.

Ahora se bailaba en la pista del jardín; los viejos empujando a las jóvenes hacia atrás en eternos círculos sin gracia, parejas de clase sujetándose tortuosamente, a la moda, y manteniéndose en las esquinas, y un gran número de chicas solteras bailando individualmente o aliviando por un momento a la orquesta reemplazando el banjo o la percusión. A medianoche la hilaridad había aumentado. Un célebre tenor había cantado en italiano, y una notoria contralto había cantado jazz, y entre los números la gente hacía «acrobacias» por todo el jardín, mientras alegres y vacuos estallidos de risa se elevaban hacia el cielo de verano. Un par de mellizas en el  escenario, que resultaron ser las chicas de amarillo, hicieron un número sobre bebés disfrazados, y se sirvió champán en copas más grandes que lavafrutas. La luna había subido más alto, y flotando en el estrecho había un triángulo de escamas plateadas, temblando un poco al ritmo del goteo rígido y metálico de los banjos sobre el césped.

Yo seguía con Jordan Baker. Estábamos sentados en una mesa con un hombre de más o menos mi edad y una niña revoltosa, que a la menor provocación daba paso a una risa incontrolable. Ahora me estaba divirtiendo. Había tomado dos copas de champán, y la escena se había transformado ante mis ojos en algo significativo, elemental y profundo.

En una pausa en el entretenimiento, el hombre me miró y sonrió.

—Tu cara me resulta familiar —dijo amablemente—. ¿No estuviste en la Primera División durante la guerra?

—Pues sí. Estuve en el Vigésimo Octavo de Infantería.

—Estuve en el Decimosexto hasta junio de mil novecientos dieciocho. Sabía que te había visto antes en algún lugar.

Hablamos un momento de algunos pueblecitos húmedos y grises de Francia. Evidentemente, vivía en esta zona, porque me dijo que

had just bought a hydroplane, and was going to try it out in the morning.

"Want to go with me, old sport? Just near the shore along the Sound."

"What time?"

"Any time that suits you best."

It was on the tip of my tongue to ask his name when Jordan looked around and smiled.

"Having a gay time now?" she inquired.

"Much better." I turned again to my new acquaintance. "This is an unusual party for me. I haven't even seen the host. I live over there—" I waved my hand at the invisible hedge in the distance, "and this man Gatsby sent over his chauffeur with an invitation."

For a moment he looked at me as if he failed to understand.

"I'm Gatsby," he said suddenly.

"What!" I exclaimed. "Oh, I beg your pardon."

"I thought you knew, old sport. I'm afraid I'm not a very good host."

He smiled understandingly—much more than understandingly. It was one of those rare smiles with a quality of eternal reassurance in it, that you may come across four or five times in life. It faced—or seemed to face—the whole eternal world for an instant, and then concentrated on *you* with an irresistible prejudice in your favour. It understood you just so far as you wanted to be understood, believed in you as you would like to believe in yourself, and assured you that it had precisely the impression of you that, at your best, you hoped to convey. Precisely at that point it vanished—and I was looking at an elegant young roughneck, a year or

acababa de comprar un hidroavión y que iba a probarlo por la mañana.

—¿Quieres venir conmigo, viejo amigo? Solo por la orilla, a lo largo del Sound.

—¿A qué hora?

—A la hora que más te convenga.

Tenía en la punta de la lengua preguntarle su nombre cuando Jordan miró a su alrededor y sonrió.

—¿Lo estás pasando bien ahora? —preguntó.

—Mucho mejor. —Me volví una vez más hacia mi nuevo conocido—. Esta es una fiesta inusual para mí. Ni siquiera he visto al anfitrión. Vivo allí... —Hice un gesto con la mano hacia el seto invisible en la distancia—. Y este hombre, Gatsby, envió a su chófer con una invitación.

Por un momento me miró como si no entendiera.

—Yo soy Gatsby —dijo de repente.

—¡Qué! —exclamé—. ¡Oh! Le ruego que me perdone.

—Pensé que lo sabías, viejo amigo. Me temo que no soy un buen anfitrión.

Sonrió con comprensión, mucho más que con comprensión. Era una de esas raras sonrisas que tienen una cualidad de tranquilidad eterna, que puedes encontrar cuatro o cinco veces en la vida. Se enfrentó —o pareció enfrentarse— a todo el eterno mundo durante un instante, para luego concentrarse en *ti* con un prejuicio irresistible a tu favor. Te comprende en la medida en que quieres ser comprendido, cree en ti como te gustaría creer en ti mismo, y te asegura que tenía precisamente la impresión de ti que, en tu mejor momento, esperabas transmitir. Precisamente en ese momento se esfumó... y yo estaba mirando a un joven y elegante matón, un año o dos por

two over thirty, whose elaborate formality of speech just missed being absurd. Some time before he introduced himself I'd got a strong impression that he was picking his words with care.

Almost at the moment when Mr. Gatsby identified himself a butler hurried toward him with the information that Chicago was calling him on the wire. He excused himself with a small bow that included each of us in turn.

"If you want anything just ask for it, old sport," he urged me. "Excuse me. I will rejoin you later."

When he was gone I turned immediately to Jordan—constrained to assure her of my surprise. I had expected that Mr. Gatsby would be a florid and corpulent person in his middle years.

"Who is he?" I demanded. "Do you know?"

"He's just a man named Gatsby."

"Where is he from, I mean? And what does he do?"

"Now *you*'re started on the subject," she answered with a wan smile. "Well, he told me once he was an Oxford man."

A dim background started to take shape behind him, but at her next remark it faded away.

"However, I don't believe it."

"Why not?"

"I don't know," she insisted, "I just don't think he went there."

Something in her tone reminded me of the other girl's "I think he killed a man," and had the effect of stimulating my curiosity. I would have accepted without question the information that Gatsby sprang from the swamps of Louisiana or from the lower East Side of New York. That was comprehensible. But young men didn't—at least in my provincial inexperience I believed they

encima de la treintena, cuya elaborada formalidad al hablar apenas rozaba lo absurdo. Un momento antes de que se presentara, tuve la fuerte impresión de que elegía sus palabras con cuidado.

Casi en el momento en que el señor Gatsby se identificó, un mayordomo se apresuró a acercarse a él con la información de que Chicago le estaba llamando por teléfono. Se excusó con una pequeña reverencia que incluyó a cada uno de nosotros por turno.

—Si quieres algo, tan solo pídelo, viejo amigo —me instó—. Discúlpame. Me reuniré contigo más tarde.

Cuando se marchó, me dirigí inmediatamente a Jordan para compartir mi sorpresa. Había esperado que el señor Gatsby fuera una persona rubicunda y corpulenta de mediana edad.

—¿Quién es? —pregunté—. ¿Lo sabes?

—Solo es un hombre llamado Gatsby.

—¿De dónde es, quiero decir? ¿Y a qué se dedica?

—Ahora *tú* también te interesas en eso —contestó con una sonrisa desganada—. Bueno, me dijo una vez que había ido a Oxford.

Un tenue fondo comenzó a tomar forma detrás de él, pero ante su siguiente comentario se desvaneció.

—Sin embargo, no lo creo.

—¿Por qué no?

—No lo sé —insistió ella—, solo creo que él no estudió allí.

Algo en su tono me recordó el «creo que mató a un hombre» de la otra chica, y tuvo el efecto de estimular mi curiosidad. Habría aceptado sin rechistar la información de que Gatsby procedía de los pantanos de Louisiana o del Lower East Side de Nueva York. Eso era comprensible. Pero los jóvenes no —al menos, en mi inexperiencia provinciana, creía que no lo hacían— salían fríamente de la nada y

didn't—drift coolly out of nowhere and buy a palace on Long Island Sound.

"Anyhow, he gives large parties," said Jordan, changing the subject with an urban distaste for the concrete. "And I like large parties. They're so intimate. At small parties there isn't any privacy."

There was the boom of a bass drum, and the voice of the orchestra leader rang out suddenly above the echolalia of the garden.

"Ladies and gentlemen," he cried. "At the request of Mr. Gatsby we are going to play for you Mr. Vladmir Tostoff's latest work, which attracted so much attention at Carnegie Hall last May. If you read the papers you know there was a big sensation." He smiled with jovial condescension, and added: "Some sensation!" Whereupon everybody laughed.

"The piece is known," he concluded lustily, "as 'Vladmir Tostoff's Jazz History of the World!'"

The nature of Mr. Tostoff's composition eluded me, because just as it began my eyes fell on Gatsby, standing alone on the marble steps and looking from one group to another with approving eyes. His tanned skin was drawn attractively tight on his face and his short hair looked as though it were trimmed every day. I could see nothing sinister about him. I wondered if the fact that he was not drinking helped to set him off from his guests, for it seemed to me that he grew more correct as the fraternal hilarity increased. When the "Jazz History of the World" was over, girls were putting their heads on men's shoulders in a puppyish, convivial way, girls were swooning backward playfully into men's arms, even into groups, knowing that someone would arrest their falls—but no one swooned backward on Gatsby, and no French bob touched Gatsby's shoulder, and no singing quartets were formed with Gatsby's head for one link.

"I beg your pardon."

compraban un palacio en el Sound en Long Island.

—De todos modos, da grandes fiestas —dijo Jordan, cambiando de tema con un disgusto urbano por lo concreto—. Y a mí me gustan las fiestas grandes. Son tan íntimas. En las fiestas pequeñas no hay intimidad.

Se oyó el estruendo de un bombo, y la voz del director de la orquesta sonó de repente por encima de la ecolalia del jardín.

—Damas y caballeros —gritó—. A petición del señor Gatsby vamos a tocar para ustedes la última obra del señor Vladmir Tostoff, que tanto llamó la atención en el Carnegie Hall el pasado mes de mayo. Si leen los periódicos sabrán que causó una gran sensación. —Sonrió con jovial condescendencia y añadió—: ¡Qué sensación! —Con lo que todo el mundo rio.

—La obra es conocida —concluyó con vehemencia—, como «¡La Historia Mundial del Jazz de Vladmir Tostoff!».

La naturaleza de la composición del señor Tostoff se me escapaba, porque justo cuando empezó mis ojos se posaron en Gatsby, de pie, solo en la escalinata de mármol y paseando su mirada de un grupo a otro con ojos de aprobación. Su piel bronceada dibujaba atractivamente su rostro y su pelo corto parecía ser recortado todos los días. No veía nada siniestro en él. Me pregunté si el hecho de que no bebiera ayudaba a desmarcarse de sus invitados, pues me pareció que se volvía más correcto a medida que aumentaba la hilaridad fraterna. Cuando terminó la «Historia Mundial del Jazz», las chicas apoyaban sus cabezas sobre los hombros de los hombres como si fueran cachorros, convivialmente, se tiraban hacia atrás, juguetonamente, hacia los brazos de los hombres, incluso en grupos, sabiendo que alguien detendría sus caídas; pero nadie se tiró hacia atrás sobre Gatsby, y ningún corte de pelo a la francesa tocó el hombro de Gatsby, y no se formaron cuartetos de canto incluyendo a Gatsby como cantante.

—Le ruego me disculpe.

Gatsby's butler was suddenly standing beside us.

"Miss Baker?" he inquired. "I beg your pardon, but Mr. Gatsby would like to speak to you alone."

"With me?" she exclaimed in surprise.

"Yes, madame."

She got up slowly, raising her eyebrows at me in astonishment, and followed the butler toward the house. I noticed that she wore her evening-dress, all her dresses, like sports clothes—there was a jauntiness about her movements as if she had first learned to walk upon golf courses on clean, crisp mornings.

I was alone and it was almost two. For some time confused and intriguing sounds had issued from a long, many-windowed room which overhung the terrace. Eluding Jordan's undergraduate, who was now engaged in an obstetrical conversation with two chorus girls, and who implored me to join him, I went inside.

The large room was full of people. One of the girls in yellow was playing the piano, and beside her stood a tall, red-haired young lady from a famous chorus, engaged in song. She had drunk a quantity of champagne, and during the course of her song she had decided, ineptly, that everything was very, very sad—she was not only singing, she was weeping too. Whenever there was a pause in the song she filled it with gasping, broken sobs, and then took up the lyric again in a quavering soprano. The tears coursed down her cheeks—not freely, however, for when they came into contact with her heavily beaded eyelashes they assumed an inky colour, and pursued the rest of their way in slow black rivulets. A humorous suggestion was made that she sing the notes on her face, whereupon she threw up her hands, sank into a chair, and went off into a deep vinous sleep.

"She had a fight with a man who says he's her husband," explained a girl at my elbow.

El mayordomo de Gatsby estaba repentinamente a nuestro lado.

—¿Señorita Baker? —preguntó—. Le ruego me disculpe, pero el señor Gatsby quiere hablar con usted a solas.

—¿Conmigo? —exclamó ella sorprendida.

—Sí, *madame.*

Se puso de pie lentamente, levantando las cejas hacia mí con asombro, y siguió al mayordomo hacia la casa. Me di cuenta de que llevaba su vestido de noche, todos sus vestidos, como si fuera ropa deportiva; había una alegría en sus movimientos, como si hubiera aprendido a caminar en campos de golf durante mañanas limpias y frescas.

Yo estaba solo y eran casi las dos. Desde hacía algún tiempo se oían sonidos confusos e intrigantes procedentes de una habitación larga y con muchas ventanas que daba a la terraza. Eludiendo al universitario de Jordan, que ahora estaba enfrascado en una conversación sobre obstetricia con dos coristas, y que me imploraba que me uniera a él, entré en la habitación.

La gran sala estaba llena de gente. Una de las chicas de amarillo estaba tocando el piano, y a su lado se encontraba una joven alta y pelirroja perteneciente a una compañía de coristas, ensimismada en una canción. Había bebido una buena cantidad de champán, y en el transcurso de su canción había decidido, con ineptitud, que todo era muy, muy triste; no solo cantaba, sino que también lloraba. Cada vez que había una pausa en la canción, la llenaba con sollozos entrecortados y jadeantes, y luego retomaba la letra con una voz de soprano temblorosa. Las lágrimas corrían por sus mejillas, pero no libremente, ya que al entrar en contacto con sus pestañas, que estaban muy maquilladas, adquirían un color oscuro y seguían el resto de su camino en lentos riachuelos negros. Alguien sugirió con humor que cantaba las notas en su cara, tras lo cual ella levantó las manos, se hundió en una silla y se sumió en un profundo sueño etílico.

—Se ha peleado con un hombre que dice ser su marido —me explicó una chica que estaba codo a codo conmigo.

I looked around. Most of the remaining women were now having fights with men said to be their husbands. Even Jordan's party, the quartet from East Egg, were rent asunder by dissension. One of the men was talking with curious intensity to a young actress, and his wife, after attempting to laugh at the situation in a dignified and indifferent way, broke down entirely and resorted to flank attacks—at intervals she appeared suddenly at his side like an angry diamond, and hissed: "You promised!" into his ear.

The reluctance to go home was not confined to wayward men. The hall was at present occupied by two deplorably sober men and their highly indignant wives. The wives were sympathizing with each other in slightly raised voices.

"Whenever he sees I'm having a good time he wants to go home."

"Never heard anything so selfish in my life."

"We're always the first ones to leave."

"So are we."

"Well, we're almost the last tonight," said one of the men sheepishly. "The orchestra left half an hour ago."

In spite of the wives' agreement that such malevolence was beyond credibility, the dispute ended in a short struggle, and both wives were lifted, kicking, into the night.

As I waited for my hat in the hall the door of the library opened and Jordan Baker and Gatsby came out together. He was saying some last word to her, but the eagerness in his manner tightened abruptly into formality as several people approached him to say goodbye.

Jordan's party were calling impatiently to her from the porch, but she lingered for a moment to shake hands.

"I've just heard the most amazing thing," she whispered. "How long were we in there?"

Miré a mi alrededor. La mayoría de las mujeres que quedaban se estaban peleando con hombres que decían ser sus maridos. Incluso el grupo de Jordan, el cuarteto de East Egg, estaba dividido por disensiones. Uno de los hombres hablaba con curiosa intensidad con una joven actriz, y su mujer, después de intentar reírse de la situación de forma digna e indiferente, se rindió por completo y decidió atacar por los flancos; a intervalos aparecía de repente a su lado como un diamante enfadado, y siseaba «¡Lo prometiste!» en su oído.

La reticencia a volver a casa no se limitaba a los hombres rebeldes. La sala estaba ocupada en ese momento por dos hombres deplorablemente sobrios y sus esposas muy indignadas. Las esposas se compadecían entre sí con voces ligeramente elevadas.

—Cada vez que ve que la estoy pasando bien, quiere irse a casa.

—Nunca escuché algo tan egoísta en mi vida.

—Siempre somos los primeros en irnos.

—Nosotros también.

—Bueno, casi somos los últimos esta noche —dijo uno de los hombres tímidamente—. La orquesta se fue hace media hora.

A pesar de que las esposas estaban de acuerdo en que tal malevolencia iba más allá de lo creíble, la disputa terminó en un breve forcejeo, y ambas esposas fueron levantadas, a patadas, hacia la noche.

Mientras esperaba mi sombrero en el vestíbulo, la puerta de la biblioteca se abrió y Jordan Baker y Gatsby salieron juntos. Él le estaba dirigiendo unas últimas palabras, pero el afán de sus maneras se convirtió bruscamente en formalidad cuando varias personas se acercaron a él para despedirse.

El grupo de Jordan la llamaba con impaciencia desde el porche, pero ella se detuvo un momento para estrechar mi mano.

—Acabo de escuchar la cosa más increíble —susurró—. ¿Cuánto tiempo estuvimos allí dentro?

"Why, about an hour."

"It was... simply amazing," she repeated abstractedly. "But I swore I wouldn't tell it and here I am tantalizing you." She yawned gracefully in my face. "Please come and see me... Phone book... Under the name of Mrs. Sigourney Howard... My aunt..." She was hurrying off as she talked—her brown hand waved a jaunty salute as she melted into her party at the door.

Rather ashamed that on my first appearance I had stayed so late, I joined the last of Gatsby's guests, who were clustered around him. I wanted to explain that I'd hunted for him early in the evening and to apologize for not having known him in the garden.

"Don't mention it," he enjoined me eagerly. "Don't give it another thought, old sport." The familiar expression held no more familiarity than the hand which reassuringly brushed my shoulder. "And don't forget we're going up in the hydroplane tomorrow morning, at nine o'clock."

Then the butler, behind his shoulder:

"Philadelphia wants you on the phone, sir."

"All right, in a minute. Tell them I'll be right there... Good night."

"Good night."

"Good night." He smiled—and suddenly there seemed to be a pleasant significance in having been among the last to go, as if he had desired it all the time. "Good night, old sport... Good night."

But as I walked down the steps I saw that the evening was not quite over. Fifty feet from the door a dozen headlights illuminated a bizarre and tumultuous scene. In the ditch beside the road, right side up, but violently shorn of one wheel, rested a new coupé which had left Gatsby's drive not two minutes before. The sharp

—¡Vaya! Alrededor de una hora.

—Fue... simplemente increíble —repitió abstraída—. Pero juré que no lo contaría y aquí estoy tentándote. —Bostezó graciosamente en mi cara—. Por favor, ven a verme... en la guía telefónica... a nombre de la señora Sigourney Howard... mi tía... —Se apresuró a salir mientras hablaba; su mano marrón agitó un alegre saludo mientras se fundía con su grupo en la puerta.

Bastante avergonzado de que en mi primera aparición me hubiera quedado hasta tan tarde, me uní a los últimos invitados de Gatsby, que se agrupaban a su alrededor. Quería explicarle que lo había buscado a primera hora de la tarde y disculparme por no haberle reconocido en el jardín.

—Ni lo menciones —me ordenó con entusiasmo—. No pienses más en eso, viejo amigo. —La expresión familiar no tenía más familiaridad que la mano que me rozaba tranquilamente el hombro—. Y no olvides que nos subimos al hidroavión mañana por la mañana, a las nueve.

Luego, el mayordomo, detrás de su hombro, dijo:

—Filadelfia lo quiere al teléfono, señor.

—Muy bien, en un minuto. Dígales que iré enseguida... Buenas noches.

—Buenas noches.

—Buenas noches. —Sonrió, y de repente pareció tener un significado agradable el que yo haya estado entre los últimos en irse, como si él lo hubiera deseado todo el tiempo—. Buenas noches, viejo amigo... Buenas noches.

Pero al bajar los escalones vi que la noche no había terminado completamente. A quince metros de la puerta, una docena de faros iluminaban una escena extraña y tumultuosa. En la zanja junto a la carretera, con el lado derecho hacia arriba, pero violentamente despojado de una rueda, descansaba un cupé nuevo que se había

jut of a wall accounted for the detachment of the wheel, which was now getting considerable attention from half a dozen curious chauffeurs. However, as they had left their cars blocking the road, a harsh, discordant din from those in the rear had been audible for some time, and added to the already violent confusion of the scene.

A man in a long duster had dismounted from the wreck and now stood in the middle of the road, looking from the car to the tyre and from the tyre to the observers in a pleasant, puzzled way.

"See!" he explained. "It went in the ditch."

The fact was infinitely astonishing to him, and I recognized first the unusual quality of wonder, and then the man—it was the late patron of Gatsby's library.

"How'd it happen?"

He shrugged his shoulders.

"I know nothing whatever about mechanics," he said decisively.

"But how did it happen? Did you run into the wall?"

"Don't ask me," said Owl Eyes, washing his hands of the whole matter. "I know very little about driving—next to nothing. It happened, and that's all I know."

"Well, if you're a poor driver you oughtn't to try driving at night."

"But I wasn't even trying," he explained indignantly, "I wasn't even trying."

An awed hush fell upon the bystanders.

"Do you want to commit suicide?"

salido del camino de Gatsby hacía menos de dos minutos. El fuerte saliente de un muro explicaba el desprendimiento de la rueda, que ahora recibía una atención considerable por parte de media docena de chóferes curiosos. Sin embargo, como habían dejado sus coches bloqueando la carretera, hacía tiempo que se oía un estruendo áspero y discordante procedente de los que estaban más atrás, lo que se sumaba a la ya violenta confusión de la escena.

Un hombre vestido con un guardapolvo largo se había apeado de entre los restos del automóvil y ahora estaba de pie en medio de la carretera, mirando del coche al neumático y del neumático a los observadores de forma afable y desconcertada.

—¡Lo ven! —explicó—. Se fue a la cuneta.

El hecho le resultaba infinitamente asombroso, y reconocí primero la inusual cualidad del asombro, y luego al hombre: era el usuario de la biblioteca de Gatsby.

—¿Cómo ocurrió?

Se encogió de hombros.

—No sé nada de mecánica —dijo con decisión.

—Pero ¿cómo ocurrió? ¿Te estrellaste contra la pared?

—No me preguntes a mí —dijo Ojos de Búho, lavándose las manos—. Sé muy poco sobre conducción de automóviles, casi nada. Sucedió, y eso es todo lo que sé.

—Bueno, si eres un mal conductor no deberías intentar conducir de noche.

—Pero ni siquiera lo intentaba —explicó indignado—, ni siquiera lo intentaba.

Un silencio de asombro cayó sobre los transeúntes.

—¿Quieres suicidarte?

"You're lucky it was just a wheel! A bad driver and not even *try-ing!*"

"You don't understand," explained the criminal. "I wasn't driv-ing. There's another man in the car."

The shock that followed this declaration found voice in a sus-tained "Ah-h-h!" as the door of the coupé swung slowly open. The crowd—it was now a crowd—stepped back involuntarily, and when the door had opened wide there was a ghostly pause. Then, very gradually, part by part, a pale, dangling individual stepped out of the wreck, pawing tentatively at the ground with a large un-certain dancing shoe.

Blinded by the glare of the headlights and confused by the in-cessant groaning of the horns, the apparition stood swaying for a moment before he perceived the man in the duster.

"Wha's matter?" he inquired calmly. "Did we run outa gas?"

"Look!"

Half a dozen fingers pointed at the amputated wheel—he stared at it for a moment, and then looked upward as though he suspect-ed that it had dropped from the sky.

"It came off," someone explained.

He nodded.

"At first I din' notice we'd stopped."

A pause. Then, taking a long breath and straightening his shoulders, he remarked in a determined voice:

"Wonder'ff tell me where there's a gas'line station?"

At least a dozen men, some of them a little better off than he

—¡Tienes suerte de que solo haya sido una rueda! Un mal conductor y ni siquiera lo *intenta*.

—No lo entienden —explicó el criminal—. Yo no estaba conduciendo. Hay otra persona en el coche.

La conmoción que siguió a esta declaración se expresó en un «¡Ah-h-h!» que se sostenía cuando la puerta del cupé se abrió lentamente. La multitud —ahora era una multitud— retrocedió involuntariamente, y cuando la puerta se abrió de par en par hubo una pausa fantasmagórica. Luego, muy gradualmente, parte por parte, un individuo pálido y con poco equilibrio salió de entre los restos, tanteando el suelo con un voluminoso e incierto zapato de baile.

Cegado por el resplandor de los faros y confundido por el incesante gemido de los cláxones, el aparecido se quedó tambaleándose un momento antes de percibir al hombre con el guardapolvo.

—¿Qué pasa? —preguntó con calma—. ¿Nos hemos quedado sin gasolina?

—¡Mira!

Media docena de dedos apuntaron a la rueda amputada; él la miró por un momento, y luego miró hacia arriba como si sospechara que había caído del cielo.

—Se desprendió —explicó alguien.

Él asintió con la cabeza.

—Al principio no me di cuenta de que habíamos parado.

Una pausa. Luego, tomando aliento y enderezando los hombros, comentó con voz decidida:

—¿Me pregunto si alguien puede decirme dónde hay una gasolinera?

Al menos una docena de hombres, algunos de ellos poco mejor

was, explained to him that wheel and car were no longer joined by any physical bond.

"Back out," he suggested after a moment. "Put her in reverse."

"But the *wheel*'s off!"

He hesitated.

"No harm in trying," he said.

The caterwauling horns had reached a crescendo and I turned away and cut across the lawn toward home. I glanced back once. A wafer of a moon was shining over Gatsby's house, making the night fine as before, and surviving the laughter and the sound of his still glowing garden. A sudden emptiness seemed to flow now from the windows and the great doors, endowing with complete isolation the figure of the host, who stood on the porch, his hand up in a formal gesture of farewell.

*** 

Reading over what I have written so far, I see I have given the impression that the events of three nights several weeks apart were all that absorbed me. On the contrary, they were merely casual events in a crowded summer, and, until much later, they absorbed me infinitely less than my personal affairs.

Most of the time I worked. In the early morning the sun threw my shadow westward as I hurried down the white chasms of lower New York to the Probity Trust. I knew the other clerks and young bond-salesmen by their first names, and lunched with them in dark, crowded restaurants on little pig sausages and mashed potatoes and coffee. I even had a short affair with a girl who lived in Jersey City and worked in the accounting department, but her brother began throwing mean looks in my direction, so when she went on her vacation in July I let it blow quietly away.

que él, le explicaron que la rueda y el coche ya no estaban unidos por ningún vínculo físico.

—Retrocede —sugirió después de un momento—. Pon marcha atrás.

—¡Pero la *rueda* ya no está!

Él dudó.

—No hay nada malo en intentarlo —dijo.

El ulular de las bocinas había alcanzado un *crescendo* y me aparté y tomé un atajo por el césped en dirección a mi casa. Miré hacia atrás una vez. Una oblea de luna brillaba sobre la casa de Gatsby, lo que hacía la noche tan fina como antes; sobreviviendo a las risas y al sonido de su jardín, estaba aún resplandeciente. Un súbito vacío parecía fluir ahora desde las ventanas y las grandes puertas, dotando de un completo aislamiento a la figura del anfitrión, que estaba de pie en el porche, con la mano levantada en un gesto formal de despedida.

***

Leyendo lo que he escrito hasta ahora, veo que he dado la impresión de que los acontecimientos correspondientes a tres noches con varias semanas de diferencia fueron todo lo que me absorbió durante ese tiempo. Por el contrario, fueron meros acontecimientos casuales en un verano atestado de gente y, hasta mucho después, me absorbieron infinitamente menos que mis asuntos personales.

La mayor parte del tiempo trabajé. Por la mañana temprano, el sol proyectaba mi sombra hacia el oeste mientras me apresuraba a ir por los blancos abismos de la parte baja de Nueva York hacia el Probity Trust. Ya conocía a los otros oficinistas y a los jóvenes vendedores de bonos por su nombre de pila, y almorzaba con ellos, en restaurantes oscuros y abarrotados, a base de salchichas de cerdo y puré de patatas y café. Incluso tuve un breve romance con una chica que vivía en Jersey City y trabajaba en el departamento de contabilidad, pero su hermano empezó a lanzarme miradas maliciosas,

I took dinner usually at the Yale Club—for some reason it was the gloomiest event of my day—and then I went upstairs to the library and studied investments and securities for a conscientious hour. There were generally a few rioters around, but they never came into the library, so it was a good place to work. After that, if the night was mellow, I strolled down Madison Avenue past the old Murray Hill Hotel, and over 33rd Street to the Pennsylvania Station.

I began to like New York, the racy, adventurous feel of it at night, and the satisfaction that the constant flicker of men and women and machines gives to the restless eye. I liked to walk up Fifth Avenue and pick out romantic women from the crowd and imagine that in a few minutes I was going to enter into their lives, and no one would ever know or disapprove. Sometimes, in my mind, I followed them to their apartments on the corners of hidden streets, and they turned and smiled back at me before they faded through a door into warm darkness. At the enchanted metropolitan twilight I felt a haunting loneliness sometimes, and felt it in others—poor young clerks who loitered in front of windows waiting until it was time for a solitary restaurant dinner—young clerks in the dusk, wasting the most poignant moments of night and life.

Again at eight o'clock, when the dark lanes of the Forties were lined five deep with throbbing taxicabs, bound for the theatre district, I felt a sinking in my heart. Forms leaned together in the taxis as they waited, and voices sang, and there was laughter from unheard jokes, and lighted cigarettes made unintelligible circles inside. Imagining that I, too, was hurrying towards gaiety and sharing their intimate excitement, I wished them well.

For a while I lost sight of Jordan Baker, and then in midsummer I found her again. At first I was flattered to go places with her, because she was a golf champion, and everyone knew her name. Then it was something more. I wasn't actually in love, but I felt a

así que cuando se fue de vacaciones en julio dejé que el asunto se esfumara en silencio.

Normalmente cenaba en el Yale Club —por alguna razón era el acontecimiento más sombrío de mi día— y luego subía a la biblioteca y estudiaba inversiones y valores concienzudamente durante una hora. Generalmente había algunos alborotadores alrededor, pero nunca entraban en la biblioteca, así que era un buen lugar para trabajar. Después, si la noche era apacible, paseaba por Madison Avenue, pasando por el viejo hotel Murray Hill, y por la Calle 33 hasta Pennsylvania Station.

Empezó a gustarme Nueva York, la sensación de aventura de la noche, y la satisfacción que el parpadeo constante de hombres y mujeres y máquinas da al ojo inquieto. Me gustaba subir por la Quinta Avenida y elegir a mujeres románticas entre la multitud e imaginar que en unos minutos iba a entrar en sus vidas, y que nadie lo sabría ni lo desaprobaría. A veces, en mi mente, las seguía hasta sus apartamentos en las esquinas de las calles ocultas, y ellas se volvían y me sonreían antes de desvanecerse a través de una puerta en la cálida oscuridad. En el encantador crepúsculo metropolitano sentía a veces una inquietante soledad, y la sentía en otros —pobres jóvenes oficinistas que merodeaban frente a las ventanas esperando hasta que llegara la hora de cenar en un solitario restaurante—, jóvenes oficinistas en el crepúsculo, desperdiciando los momentos más conmovedores de la noche y de la vida.

De nuevo, a las ocho, cuando las oscuras callejuelas de las Calles cuarenta y tanto se llenaron de taxis palpitantes con destino al distrito de los teatros, sentí que se me hundía el corazón. En los taxis, las personas se inclinaban unas sobre otras mientras esperaban, y las voces cantaban, y había risas de chistes no escuchados, y los cigarrillos encendidos trazaban círculos ininteligibles en el interior. Imaginando que yo también me apresuraba hacia la alegría y compartía su íntima excitación; yo les deseaba lo mejor.

Durante un tiempo perdí de vista a Jordan Baker, y luego, en pleno verano, volví a encontrarla. Al principio me sentí halagado yendo a sitios con ella, porque era una campeona de golf y todo el mundo conocía su nombre. Luego pasó algo más. En realidad no estaba

sort of tender curiosity. The bored haughty face that she turned to the world concealed something—most affectations conceal something eventually, even though they don't in the beginning—and one day I found what it was. When we were on a house-party together up in Warwick, she left a borrowed car out in the rain with the top down, and then lied about it—and suddenly I remembered the story about her that had eluded me that night at Daisy's. At her first big golf tournament there was a row that nearly reached the newspapers—a suggestion that she had moved her ball from a bad lie in the semifinal round. The thing approached the proportions of a scandal—then died away. A caddy retracted his statement, and the only other witness admitted that he might have been mistaken. The incident and the name had remained together in my mind.

Jordan Baker instinctively avoided clever, shrewd men, and now I saw that this was because she felt safer on a plane where any divergence from a code would be thought impossible. She was incurably dishonest. She wasn't able to endure being at a disadvantage and, given this unwillingness, I suppose she had begun dealing in subterfuges when she was very young in order to keep that cool, insolent smile turned to the world and yet satisfy the demands of her hard, jaunty body.

It made no difference to me. Dishonesty in a woman is a thing you never blame deeply—I was casually sorry, and then I forgot. It was on that same house-party that we had a curious conversation about driving a car. It started because she passed so close to some workmen that our fender flicked a button on one man's coat.

"You're a rotten driver," I protested. "Either you ought to be more careful, or you oughtn't to drive at all."

"I am careful."

"No, you're not."

"Well, other people are," she said lightly.

"What's that got to do with it?"

enamorado, pero sentía una especie de tierna curiosidad. El rostro aburrido y altivo que ponía ante el mundo ocultaba algo —la mayoría de las afectaciones ocultan algo con el tiempo, aunque no lo hagan al principio— y un día descubrí lo que era. Cuando estuvimos juntos en una fiesta en Warwick, ella dejó un coche prestado bajo la lluvia con la capota abierta, y luego mintió sobre ello, y de repente recordé la historia sobre ella que se me había escapado aquella noche en casa de Daisy. En su primer gran torneo de golf hubo un altercado que estuvo a punto de llegar a los periódicos: una sugerencia de que ella había movido la pelota fuera de una mala posición en la ronda de semifinales. El asunto casi tomó las proporciones de un escándalo, pero luego se apagó. Un *caddie* se retractó de su declaración, y el único otro testigo admitió que podía haberse equivocado. El incidente y el nombre habían permanecido juntos en mi mente.

Jordan Baker evitaba instintivamente a los hombres inteligentes y astutos, y ahora veía que esto se debía a que se sentía más segura en un plano en el que cualquier divergencia de un código se consideraba imposible. Era incurablemente deshonesta. No era capaz de soportar la desventaja y, dada esta falta de voluntad, supongo que había empezado a traficar con subterfugios cuando era muy joven para mantener esa sonrisa fría e insolente dirigida al mundo y, sin embargo, satisfacer las exigencias de su cuerpo duro y jovial.

A mí me daba igual. La falta de honestidad en una mujer es algo que nunca se reprocha profundamente. Fue en esa misma fiesta que tuvimos una curiosa conversación sobre cómo conducir un coche. Empezó porque ella pasó tan cerca de unos obreros que nuestro guardabarros rozó un botón del abrigo de uno de ellos.

—Eres una conductora pésima —protesté—. O tienes que ser más cuidadosa, o no deberías conducir.

—Soy cuidadosa.

—No, no lo eres.

—Bueno, otras personas lo son —dijo ella con ligereza.

—¿Qué tiene que ver eso?

"They'll keep out of my way," she insisted. "It takes two to make an accident."

"Suppose you met somebody just as careless as yourself."

"I hope I never will," she answered. "I hate careless people. That's why I like you."

Her grey, sun-strained eyes stared straight ahead, but she had deliberately shifted our relations, and for a moment I thought I loved her. But I am slow-thinking and full of interior rules that act as brakes on my desires, and I knew that first I had to get myself definitely out of that tangle back home. I'd been writing letters once a week and signing them: "Love, Nick," and all I could think of was how, when that certain girl played tennis, a faint moustache of perspiration appeared on her upper lip. Nevertheless there was a vague understanding that had to be tactfully broken off before I was free.

Everyone suspects himself of at least one of the cardinal virtues, and this is mine: I am one of the few honest people that I have ever known.

—Se mantendrán fuera de mi camino —insistió ella—. Hacen falta dos para que haya un accidente.

—Supón que te encuentras con alguien tan descuidado como tú.

—Espero que nunca lo haga —respondió ella—. Odio a la gente descuidada. Por eso me gustas.

Sus ojos grises y cansados por el sol miraban al frente, pero ella había cambiado deliberadamente nuestra relación, y por un momento pensé que la amaba. Pero yo soy de pensamiento lento y estoy lleno de reglas interiores que actúan como frenos a mis deseos, y sabía que primero tenía que salir definitivamente de esa maraña en casa. Yo seguía escribiendo cartas una vez por semana y firmándolas: «Con cariño, Nick», y solo podía pensar en cómo, cuando cierta chica jugaba al tenis, le aparecía un tenue bigote de transpiración en el labio superior. Sin embargo, existía un vago compromiso que tenía que ser roto con tacto antes de que yo fuera libre.

Todo el mundo sospecha que tiene al menos una de las virtudes cardinales, y esta es la mía: soy una de las pocas personas honestas que he conocido.

On Sunday morning while church bells rang in the villages alongshore, the world and its mistress returned to Gatsby's house and twinkled hilariously on his lawn.

"He's a bootlegger," said the young ladies, moving somewhere between his cocktails and his flowers. "One time he killed a man who had found out that he was nephew to Von Hindenburg and second cousin to the devil. Reach me a rose, honey, and pour me a last drop into that there crystal glass."

Once I wrote down on the empty spaces of a timetable the names of those who came to Gatsby's house that summer. It is an old timetable now, disintegrating at its folds, and headed "This schedule in effect July 5th, 1922." But I can still read the grey names, and they will give you a better impression than my generalities of those who accepted Gatsby's hospitality and paid him the subtle tribute of knowing nothing whatever about him.

From East Egg, then, came the Chester Beckers and the Leeches, and a man named Bunsen, whom I knew at Yale, and Doctor Webster Civet, who was drowned last summer up in Maine. And the Hornbeams and the Willie Voltaires, and a whole clan named Blackbuck, who always gathered in a corner and flipped up their noses like goats at whosoever came near. And the Ismays and the Chrysties (or rather Hubert Auerbach and Mr. Chrystie's wife), and Edgar Beaver, whose hair, they say, turned cotton-white one winter afternoon for no good reason at all.

Clarence Endive was from East Egg, as I remember. He came only once, in white knickerbockers, and had a fight with a bum named Etty in the garden. From farther out on the Island came the Cheadles and the O. R. P. Schraeders, and the Stonewall Jackson Abrams of Georgia, and the Fishguards and the Ripley Snells. Snell was there three days before he went to the penitentiary, so drunk out on the gravel drive that Mrs. Ulysses Swett's automobile ran over his right hand. The Dancies came, too, and S. B. Whitebait, who was well over sixty, and Maurice A. Flink, and the Hammerheads, and Beluga the tobacco importer, and Beluga's girls.

IV

El domingo por la mañana, mientras las campanas de la iglesia sonaban en los pueblos de la costa, el mundo y su amante volvían a la casa de Gatsby y resplandecían alegremente sobre su césped.

—Es un contrabandista —dijeron las jóvenes, moviéndose entre sus cócteles y sus flores—. Una vez mató a un hombre que había descubierto que era sobrino de Von Hindenburg y primo segundo del diablo. Alcánzame una rosa, cariño, y sírveme una última gota en esa copa de cristal.

Una vez escribí en los espacios vacíos de un horario de trenes los nombres de los que vinieron a la casa de Gatsby ese verano. Ahora es un viejo horario, que se desintegra en sus pliegues, y que lleva por encabezamiento «Este horario entra en vigor el 5 de julio de 1922». Pero aún puedo leer los nombres en gris, y le darán una mejor impresión que mis generalidades de quienes aceptaron la hospitalidad de Gatsby y le rindieron el sutil homenaje de no saber nada de él.

De East Egg, entonces, vinieron los Chester Becker y los Leech, y un hombre llamado Bunsen, a quien conocí en Yale, y el doctor Webster Civet, que se ahogó el verano pasado en Maine. Y los Hornbeam y los Willie Voltaire, y todo un clan llamado Blackbuck, unos que siempre se reunían en un rincón y levantaban la nariz como cabras ante cualquiera que se acercara. Y los Ismay y los Chrystie (o más bien Hubert Auerbach y la esposa del señor Chrystie), y Edgar Beaver, cuyo pelo, dicen, se volvió blanco como el algodón una tarde de invierno sin razón alguna.

Clarence Endive era de East Egg, según recuerdo. Solo vino una vez, en pantalones blancos, y se peleó con un vagabundo llamado Etty en el jardín. De más lejos de la isla vinieron los Cheadle y los O. R. P. Schraeder, y los Stonewall Jackson Abrams de Georgia, y los Fishguard y los Ripley Snell. Snell estuvo allí tres días antes de ir a la prisión, tan borracho en el camino de grava que el automóvil de la señora de Ulysses Swett le pasó encima de la mano derecha. También vinieron los Dancie, y S. B. Whitebait, que tenía más de sesenta años, y Maurice A. Flink, y los Hammerhead, y Beluga, el importador de tabaco, y las chicas de Beluga.

From West Egg came the Poles and the Mulreadys and Cecil Roebuck and Cecil Schoen and Gulick the State senator and Newton Orchid, who controlled Films Par Excellence, and Eckhaust and Clyde Cohen and Don S. Schwartz (the son) and Arthur McCarty, all connected with the movies in one way or another. And the Catlips and the Bembergs and G. Earl Muldoon, brother to that Muldoon who afterward strangled his wife. Da Fontano the promoter came there, and Ed Legros and James B. ("Rot-Gut") Ferret and the De Jongs and Ernest Lilly—they came to gamble, and when Ferret wandered into the garden it meant he was cleaned out and Associated Traction would have to fluctuate profitably next day.

A man named Klipspringer was there so often that he became known as "the boarder"—I doubt if he had any other home. Of theatrical people there were Gus Waize and Horace O'Donavan and Lester Myer and George Duckweed and Francis Bull. Also from New York were the Chromes and the Backhyssons and the Dennickers and Russel Betty and the Corrigans and the Kellehers and the Dewars and the Scullys and S. W. Belcher and the Smirkes and the young Quinns, divorced now, and Henry L. Palmetto, who killed himself by jumping in front of a subway train in Times Square.

Benny McClenahan arrived always with four girls. They were never quite the same ones in physical person, but they were so identical one with another that it inevitably seemed they had been there before. I have forgotten their names—Jaqueline, I think, or else Consuela, or Gloria or Judy or June, and their last names were either the melodious names of flowers and months or the sterner ones of the great American capitalists whose cousins, if pressed, they would confess themselves to be.

In addition to all these I can remember that Faustina O'Brien came there at least once and the Baedeker girls and young Brewer, who had his nose shot off in the war, and Mr. Albrucksburger and Miss Haag, his fiancée, and Ardita Fitz-Peters and Mr. P. Jewett, once head of the American Legion, and Miss Claudia Hip, with a man reputed to be her chauffeur, and a prince of something, whom we called Duke, and whose name, if I ever knew it, I have

De West Egg vinieron los Pole y los Mulready y Cecil Roebuck y Cecil Schoen y Gulick, el senador del Estado, y Newton Orchid, que controlaba Films Par Excellence, y Eckhaust y Clyde Cohen y Don S. Schwartz (hijo) y Arthur McCarty, todos relacionados con el cine de una manera u otra. Y los Catlip y los Bemberg y G. Earl Muldoon, hermano de ese tal Muldoon que después estranguló a su mujer. Da Fontano, el promotor, acudía allí, y Ed Legros y James B. («Matarratas») Ferret y los De Jongs y Ernest Lilly, que venían a apostar, y cuando Ferret se metía en el jardín significaba que no le habían dejado ni una pluma y que las acciones de Associated Traction darían ganancia al día siguiente.

Un hombre llamado Klipspringer estaba allí tan a menudo que llegó a ser conocido como «el huésped»; dudo que tuviera otra casa. Entre la gente del teatro estaban Gus Waize y Horace O'Donavan y Lester Myer y George Duckweed y Francis Bull. También venían de Nueva York los Chrome y los Backhysson y los Dennicker y Russel Betty y los Corrigan y los Kelleher y los Dewar y los Scully y S. W. Belcher y los Smirke y los jóvenes Quinn, ya divorciados, y Henry L. Palmetto, que se suicidó tirándose frente a un subterráneo en Times Square.

Benny McClenahan llegaba siempre con cuatro chicas. Nunca eran exactamente las mismas en cuanto a persona física, pero eran tan idénticas unas a otras que inevitablemente parecía que habían estado allí antes. He olvidado sus nombres —Jaqueline, creo, o bien Consuela, o Gloria o Judy o June—, y sus apellidos eran o bien los melodiosos nombres de las flores y los meses o bien los más severos de los grandes capitalistas americanos de los que, si se les presionaba, se confesaban primas.

Además de todo esto, puedo recordar que Faustina O'Brien vino allí al menos una vez y las chicas Baedeker y el joven Brewer, al que le volaron la nariz en la guerra, y el señor Albrucksburger y la señorita Haag, su prometida, y Ardita Fitz-Peters y el señor P. Jewett, que fue director de la Legión Americana, y la señorita Claudia Hip, con un hombre que tenía fama de ser su chófer, y un príncipe de algún lugar, al que llamábamos Duque, y cuyo nombre, si alguna vez

forgotten.

All these people came to Gatsby's house in the summer.

*** 

At nine o'clock, one morning late in July, Gatsby's gorgeous car lurched up the rocky drive to my door and gave out a burst of melody from its three-noted horn.

It was the first time he had called on me, though I had gone to two of his parties, mounted in his hydroplane, and, at his urgent invitation, made frequent use of his beach.

"Good morning, old sport. You're having lunch with me today and I thought we'd ride up together."

He was balancing himself on the dashboard of his car with that resourcefulness of movement that is so peculiarly American—that comes, I suppose, with the absence of lifting work in youth and, even more, with the formless grace of our nervous, sporadic games. This quality was continually breaking through his punctilious manner in the shape of restlessness. He was never quite still; there was always a tapping foot somewhere or the impatient opening and closing of a hand.

He saw me looking with admiration at his car.

"It's pretty, isn't it, old sport?" He jumped off to give me a better view. "Haven't you ever seen it before?"

I'd seen it. Everybody had seen it. It was a rich cream colour, bright with nickel, swollen here and there in its monstrous length with triumphant hatboxes and supper-boxes and toolboxes, and terraced with a labyrinth of windshields that mirrored a dozen suns. Sitting down behind many layers of glass in a sort of green leather conservatory, we started to town.

I had talked with him perhaps half a dozen times in the past

lo supe, he olvidado.

Toda esta gente vino a la casa de Gatsby en el verano.

***

A las nueve en punto, una mañana de finales de julio, el magnífico coche de Gatsby subió a tumbos por el rocoso camino hasta mi puerta y emitió una ráfaga melodiosa con su bocina de tres notas.

Era la primera vez que me visitaba, aunque había ido a dos de sus fiestas, montado en su hidroavión y, gracias a su urgente invitación, había hecho uso frecuente de su playa.

—Buenos días, viejo amigo. Hoy vas a almorzar conmigo y pensé que podríamos ir juntos.

Se balanceaba sobre el parachoques de su coche con esa ingeniosidad de movimientos que es tan peculiarmente americana —que viene, supongo, de la ausencia de trabajo pesados en la juventud y, aún más, de la gracia sin forma de nuestros juegos, nerviosos y esporádicos—. Esta cualidad irrumpía continuamente, como una inquietud, entre  sus maneras puntillosas. Nunca estaba del todo quieto; siempre había un pie que golpeaba en alguna parte o el abrir y cerrar, impaciente, de una mano.

Me vio mirando con admiración su coche.

—Es bonito, ¿verdad, viejo amigo? —Se bajó de un salto para darme una mejor vista—. ¿No lo habías visto antes?

Sí que lo había visto. Todo el mundo lo había visto. Era de un marcado color crema, brillante de níquel, hinchado aquí y allá en su monstruosa longitud con triunfantes compartimentos para sombreros y provisiones y cajas de herramientas, y adosado con un laberinto de parabrisas que reflejaban una docena de soles. Sentados detrás de muchas capas de cristal en una especie de conservatorio de cuero verde, nos encaminamos hacia la ciudad.

Había hablado con él quizás media docena de veces en el último

month and found, to my disappointment, that he had little to say. So my first impression, that he was a person of some undefined consequence, had gradually faded and he had become simply the proprietor of an elaborate roadhouse next door.

And then came that disconcerting ride. We hadn't reached West Egg village before Gatsby began leaving his elegant sentences unfinished and slapping himself indecisively on the knee of his caramel-coloured suit.

"Look here, old sport," he broke out surprisingly, "what's your opinion of me, anyhow?"

A little overwhelmed, I began the generalized evasions which that question deserves.

"Well, I'm going to tell you something about my life," he interrupted. "I don't want you to get a wrong idea of me from all these stories you hear."

So he was aware of the bizarre accusations that flavoured conversation in his halls.

"I'll tell you God's truth." His right hand suddenly ordered divine retribution to stand by. "I am the son of some wealthy people in the Middle West—all dead now. I was brought up in America but educated at Oxford, because all my ancestors have been educated there for many years. It is a family tradition."

He looked at me sideways—and I knew why Jordan Baker had believed he was lying. He hurried the phrase "educated at Oxford," or swallowed it, or choked on it, as though it had bothered him before. And with this doubt, his whole statement fell to pieces, and I wondered if there wasn't something a little sinister about him, after all.

"What part of the Middle West?" I inquired casually.

mes y descubrí, para mi decepción, que él tenía poco que decir. Así que mi primera impresión, de que era una persona interesante de manera indefinida, se había desvanecido gradualmente y él se había convertido simplemente en el propietario de una elaborada hostería en la carretera situada al lado de mi casa.

Y entonces llegó este desconcertante paseo. No habíamos llegado al pueblo de West Egg cuando Gatsby empezó a dejar sus elegantes frases sin terminar y a darse palmadas indecisas en la rodilla de su traje color caramelo.

—Mira, viejo amigo —me dijo sorprendentemente—, ¿cuál es tu opinión sobre mí, después de todo?

Un poco abrumado, comencé las evasivas generalizadas que esa pregunta merece.

—Bueno, voy a contarte algo sobre mi vida —me interrumpió—. No quiero que te hagas una idea equivocada de mí basado en todas esas historias que escuchas.

Así que era consciente de las extrañas acusaciones que aderezaban la conversación en sus pasillos.

—Te diré, lo juro por Dios, la verdad. —Su mano derecha ordenó repentinamente que la retribución divina se mantuviera a la espera—. Soy el hijo de alguna gente rica en el Medio Oeste, todos muertos ahora. Me he criado en Norteamérica pero me he educado en Oxford, porque todos mis antepasados se han educado allí durante muchos años. Es una tradición familiar.

Me miró de reojo y supe por qué Jordan Baker había creído que él mentía. Apuró la frase «educado en Oxford», o se la tragó, o se atragantó con ella, como si ya le hubiera molestado antes. Y con esta duda, toda su declaración se desmoronó, y me pregunté si no habría algo un poco siniestro en él, después de todo.

—¿Qué parte del Medio Oeste? —pregunté como por casualidad.

"San Francisco."

"I see."

"My family all died and I came into a good deal of money."

His voice was solemn, as if the memory of that sudden extinction of a clan still haunted him. For a moment I suspected that he was pulling my leg, but a glance at him convinced me otherwise.

"After that I lived like a young rajah in all the capitals of Europe—Paris, Venice, Rome—collecting jewels, chiefly rubies, hunting big game, painting a little, things for myself only, and trying to forget something very sad that had happened to me long ago."

With an effort I managed to restrain my incredulous laughter. The very phrases were worn so threadbare that they evoked no image except that of a turbaned "character" leaking sawdust at every pore as he pursued a tiger through the Bois de Boulogne.

"Then came the war, old sport. It was a great relief, and I tried very hard to die, but I seemed to bear an enchanted life. I accepted a commission as first lieutenant when it began. In the Argonne Forest I took the remains of my machine-gun battalion so far forward that there was a half mile gap on either side of us where the infantry couldn't advance. We stayed there two days and two nights, a hundred and thirty men with sixteen Lewis guns, and when the infantry came up at last they found the insignia of three German divisions among the piles of dead. I was promoted to be a major, and every Allied government gave me a decoration—even Montenegro, little Montenegro down on the Adriatic Sea!"

Little Montenegro! He lifted up the words and nodded at them—with his smile. The smile comprehended Montenegro's troubled history and sympathized with the brave struggles of the Montenegrin people. It appreciated fully the chain of national circumstances which had elicited this tribute from Montenegro's warm

—San Francisco.

—Ya veo.

—Toda mi familia murió y yo me hice con una buena cantidad de dinero.

Su voz era solemne, como si el recuerdo de aquella súbita extinción de un clan aún le persiguiera. Por un momento sospeché que me estaba tomando el pelo, pero una mirada suya me convenció de lo contrario.

—Después viví como un joven rajá en todas las capitales de Europa: París, Venecia, Roma... coleccionando joyas, principalmente rubíes, cazando caza mayor, pintando un poco, cosas solo para mí, y tratando de olvidar algo muy triste que me había sucedido hacía mucho tiempo.

Con un esfuerzo logré contener mi risa incrédula. Las frases mismas estaban tan desgastadas que no evocaban otra imagen que la de un «monigote» con turbante que perdía serrín por todos los poros mientras perseguía a un tigre por el Bois de Boulogne.

—Luego vino la guerra, viejo amigo. Fue un gran alivio, y me esforcé por morir, pero parecía que mi vida estaba encantada. Acepté un encargo como primer teniente cuando empezó. En el bosque de Argonne llevé a los restos de mi batallón de ametralladoras tan adelante que despejamos un kilómetro a cada lado donde la infantería no podía avanzar. Permanecimos allí dos días y dos noches, ciento treinta hombres con dieciséis escopetas Lewis, y cuando la infantería por fin llegó encontró las insignias de tres divisiones alemanas entre los montones de muertos. Me ascendieron a comandante, y todos los gobiernos aliados me dieron una condecoración, incluso Montenegro... el pequeño Montenegro en el Mar Adriático.

¡El pequeño Montenegro! Acentuó las palabras y asintió con su sonrisa. La sonrisa comprendía la agitada historia de Montenegro y simpatizaba con las valientes luchas del pueblo montenegrino. Apreciaba plenamente la cadena de circunstancias nacionales que habían suscitado este homenaje al pequeño y cálido corazón de

little heart. My incredulity was submerged in fascination now; it was like skimming hastily through a dozen magazines.

He reached in his pocket, and a piece of metal, slung on a ribbon, fell into my palm.

"That's the one from Montenegro."

To my astonishment, the thing had an authentic look. "Orderi di Danilo," ran the circular legend, "Montenegro, Nicolas Rex."

"Turn it."

"Major Jay Gatsby," I read, "For Valour Extraordinary."

"Here's another thing I always carry. A souvenir of Oxford days. It was taken in Trinity Quad—the man on my left is now the Earl of Doncaster."

It was a photograph of half a dozen young men in blazers loafing in an archway through which were visible a host of spires. There was Gatsby, looking a little, not much, younger—with a cricket bat in his hand.

Then it was all true. I saw the skins of tigers flaming in his palace on the Grand Canal; I saw him opening a chest of rubies to ease, with their crimson-lighted depths, the gnawings of his broken heart.

"I'm going to make a big request of you today," he said, pocketing his souvenirs with satisfaction, "so I thought you ought to know something about me. I didn't want you to think I was just some nobody. You see, I usually find myself among strangers because I drift here and there trying to forget the sad things that happened to me." He hesitated. "You'll hear about it this afternoon."

"At lunch?"

"No, this afternoon. I happened to find out that you're taking

Montenegro. Mi incredulidad se sumergía ahora en la fascinación; era como hojear apresuradamente una docena de revistas.

Metió la mano en el bolsillo y un trozo de metal, colgado de una cinta, cayó en mi palma.

—Esta es la de Montenegro.

Para mi asombro, el objeto tenía un aspecto auténtico. «Orderi di Danilo», decía la leyenda circular, «Montenegro, Nicolas Rex».

—Dale la vuelta.

«Comandante Jay Gatsby», leí, «Por su valor extraordinario».

—Aquí hay otra cosa que siempre llevo. Un recuerdo de los días de Oxford. Fue tomada en Trinity Quad... la persona a mi izquierda es ahora el conde de Doncaster.

Era una fotografía de media docena de jóvenes con chaqueta que holgazaneaban, en un arco a través del cual se veía una multitud de chapiteles. Allí estaba Gatsby, con un aspecto un poco, no mucho, más joven, con un bate de cricket en la mano.

Entonces todo era verdad. Vi las pieles de los tigres brillando en su palacio del Gran Canal; le vi abrir un cofre de rubíes para aliviar, con sus profundidades iluminadas de carmesí, los desgarros de su corazón roto.

—Hoy voy a pedirte un gran favor —dijo, embolsando sus recuerdos con satisfacción—, así que pensé que debías saber algo sobre mí. No quería que pensaras que soy un don nadie. Verás, suelo encontrarme entre desconocidos porque voy de aquí para allá tratando de olvidar las cosas tristes que me han sucedido. —Dudó—. Te enterarás esta tarde.

—¿Durante el almuerzo?

—No, esta tarde. Por casualidad me he enterado de que vas a invi-

Miss Baker to tea."

"Do you mean you're in love with Miss Baker?"

"No, old sport, I'm not. But Miss Baker has kindly consented to speak to you about this matter."

I hadn't the faintest idea what "this matter" was, but I was more annoyed than interested. I hadn't asked Jordan to tea in order to discuss Mr. Jay Gatsby. I was sure the request would be something utterly fantastic, and for a moment I was sorry I'd ever set foot upon his overpopulated lawn.

He wouldn't say another word. His correctness grew on him as we neared the city. We passed Port Roosevelt, where there was a glimpse of red-belted oceangoing ships, and sped along a cobbled slum lined with the dark, undeserted saloons of the faded-gilt nineteen-hundreds. Then the valley of ashes opened out on both sides of us, and I had a glimpse of Mrs. Wilson straining at the garage pump with panting vitality as we went by.

With fenders spread like wings we scattered light through half Astoria—only half, for as we twisted among the pillars of the elevated I heard the familiar "jug-jug-*spat!*" of a motorcycle, and a frantic policeman rode alongside.

"All right, old sport," called Gatsby. We slowed down. Taking a white card from his wallet, he waved it before the man's eyes.

"Right you are," agreed the policeman, tipping his cap. "Know you next time, Mr. Gatsby. Excuse *me!*"

"What was that?" I inquired. "The picture of Oxford?"

"I was able to do the commissioner a favour once, and he sends me a Christmas card every year."

Over the great bridge, with the sunlight through the girders

tar a la señorita Baker a tomar el té.

—¿Quieres decir que estás enamorado de la señorita Baker?

—No, viejo amigo, no lo estoy. Pero la señorita Baker ha consentido amablemente en hablar contigo sobre este asunto.

No tenía la menor idea de cuál era «este asunto», pero estaba más molesto que interesado. No había invitado a Jordan a tomar el té para hablar del señor Jay Gatsby. Estaba seguro de que la petición sería algo absolutamente fantástico, y por un momento lamenté haber pisado su césped superpoblado.

No dijo ni una palabra más. Su corrección fue creciendo a medida que nos acercábamos a la ciudad. Pasamos por Port Roosevelt, donde se vislumbraron los transatlánticos con cinturones rojos, y avanzamos a toda velocidad por una barriada empedrada, bordeada de oscuros salones descoloridos y dorados del mil novecientos. Luego, el valle de las cenizas se abrió a ambos lados de nosotros, y tuve la oportunidad de ver a la señora Wilson mientras pasábamos, ella se afanaba en la bomba del garaje con una vitalidad jadeante.

Con los guardabarros desplegados como alas, esparcimos luz por la mitad de Astoria... solo la mitad, porque mientras zigzagueábamos entre los pilares del tren elevado, oí el familiar ruido de una motocicleta, y un frenético policía se puso a nuestro lado.

—Muy bien, viejo amigo —dijo Gatsby. Redujimos la velocidad. Sacando una tarjeta blanca de su cartera, él la agitó ante los ojos del policía.

—Todo bien —aceptó el policía, inclinando su gorra—. Lo reconoceré la próxima vez, señor Gatsby. *Discúlpeme.*

—¿Qué fue eso? —pregunté—. ¿La foto de Oxford?

—Una vez pude hacerle un favor al comisario, que me envía una tarjeta de Navidad todos los años.

Sobre el gran puente, la luz del sol, a través de las vigas, parpadea-

making a constant flicker upon the moving cars, with the city rising up across the river in white heaps and sugar lumps all built with a wish out of nonolfactory money. The city seen from the Queensboro Bridge is always the city seen for the first time, in its first wild promise of all the mystery and the beauty in the world.

A dead man passed us in a hearse heaped with blooms, followed by two carriages with drawn blinds, and by more cheerful carriages for friends. The friends looked out at us with the tragic eyes and short upper lips of southeastern Europe, and I was glad that the sight of Gatsby's splendid car was included in their sombre holiday. As we crossed Blackwell's Island a limousine passed us, driven by a white chauffeur, in which sat three modish negroes, two bucks and a girl. I laughed aloud as the yolks of their eyeballs rolled toward us in haughty rivalry.

"Anything can happen now that we've slid over this bridge," I thought; "anything at all…"

Even Gatsby could happen, without any particular wonder.

***

Roaring noon. In a well-fanned Forty-second Street cellar I met Gatsby for lunch. Blinking away the brightness of the street outside, my eyes picked him out obscurely in the anteroom, talking to another man.

"Mr. Carraway, this is my friend Mr. Wolfshiem."

A small, flat-nosed Jew raised his large head and regarded me with two fine growths of hair which luxuriated in either nostril. After a moment I discovered his tiny eyes in the half-darkness.

"—So I took one look at him," said Mr. Wolfshiem, shaking my hand earnestly, "and what do you think I did?"

ba constantemente sobre los coches en movimiento junto a la ciudad que se levanta al otro lado del río en montones blancos y terrones de azúcar, todo construido como si fuera un deseo cumplido, con dinero sin olor. La ciudad vista desde Queensboro Bridge es siempre la ciudad vista por primera vez, en su primera promesa salvaje de todo el misterio y la belleza del mundo.

Un hombre muerto pasó ante nosotros en un coche fúnebre cubierto de flores, seguido de dos carruajes con las persianas bajadas, y de otros carruajes más alegres para los amigos. Los amigos nos miraban con los ojos trágicos y el labio superior corto del sureste de Europa, y me alegré de que la vista del espléndido coche de Gatsby se incluyera en sus sombrías vacaciones. Al cruzar Blackwell's Island nos pasó una limusina, conducida por un chófer blanco, en la que iban sentados tres negros modestos, dos gordos y una chica. Me reí en voz alta cuando las yemas de sus ojos rodaron hacia nosotros en altanera rivalidad.

«Cualquier cosa puede pasar ahora que hemos cruzado este puente —pensé—; cualquier cosa...».

Incluso Gatsby podría pasar, sin que eso maraville particularmente.

***

Mediodía glorioso. En un sótano de la Calle 42, bien ventilado, quedé con Gatsby para almorzar. Parpadeando para alejar la claridad de la calle de fuera, mis ojos lo distinguieron oscuramente en la antesala, hablando con otro hombre.

—Señor Carraway, este es mi amigo el señor Wolfshiem.

Un judío pequeño y de nariz chata levantó su gran cabeza y me miró con dos matas de pelo que sobresalían en cada fosa nasal. Al cabo de un momento descubrí sus pequeños ojos en la penumbra.

—Así que le eché un vistazo —dijo el señor Wolfshiem, estrechando mi mano con seriedad—, ¿y qué crees que hice?

"What?" I inquired politely.

But evidently he was not addressing me, for he dropped my hand and covered Gatsby with his expressive nose.

"I handed the money to Katspaugh and I said: 'All right, Katspaugh, don't pay him a penny till he shuts his mouth.' He shut it then and there."

Gatsby took an arm of each of us and moved forward into the restaurant, whereupon Mr. Wolfshiem swallowed a new sentence he was starting and lapsed into a somnambulatory abstraction.

"Highballs?" asked the head waiter.

"This is a nice restaurant here," said Mr. Wolfshiem, looking at the presbyterian nymphs on the ceiling. "But I like across the street better!"

"Yes, highballs," agreed Gatsby, and then to Mr. Wolfshiem: "It's too hot over there."

"Hot and small—yes," said Mr. Wolfshiem, "but full of memories."

"What place is that?" I asked.

"The old Metropole."

"The old Metropole," brooded Mr. Wolfshiem gloomily. "Filled with faces dead and gone. Filled with friends gone now forever. I can't forget so long as I live the night they shot Rosy Rosenthal there. It was six of us at the table, and Rosy had eat and drunk a lot all evening. When it was almost morning the waiter came up to him with a funny look and says somebody wants to speak to him outside. 'All right,' says Rosy, and begins to get up, and I pulled him down in his chair.

"'Let the bastards come in here if they want you, Rosy, but don't you, so help me, move outside this room.'

—¿Qué? —pregunté cortésmente.

Pero evidentemente no se dirigía a mí, porque dejó caer mi mano y apuntó a Gatsby con su expresiva nariz.

—Le entregué el dinero a Katspaugh y le dije: «Muy bien, Katspaugh, no le pagues ni un centavo hasta que cierre la boca». La cerró en ese momento.

Gatsby tomó un brazo de cada uno de nosotros y avanzó hacia el restaurante, donde el señor Wolfshiem se tragó una nueva frase que apenas comenzaba y cayó en una abstracción sonámbula.

—¿*Whisky* con soda? —preguntó el jefe de camareros.

—Este es un buen restaurante —dijo el señor Wolfshiem, mirando las ninfas presbiterianas en el techo—. ¡Pero me gusta más el de enfrente!

—Sí, *whisky* con soda —convino Gatsby, y luego le dijo al señor Wolfshiem—: hace demasiado calor allí.

—Caliente y pequeño, sí —dijo el señor Wolfshiem—, pero lleno de recuerdos.

—¿Qué lugar es ese? —pregunté.

—El viejo Metropole.

—El viejo Metropole —meditó sombríamente el señor Wolfshiem—. Lleno de rostros muertos y desaparecidos. Lleno de amigos que se han ido para siempre. No podré olvidar, mientras viva, la noche en que dispararon a Rosy Rosenthal allí. Éramos seis en la mesa, y Rosy había comido y bebido mucho toda la noche. Cuando ya era casi de día, el camarero se acerca con una mirada extraña y dice que alguien quería hablar con él fuera. «Está bien», dice Rosy, y empieza a levantarse, y yo lo retengo en su silla.

»«Deja que los bastardos entren aquí si lo desean, Rosy, pero no salgas de esta habitación, por favor».

"It was four o'clock in the morning then, and if we'd of raised the blinds we'd of seen daylight."

"Did he go?" I asked innocently.

"Sure he went." Mr. Wolfshiem's nose flashed at me indignantly. "He turned around in the door and says: 'Don't let that waiter take away my coffee!' Then he went out on the sidewalk, and they shot him three times in his full belly and drove away."

"Four of them were electrocuted," I said, remembering.

"Five, with Becker." His nostrils turned to me in an interested way. "I understand you're looking for a business gonnegtion."

The juxtaposition of these two remarks was startling. Gatsby answered for me:

"Oh, no," he exclaimed, "this isn't the man."

"No?" Mr. Wolfshiem seemed disappointed.

"This is just a friend. I told you we'd talk about that some other time."

"I beg your pardon," said Mr. Wolfshiem, "I had a wrong man."

A succulent hash arrived, and Mr. Wolfshiem, forgetting the more sentimental atmosphere of the old Metropole, began to eat with ferocious delicacy. His eyes, meanwhile, roved very slowly all around the room—he completed the arc by turning to inspect the people directly behind. I think that, except for my presence, he would have taken one short glance beneath our own table.

"Look here, old sport," said Gatsby, leaning toward me, "I'm afraid I made you a little angry this morning in the car."

»Eran las cuatro de la mañana entonces, y si hubiéramos levantado las persianas habríamos visto la luz del día.

—¿Y él salió? —pregunté inocentemente.

—Claro que salió. —La nariz del señor Wolfshiem me miró con indignación—. Se dio la vuelta cerca de la puerta y dice: «¡Que ese camarero no me quite el café!». Luego salió a la acera, le dispararon tres veces en la barriga llena y se marcharon.

—Cuatro de ellos fueron electrocutados —dije, recordando.

—Cinco, con Becker. —Sus fosas nasales se volvieron hacia mí de forma interesada—. Tengo entendido que estás buscando una *connegción* de negocios.

La yuxtaposición de estos dos comentarios me sorprendió. Gatsby respondió por mí:

—Oh, no —exclamó—, no es de él de quien hablaba.

—¿No? —El señor Wolfshiem parecía decepcionado.

—Este es solo un amigo. Te dije que hablaríamos de eso en otro momento.

—Te pido perdón —dijo el señor Wolfshiem—, me he equivocado de persona.

Llegó un suculento estofado, y el señor Wolfshiem, olvidando el ambiente más sentimental del viejo Metropole, comenzó a comer con feroz delicadeza. Sus ojos, mientras tanto, recorrían muy lentamente toda la sala; completaba el arco volviéndose para inspeccionar a las personas que estaban directamente detrás. Creo que, de no ser por mi presencia, habría echado una breve mirada por debajo de nuestra propia mesa.

—Mira, viejo amigo —dijo Gatsby, inclinándose hacia mí—, me temo que te he hecho enfadar un poco esta mañana en el coche.

There was the smile again, but this time I held out against it.

"I don't like mysteries," I answered, "and I don't understand why you won't come out frankly and tell me what you want. Why has it all got to come through Miss Baker?"

"Oh, it's nothing underhand," he assured me. "Miss Baker's a great sportswoman, you know, and she'd never do anything that wasn't all right."

Suddenly he looked at his watch, jumped up, and hurried from the room, leaving me with Mr. Wolfshiem at the table.

"He has to telephone," said Mr. Wolfshiem, following him with his eyes. "Fine fellow, isn't he? Handsome to look at and a perfect gentleman."

"Yes."

"He's an Oggsford man."

"Oh!"

"He went to Oggsford College in England. You know Oggsford College?"

"I've heard of it."

"It's one of the most famous colleges in the world."

"Have you known Gatsby for a long time?" I inquired.

"Several years," he answered in a gratified way. "I made the pleasure of his acquaintance just after the war. But I knew I had discovered a man of fine breeding after I talked with him an hour. I said to myself: 'There's the kind of man you'd like to take home and introduce to your mother and sister.'" He paused. "I see you're looking at my cuff buttons."

I hadn't been looking at them, but I did now. They were com-

Volvió a sonreír, pero esta vez me resistí a su sonrisa.

—No me gustan los misterios —respondí—, y no entiendo por qué no puedes ser franco conmigo y decirme lo que quieres. ¿Por qué todo tiene que pasar por la señorita Baker?

—Oh, no es nada turbio —me aseguró—. La señorita Baker es una gran deportista, ya sabes, y nunca haría nada que no fuera correcto.

De repente miró su reloj, se levantó de un salto y salió a toda prisa de la habitación, dejándome con el señor Wolfshiem en la mesa.

—Tiene que llamar por teléfono —dijo el señor Wolfshiem, siguiéndole con la mirada—. Es un buen tipo, ¿verdad? Es guapo y un perfecto caballero.

—Sí.

—Es un hombre de *Oggsford.*

—¡Oh!

—Fue a *Oggsford* College en Inglaterra. ¿Conoces *Oggsford* College?

—He oído hablar de él.

—Es uno de los *colleges* más famosos del mundo.

—¿Conoces a Gatsby desde hace mucho tiempo? —pregunté.

—Ya hace varios años —respondió de forma gratificante—. Tuve el placer de conocerlo justo después de la guerra. Pero supe que había descubierto a un hombre de buena educación tan solo hablando con él por una hora. Me dije: «Este es el tipo de hombre que te gustaría llevar a casa y presentar a tu madre y a tu hermana». —Hizo una pausa—. Veo que estás mirando mis gemelos.

No los había mirado, pero lo hice ahora. Estaban compuestos por

posed of oddly familiar pieces of ivory.

"Finest specimens of human molars," he informed me.

"Well!" I inspected them. "That's a very interesting idea."

"Yeah." He flipped his sleeves up under his coat. "Yeah, Gatsby's very careful about women. He would never so much as look at a friend's wife."

When the subject of this instinctive trust returned to the table and sat down Mr. Wolfshiem drank his coffee with a jerk and got to his feet.

"I have enjoyed my lunch," he said, "and I'm going to run off from you two young men before I outstay my welcome."

"Don't hurry Meyer," said Gatsby, without enthusiasm. Mr. Wolfshiem raised his hand in a sort of benediction.

"You're very polite, but I belong to another generation," he announced solemnly. "You sit here and discuss your sports and your young ladies and your—" He supplied an imaginary noun with another wave of his hand. "As for me, I am fifty years old, and I won't impose myself on you any longer."

As he shook hands and turned away his tragic nose was trembling. I wondered if I had said anything to offend him.

"He becomes very sentimental sometimes," explained Gatsby. "This is one of his sentimental days. He's quite a character around New York—a denizen of Broadway."

"Who is he, anyhow, an actor?"

"No."

"A dentist?"

"Meyer Wolfshiem? No, he's a gambler." Gatsby hesitated, then

piezas de marfil extrañamente familiares.

—Los mejores especímenes de molares humanos —me informó.

—¡Vaya! —los inspeccioné—. Es una idea muy interesante.

—Sí. —Se cubrió las mangas con el abrigo—. Sí, Gatsby es muy cuidadoso con las mujeres. Nunca se atrevería a mirar a la mujer de un amigo.

Cuando el sujeto de esta confianza instintiva regresó a la mesa y se sentó, el señor Wolfshiem bebió su café de un solo sorbo y se puso en pie.

—He disfrutado de mi almuerzo —dijo— y voy a huir de ustedes dos, jóvenes, antes de que se me considere un pesado.

—No te apresures, Meyer —dijo Gatsby, sin entusiasmo. El señor Wolfshiem levantó la mano en una especie de bendición.

—Eres muy educado, pero yo pertenezco a otra generación —anunció solemnemente—. Ustedes se sientan aquí y hablan de sus deportes y de sus señoritas y de sus... —suministró un sustantivo imaginario con otro movimiento de la mano—. En cuanto a mí, tengo cincuenta años y no voy a imponerme a ustedes por más tiempo.

Al estrechar la mano y darse la vuelta, su trágica nariz temblaba. Me pregunté si había dicho algo que lo ofendiera.

—A veces se pone muy sentimental —explicó Gatsby—. Este es uno de sus días sentimentales. Es todo un personaje en Nueva York... un ciudadano de Broadway.

—¿Quién es, en todo caso, un actor?

—No.

—¿Un dentista?

—¿Meyer Wolfshiem? No, es un jugador. —Gatsby dudó y luego

added, coolly: "He's the man who fixed the World's Series back in 1919."

"Fixed the World's Series?" I repeated.

The idea staggered me. I remembered, of course, that the World's Series had been fixed in 1919, but if I had thought of it at all I would have thought of it as a thing that merely *happened*, the end of some inevitable chain. It never occurred to me that one man could start to play with the faith of fifty million people—with the single-mindedness of a burglar blowing a safe.

"How did he happen to do that?" I asked after a minute.

"He just saw the opportunity."

"Why isn't he in jail?"

"They can't get him, old sport. He's a smart man."

I insisted on paying the check. As the waiter brought my change I caught sight of Tom Buchanan across the crowded room.

"Come along with me for a minute," I said; "I've got to say hello to someone."

When he saw us Tom jumped up and took half a dozen steps in our direction.

"Where've you been?" he demanded eagerly. "Daisy's furious because you haven't called up."

"This is Mr. Gatsby, Mr. Buchanan."

They shook hands briefly, and a strained, unfamiliar look of embarrassment came over Gatsby's face.

"How've you been, anyhow?" demanded Tom of me. "How'd

añadió, con frialdad—: Es el hombre que arregló las Grandes Ligas de béisbol en 1919.

—¿Arregló las Grandes Ligas? —repetí yo.

La idea me dejó perplejo. Recordé, por supuesto, que las Grandes Ligas habían sido arregladas en 1919, pero si hubiera pensado en ello, lo habría hecho como algo que simplemente *sucedió,* el final de alguna cadena inevitable. Nunca se me ocurrió que un solo hombre pudiera empezar a jugar con la fe de cincuenta millones de personas... con la determinación de un ladrón que revienta una caja fuerte.

—¿Cómo se le ocurrió hacer eso? —pregunté después de un minuto.

—Simplemente vio la oportunidad.

—¿Por qué no está en la cárcel?

—No pueden atraparlo, viejo amigo. Es un hombre inteligente.

Insistí en pagar la cuenta. Cuando el camarero me trajo el cambio, vi a Tom Buchanan al otro lado de la abarrotada sala.

—Acompáñame un momento —le dije—, tengo que saludar a alguien.

Cuando nos vio, Tom se levantó de un salto y dio media docena de pasos en nuestra dirección.

—¿Dónde has estado? —preguntó ansiosamente—. Daisy está furiosa porque no has llamado.

—Este es el señor Gatsby, el señor Buchanan.

Se estrecharon la mano brevemente, y en el rostro de Gatsby apareció una mirada tensa y desconocida de vergüenza.

—¿Cómo has estado, de todos modos? —me preguntó Tom—.

you happen to come up this far to eat?"

"I've been having lunch with Mr. Gatsby."

I turned toward Mr. Gatsby, but he was no longer there.

***

One October day in nineteen-seventeen—

(said Jordan Baker that afternoon, sitting up very straight on a straight chair in the tea-garden at the Plaza Hotel)

—I was walking along from one place to another, half on the sidewalks and half on the lawns. I was happier on the lawns because I had on shoes from England with rubber knobs on the soles that bit into the soft ground. I had on a new plaid skirt also that blew a little in the wind, and whenever this happened the red, white, and blue banners in front of all the houses stretched out stiff and said *tut-tut-tut-tut,* in a disapproving way.

The largest of the banners and the largest of the lawns belonged to Daisy Fay's house. She was just eighteen, two years older than me, and by far the most popular of all the young girls in Louisville. She dressed in white, and had a little white roadster, and all day long the telephone rang in her house and excited young officers from Camp Taylor demanded the privilege of monopolizing her that night. "Anyways, for an hour!"

When I came opposite her house that morning her white roadster was beside the kerb, and she was sitting in it with a lieutenant I had never seen before. They were so engrossed in each other that she didn't see me until I was five feet away.

"Hello, Jordan," she called unexpectedly. "Please come here."

I was flattered that she wanted to speak to me, because of all the older girls I admired her most. She asked me if I was going to the Red Cross to make bandages. I was. Well, then, would I tell

¿Cómo se te ocurrió venir hasta aquí a comer?

—Vine a comer con el señor Gatsby.

Me volví hacia el señor Gatsby, pero ya no estaba allí.

***

—Un día de octubre en mil novecientos diecisiete... —(dijo Jordan Baker aquella tarde, sentada muy erguida en una silla recta en el jardín de té del Plaza Hotel).

»Caminaba de un lugar a otro, mitad por las aceras y mitad por el césped. Era mejor por el césped porque llevaba unos zapatos ingleses con tacos de goma en las suelas que mordían el suelo blando. Llevaba también una falda nueva a cuadros que se movía un poco con el viento, y siempre que esto ocurría, las banderas rojas, blancas y azules que había delante de todas las casas se estiraban, rígidamente, y decían tut-tut-tut-tut, con tono de desaprobación.

»El mayor de los estandartes y el mayor de los céspedes pertenecía a la casa de Daisy Fay. Tenía solo dieciocho años, dos más que yo, y era, de lejos, la más popular de todas las jóvenes de Louisville. Vestía de blanco y tenía un pequeño Roadster descapotable blanco, y durante todo el día el teléfono sonaba en su casa y los excitados jóvenes oficiales de Camp Taylor imploraban por el privilegio de monopolizarla esa noche. «¡Aunque sea por una hora!».

»Cuando llegué frente a su casa aquella mañana, su Roadster blanco estaba al lado del bordillo, y ella estaba sentada en él con un teniente que yo no había visto nunca. Estaban tan absortos el uno en el otro que ella no me vio hasta que estuve a metro y medio de distancia.

»«Hola, Jordan», llamó inesperadamente. «Por favor, ven aquí».

»Me sentí halagada de que quisiera hablar conmigo, porque de todas las chicas mayores era la que más admiraba. Me preguntó si iba a ir a la Cruz Roja a empaquetar vendas. Así era. Entonces, ¿les

them that she couldn't come that day? The officer looked at Daisy while she was speaking, in a way that every young girl wants to be looked at sometime, and because it seemed romantic to me I have remembered the incident ever since. His name was Jay Gatsby, and I didn't lay eyes on him again for over four years—even after I'd met him on Long Island I didn't realize it was the same man.

That was nineteen-seventeen. By the next year I had a few beaux myself, and I began to play in tournaments, so I didn't see Daisy very often. She went with a slightly older crowd—when she went with anyone at all. Wild rumours were circulating about her—how her mother had found her packing her bag one winter night to go to New York and say goodbye to a soldier who was going overseas. She was effectually prevented, but she wasn't on speaking terms with her family for several weeks. After that she didn't play around with the soldiers any more, but only with a few flat-footed, shortsighted young men in town, who couldn't get into the army at all.

By the next autumn she was gay again, gay as ever. She had a début after the armistice, and in February she was presumably engaged to a man from New Orleans. In June she married Tom Buchanan of Chicago, with more pomp and circumstance than Louisville ever knew before. He came down with a hundred people in four private cars, and hired a whole floor of the Muhlbach Hotel, and the day before the wedding he gave her a string of pearls valued at three hundred and fifty thousand dollars.

I was a bridesmaid. I came into her room half an hour before the bridal dinner, and found her lying on her bed as lovely as the June night in her flowered dress—and as drunk as a monkey. She had a bottle of Sauterne in one hand and a letter in the other.

"'Gratulate me," she muttered. "Never had a drink before, but oh how I do enjoy it."

"What's the matter, Daisy?"

I was scared, I can tell you; I'd never seen a girl like that before.

diría que ella no podía ir ese día? El oficial miró a Daisy mientras ella hablaba, de una manera que toda joven quiere que la miren alguna vez, y como me pareció romántico he recordado el incidente desde entonces. Se llamaba Jay Gatsby, y no volví a poner los ojos en él por más de cuatro años; incluso después de haberlo conocido nuevamente en Long Island no me di cuenta de que era el mismo hombre.

»Eso fue en mil novecientos diecisiete. Al año siguiente yo ya tenía algunos pretendientes y empecé a jugar en torneos, así que no veía a Daisy muy a menudo. Ella salía con un grupo algo mayor, cuando salía con alguien. Circulaban rumores descabellados sobre ella, como que su madre la había encontrado haciendo la maleta una noche de invierno para ir a Nueva York a despedirse de un soldado que se iba al extranjero. Se lo impidieron, pero ella no se habló con su familia durante varias semanas. Después de eso, no volvió a relacionarse con los soldados, sino solo con algunos jóvenes con pie plano y cortos de vista, que no habían logrado entrar al ejército.

»En el otoño siguiente ella ya estaba alegre nuevamente, más alegre que nunca. Debutó después del armisticio, y en febrero se comprometió, presumiblemente, con alguien de Nueva Orleans. En junio se casó con Tom Buchanan de Chicago, con más pompa y circunstancia de la que Louisville había conocido hasta entonces. Él vino con cien personas en cuatro vagones privados, y alquiló toda una planta del Hotel Muhlbach, y el día antes de la boda le regaló un collar de perlas valorado en trescientos cincuenta mil dólares.

»Yo era una dama de honor. Entré en su habitación media hora antes de la cena nupcial y la encontré tumbada en su cama, tan encantadora como una noche de junio, con su vestido floreado, y tan borracha como un mono. Tenía una botella de Sauterne en una mano y una carta en la otra.

»«Felicítame», murmuró. «Nunca he bebido antes, pero ¡oh, cómo lo disfruto!».

»«¿Qué pasa, Daisy?».

»Me asusté, te lo aseguro; nunca había visto a una chica en ese

"Here, dearies." She groped around in a wastebasket she had with her on the bed and pulled out the string of pearls. "Take 'em downstairs and give 'em back to whoever they belong to. Tell 'em all Daisy's change' her mine. Say: 'Daisy's change' her mine!'"

She began to cry—she cried and cried. I rushed out and found her mother's maid, and we locked the door and got her into a cold bath. She wouldn't let go of the letter. She took it into the tub with her and squeezed it up in a wet ball, and only let me leave it in the soap-dish when she saw that it was coming to pieces like snow.

But she didn't say another word. We gave her spirits of ammonia and put ice on her forehead and hooked her back into her dress, and half an hour later, when we walked out of the room, the pearls were around her neck and the incident was over. Next day at five o'clock she married Tom Buchanan without so much as a shiver, and started off on a three months' trip to the South Seas.

I saw them in Santa Barbara when they came back, and I thought I'd never seen a girl so mad about her husband. If he left the room for a minute she'd look around uneasily, and say: "Where's Tom gone?" and wear the most abstracted expression until she saw him coming in the door. She used to sit on the sand with his head in her lap by the hour, rubbing her fingers over his eyes and looking at him with unfathomable delight. It was touching to see them together—it made you laugh in a hushed, fascinated way. That was in August. A week after I left Santa Barbara Tom ran into a wagon on the Ventura road one night, and ripped a front wheel off his car. The girl who was with him got into the papers, too, because her arm was broken—she was one of the chambermaids in the Santa Barbara Hotel.

The next April Daisy had her little girl, and they went to France for a year. I saw them one spring in Cannes, and later in Deauville, and then they came back to Chicago to settle down. Daisy was popular in Chicago, as you know. They moved with a fast crowd, all of them young and rich and wild, but she came out with an absolutely perfect reputation. Perhaps because she doesn't drink.

estado.

»«Aquí está, querida». Rebuscó en una papelera que tenía sobre la cama y sacó el collar de perlas. «Llévalas abajo y devuélveselas a quien corresponda. Diles a todos que Daisy ha cambiado de opinión. Di: "¡Daisy ha cambiado de opinión!"».

»Empezó a llorar, lloró y lloró. Salí corriendo a buscar a la criada de su madre, cerramos la puerta y la metimos en un baño frío. No quería soltar la carta. La metió en la bañera y la hizo una bola húmeda, y solo me dejó dejarla en la jabonera cuando vio que se hacía pedazos como la nieve.

»Pero no dijo ni una palabra más. Le dimos espíritus de amoníaco y le pusimos hielo en la frente y le volvimos a poner el vestido, y media hora después, cuando salimos de la habitación, las perlas estaban alrededor de su cuello y el incidente había terminado. Al día siguiente, a las cinco, se casó con Tom Buchanan sin ni siquiera temblar, y emprendió un viaje de tres meses a los Mares del Sur.

»Los vi en Santa Bárbara cuando volvieron, y pensé que nunca había visto a una chica tan loca por su marido. Si él salía de la habitación por un minuto, ella miraba a su alrededor con inquietud, y decía: «¿Dónde se ha metido Tom?», y ponía la expresión más abstraída hasta que lo veía entrar por la puerta. Ella solía sentarse sobre la arena con la cabeza de él en su regazo por horas, frotando sus dedos sobre sus ojos y mirándolo con insondable deleite. Era conmovedor verlos juntos; te hacía reír de una manera silenciosa y fascinada. Eso fue en agosto. Una semana después de dejar Santa Bárbara, Tom chocó una noche con una furgoneta en la carretera de Ventura y se salió una rueda delantera de su coche. La chica que le acompañaba también salió en los periódicos porque se había roto el brazo; era una de las camareras del Hotel Santa Bárbara.

»En abril del año siguiente, Daisy tuvo a su hija y se fueron a Francia durante un año. Los vi en la primavera en Cannes, y más tarde en Deauville, y luego volvieron a Chicago para establecerse. Daisy era muy popular en Chicago, como sabes. Salían con un grupo movedizo, todos ellos jóvenes y ricos y salvajes, pero ella salió de ello con una reputación absolutamente perfecta. Quizá porque no bebe.

It's a great advantage not to drink among hard-drinking people. You can hold your tongue and, moreover, you can time any little irregularity of your own so that everybody else is so blind that they don't see or care. Perhaps Daisy never went in for amour at all—and yet there's something in that voice of hers...

Well, about six weeks ago, she heard the name Gatsby for the first time in years. It was when I asked you—do you remember?—if you knew Gatsby in West Egg. After you had gone home she came into my room and woke me up, and said: "What Gatsby?" and when I described him—I was half asleep—she said in the strangest voice that it must be the man she used to know. It wasn't until then that I connected this Gatsby with the officer in her white car.

***

When Jordan Baker had finished telling all this we had left the Plaza for half an hour and were driving in a victoria through Central Park. The sun had gone down behind the tall apartments of the movie stars in the West Fifties, and the clear voices of children, already gathered like crickets on the grass, rose through the hot twilight:

> "I'm the Sheik of Araby.
> Your love belongs to me.
> At night when you're asleep
> Into your tent I'll creep—"

"It was a strange coincidence," I said.

"But it wasn't a coincidence at all."

"Why not?"

"Gatsby bought that house so that Daisy would be just across the bay."

Then it had not been merely the stars to which he had aspired on that June night. He came alive to me, delivered suddenly from

Es una gran ventaja no beber entre gente que bebe mucho. Puedes contener la lengua y, además, puedes planificar cualquier pequeña irregularidad tuya de modo que todos los demás, estando tan ciegos, ni la ven, ni les importa. Tal vez Daisy nunca se interesó por los amoríos, y sin embargo hay algo en su voz...

»Bueno, hace unas seis semanas, ella escuchó el nombre de Gatsby por primera vez en años. Fue cuando te pregunté, ¿te acuerdas?, si conocías a Gatsby en West Egg. Después de que te hubieras ido a casa, ella entró en mi habitación y me despertó, y dijo: «¿Qué Gatsby?», y cuando lo describí, yo estaba medio dormida, dijo con la voz más extraña que debía ser el hombre que ella conocía. No fue hasta entonces que relacioné a este Gatsby con el oficial en su coche blanco.

***

Cuando Jordan Baker terminó de contar todo esto, habíamos dejado el Plaza ya hacía media hora y estábamos paseando en una victoria por Central Park. El sol se había ocultado tras los altos apartamentos de las estrellas de cine de los años cincuenta, en la zona oeste, y las claras voces de los niños, ya reunidos como grillos en la hierba, se elevaban a través del caluroso crepúsculo:

> Soy el jeque de Arabia.
> Tu amor me pertenece.
> Por la noche, cuando estés dormida
> en tu tienda me colaré...

—Es una extraña coincidencia —dije.

—Pero no es una coincidencia, en absoluto.

—¿Cómo qué no?

—Gatsby compró esa casa para que Daisy estuviera justo al otro lado de la bahía.

Entonces no habían sido solo a las estrellas a las que él había suspirado en aquella noche de junio. Se me presentó vivo, liberado de

the womb of his purposeless splendour.

"He wants to know," continued Jordan, "if you'll invite Daisy to your house some afternoon and then let him come over."

The modesty of the demand shook me. He had waited five years and bought a mansion where he dispensed starlight to casual moths—so that he could "come over" some afternoon to a stranger's garden.

"Did I have to know all this before he could ask such a little thing?"

"He's afraid, he's waited so long. He thought you might be offended. You see, he's regular tough underneath it all."

Something worried me.

"Why didn't he ask you to arrange a meeting?"

"He wants her to see his house," she explained. "And your house is right next door."

"Oh!"

"I think he half expected her to wander into one of his parties, some night," went on Jordan, "but she never did. Then he began asking people casually if they knew her, and I was the first one he found. It was that night he sent for me at his dance, and you should have heard the elaborate way he worked up to it. Of course, I immediately suggested a luncheon in New York—and I thought he'd go mad:

"'I don't want to do anything out of the way!' he kept saying. 'I want to see her right next door.'

"When I said you were a particular friend of Tom's, he started to abandon the whole idea. He doesn't know very much about Tom, though he says he's read a Chicago paper for years just on the chance of catching a glimpse of Daisy's name."

repente del vientre de su esplendor sin propósito.

—Él quiere saber —continuó Jordan—, si invitarías a Daisy a tu casa alguna tarde y luego le dejarías venir a él.

La modestia de la demanda me estremeció. Había esperado cinco años y había comprado una mansión en la que dispensaba la luz de las estrellas a las polillas ocasionales, para poder «venir» alguna tarde al jardín de un desconocido.

—¿Tenía que saber todo esto para que él pudiera pedir una cosa tan pequeña?

—Él tiene miedo, ha esperado tanto tiempo. Pensó que podrías ofenderte. Ya ves, en el fondo es un tipo duro.

Algo me preocupó.

—¿Por qué no te pidió a ti que organizaras una reunión?

—Él quiere que ella vea su casa —explicó—. Y tu casa está justo al lado.

—¡Oh!

—Creo que él esperaba que ella estuviera en una de sus fiestas, alguna noche —continuó Jordan—, pero nunca lo hizo. Entonces empezó a preguntar a la gente si la conocían, y yo fui la primera que encontró. Fue esa noche cuando me mandó llamar, en su fiesta, y tendrías que haber oído la forma tan elaborada en que lo hizo. Por supuesto, inmediatamente sugerí un almuerzo en Nueva York, y pensé que se iba a volver loco...

»«¡No quiero hacer nada fuera de lo correcto!», repetía. «Quiero verla justo en la casa de al lado».

»Cuando le dije que eras un amigo íntimo de Tom, empezó a abandonar la idea. No sabe mucho sobre Tom, aunque dice que ha leído el periódico de Chicago durante años solo por la posibilidad de vislumbrar el nombre de Daisy.

It was dark now, and as we dipped under a little bridge I put my arm around Jordan's golden shoulder and drew her toward me and asked her to dinner. Suddenly I wasn't thinking of Daisy and Gatsby any more, but of this clean, hard, limited person, who dealt in universal scepticism, and who leaned back jauntily just within the circle of my arm. A phrase began to beat in my ears with a sort of heady excitement: "There are only the pursued, the pursuing, the busy, and the tired."

"And Daisy ought to have something in her life," murmured Jordan to me.

"Does she want to see Gatsby?"

"She's not to know about it. Gatsby doesn't want her to know. You're just supposed to invite her to tea."

We passed a barrier of dark trees, and then the façade of Fifty-Ninth Street, a block of delicate pale light, beamed down into the park. Unlike Gatsby and Tom Buchanan, I had no girl whose disembodied face floated along the dark cornices and blinding signs, and so I drew up the girl beside me, tightening my arms. Her wan, scornful mouth smiled, and so I drew her up again closer, this time to my face.

Ya era de noche, y mientras nos agachábamos bajo un pequeño puente, rodeé con mi brazo el hombro dorado de Jordan, la atraje hacia mí y la invité a cenar. De repente, ya no pensaba en Daisy y Gatsby, sino en esta persona limpia, dura y limitada, que comerciaba con el escepticismo universal, y que se inclinaba alegremente hacia atrás justo dentro del círculo de mi brazo. Una frase comenzó a latir en mis oídos con una especie de excitación embriagadora: «Solo existen los perseguidos, los que persiguen, los ocupados y los cansados».

—Y Daisy debería tener algo en su vida —me murmuró Jordan.

—¿Ella quiere ver a Gatsby?

—Ella no debe saberlo. Gatsby no quiere que lo sepa. Tienes que simplemente invitarla a tomar el té.

Pasamos una barrera de árboles oscuros, y luego la fachada de la Calle 59 —un bloque de delicada luz pálida— se asomó al parque. A diferencia de Gatsby y Tom Buchanan, yo no tenía ninguna chica cuyo rostro incorpóreo flotara a lo largo de las cornisas oscuras y los letreros cegadores, y por eso atraje a la chica a mi lado, estrechándola entre mis brazos. Su boca pálida y despreciativa sonrió, y entonces la acerqué de nuevo, esta vez a mi cara.

V

When I came home to West Egg that night I was afraid for a moment that my house was on fire. Two o'clock and the whole corner of the peninsula was blazing with light, which fell unreal on the shrubbery and made thin elongating glints upon the roadside wires. Turning a corner, I saw that it was Gatsby's house, lit from tower to cellar.

At first I thought it was another party, a wild rout that had resolved itself into "hide-and-go-seek" or "sardines-in-the-box" with all the house thrown open to the game. But there wasn't a sound. Only wind in the trees, which blew the wires and made the lights go off and on again as if the house had winked into the darkness. As my taxi groaned away I saw Gatsby walking toward me across his lawn.

"Your place looks like the World's Fair," I said.

"Does it?" He turned his eyes toward it absently. "I have been glancing into some of the rooms. Let's go to Coney Island, old sport. In my car."

"It's too late."

"Well, suppose we take a plunge in the swimming pool? I haven't made use of it all summer."

"I've got to go to bed."

"All right."

He waited, looking at me with suppressed eagerness.

"I talked with Miss Baker," I said after a moment. "I'm going to call up Daisy tomorrow and invite her over here to tea."

"Oh, that's all right," he said carelessly. "I don't want to put you to any trouble."

V

Cuando llegué a casa, a West Egg, aquella noche, temí por un momento que mi casa estuviera en llamas. Eran las dos y todo el rincón de la península ardía de luz; la luz caía irrealmente sobre los arbustos y producía finos destellos alargados sobre los cables al borde de la carretera. Al doblar una esquina, vi que era la casa de Gatsby, iluminada desde la torre hasta el sótano.

Al principio pensé que se trataba de otra fiesta, con alguna salida salvaje que se había convertido en un juego de «escondite» o de «sardinas en lata» con toda la casa dispuesta para el juego. Pero no se oía ni un ruido. Solo el viento en los árboles, que movía los cables y hacía que las luces se apagaran y encendieran de nuevo como si la casa parpadeara en la oscuridad. Mientras mi taxi se alejaba, vi a Gatsby caminando hacia mí a través de su césped.

—Tu casa parece la Exposición Universal —dije.

—¿En serio? —Volvió los ojos hacia ella distraídamente—. He estado echando un vistazo a algunas de las habitaciones. Vamos a Coney Island, viejo amigo. En mi coche.

—Es demasiado tarde.

—Bueno, démonos un chapuzón en la piscina. No he hecho uso de ella en todo el verano.

—Tengo que ir a la cama.

—De acuerdo.

Esperó, mirándome con ansia reprimida.

—He hablado con la señorita Baker —dije después de un momento—, voy a llamar a Daisy mañana y a invitarla a tomar el té.

—Oh, eso está bien —dijo despreocupadamente—. No quiero causarte ninguna molestia.

"What day would suit you?"

"What day would suit *you?*" he corrected me quickly. "I don't want to put you to any trouble, you see."

"How about the day after tomorrow?"

He considered for a moment. Then, with reluctance: "I want to get the grass cut," he said.

We both looked down at the grass—there was a sharp line where my ragged lawn ended and the darker, well-kept expanse of his began. I suspected that he meant my grass.

"There's another little thing," he said uncertainly, and hesitated.

"Would you rather put it off for a few days?" I asked.

"Oh, it isn't about that. At least—" He fumbled with a series of beginnings. "Why, I thought—why, look here, old sport, you don't make much money, do you?"

"Not very much."

This seemed to reassure him and he continued more confidently.

"I thought you didn't, if you'll pardon my—you see, I carry on a little business on the side, a sort of side line, you understand. And I thought that if you don't make very much—You're selling bonds, aren't you, old sport?"

"Trying to."

"Well, this would interest you. It wouldn't take up much of your time and you might pick up a nice bit of money. It happens to be a rather confidential sort of thing."

—¿Qué día te vendría bien?

—¿Qué día te vendría bien a *ti?* —me corrigió rápidamente—. No quiero ponerte en problemas, ya ves.

—¿Qué tal pasado mañana?

Lo pensó un momento.

—Quiero que corten el césped —dijo después, con reticencia.

Ambos miramos la hierba: había una línea nítida donde terminaba mi césped desgarrado y comenzaba la extensión más oscura y bien cuidada del suyo. Sospeché que se refería a mi césped.

—Hay otra cosita —dijo con vaguedad, y dudó.

—¿Prefieres dejarlo para dentro de unos días? —le pregunté.

—Oh, no se trata de eso. Al menos... —Tanteó con una serie de comienzos—. Vaya, pensé... vaya, mira aquí, viejo amigo, no ganas mucho dinero, ¿verdad?

—No mucho.

Esto pareció tranquilizarlo y continuó con más confianza.

—Pensé que así era, si me perdonas... verás, tengo un pequeño negocio aparte, una especie de proyecto accesorio, entiendes. Y pensé que si no ganabas mucho... Estás vendiendo bonos, ¿no es así, viejo amigo?

—Eso intento.

—Bueno, esto te interesaría. No te quitaría mucho tiempo y podrías conseguir un buen dinero. Resulta que es un asunto bastante confidencial.

I realize now that under different circumstances that conversation might have been one of the crises of my life. But, because the offer was obviously and tactlessly for a service to be rendered, I had no choice except to cut him off there.

"I've got my hands full," I said. "I'm much obliged but I couldn't take on any more work."

"You wouldn't have to do any business with Wolfshiem." Evidently he thought that I was shying away from the "gonnegtion" mentioned at lunch, but I assured him he was wrong. He waited a moment longer, hoping I'd begin a conversation, but I was too absorbed to be responsive, so he went unwillingly home.

The evening had made me lightheaded and happy; I think I walked into a deep sleep as I entered my front door. So I don't know whether or not Gatsby went to Coney Island, or for how many hours he "glanced into rooms" while his house blazed gaudily on. I called up Daisy from the office next morning, and invited her to come to tea.

"Don't bring Tom," I warned her.

"What?"

"Don't bring Tom."

"Who is 'Tom'?" she asked innocently.

The day agreed upon was pouring rain. At eleven o'clock a man in a raincoat, dragging a lawn-mower, tapped at my front door and said that Mr. Gatsby had sent him over to cut my grass. This reminded me that I had forgotten to tell my Finn to come back, so I drove into West Egg Village to search for her among soggy white-washed alleys and to buy some cups and lemons and flowers.

The flowers were unnecessary, for at two o'clock a greenhouse arrived from Gatsby's, with innumerable receptacles to contain

Ahora me doy cuenta de que, en otras circunstancias, esa conversación podría haber provocado una de las crisis de mi vida. Pero, como la oferta era obviamente y, con poco tacto, por un servicio a prestar, no tuve más remedio que cortarle en seco.

—Tengo las manos llenas —dije—. Te lo agradezco mucho, pero no puedo aceptar más trabajo.

—No tendrías que hacer ningún negocio con Wolfshiem. —Evidentemente pensó que yo estaba rehuyendo la *«connegción»* mencionada en el almuerzo, pero le aseguré que estaba equivocado. Esperó un momento más, con la esperanza de que yo iniciara una conversación, pero yo estaba demasiado abstraído como para ser receptivo, así que se fue a casa de mala gana.

La noche me había aturdido y alegrado; creo que entré en un profundo sueño al pasar por la puerta de mi casa. Así que no sé si Gatsby fue o no a Coney Island, ni durante cuántas horas «echó un vistazo a las habitaciones» mientras su casa brillaba ardientemente. A la mañana siguiente llamé a Daisy desde la oficina y la invité a venir a tomar el té.

—No traigas a Tom —le advertí.

—¿Qué?

—No traigas a Tom.

—¿Quién es «Tom»? —preguntó inocentemente.

El día acordado llovía a cántaros. A las once, un hombre con gabardina, arrastrando una cortadora de césped, llamó a la puerta de mi casa y dijo que el señor Gatsby le había enviado a cortar mi césped. Esto me recordó que había olvidado decirle a mi ayudante finlandesa que volviera, así que conduje hasta West Egg Village para buscarla entre las empapadas callejuelas blanqueadas y para comprar algunas tazas, limones y flores.

Las flores fueron innecesarias, pues a las dos llegó un vivero entero enviado por Gatsby, con innumerables recipientes para contener-

it. An hour later the front door opened nervously, and Gatsby in a white flannel suit, silver shirt, and gold-coloured tie, hurried in. He was pale, and there were dark signs of sleeplessness beneath his eyes.

"Is everything all right?" he asked immediately.

"The grass looks fine, if that's what you mean."

"What grass?" he inquired blankly. "Oh, the grass in the yard." He looked out the window at it, but, judging from his expression, I don't believe he saw a thing.

"Looks very good," he remarked vaguely. "One of the papers said they thought the rain would stop about four. I think it was *The Journal.* Have you got everything you need in the shape of—of tea?"

I took him into the pantry, where he looked a little reproachfully at the Finn. Together we scrutinized the twelve lemon cakes from the delicatessen shop.

"Will they do?" I asked.

"Of course, of course! They're fine!" and he added hollowly, "... old sport."

The rain cooled about half-past three to a damp mist, through which occasional thin drops swam like dew. Gatsby looked with vacant eyes through a copy of Clay's *Economics,* starting at the Finnish tread that shook the kitchen floor, and peering towards the bleared windows from time to time as if a series of invisible but alarming happenings were taking place outside. Finally he got up and informed me, in an uncertain voice, that he was going home.

"Why's that?"

"Nobody's coming to tea. It's too late!" He looked at his watch as if there was some pressing demand on his time elsewhere. "I

lo. Una hora más tarde, la puerta principal se abrió nerviosamente y Gatsby, con un traje de franela blanco, camisa plateada y corbata dorada, entró a toda prisa. Estaba pálido y tenía graves signos de insomnio bajo los ojos.

—¿Está todo bien? —preguntó inmediatamente.

—El césped parece estar bien, si te refieres a eso.

—¿Qué césped? —preguntó sin comprender—. Oh, el césped del jardín. —Miró por la ventana, pero, a juzgar por su expresión, no creo que haya visto nada.

—Tiene muy buen aspecto —comentó vagamente—. Uno de los periódicos dijo que creía que la lluvia cesaría hacia las cuatro. Creo que era *The Journal*. ¿Tienes todo lo que necesitas en forma de... de té?

Lo llevé a la despensa, donde miró con un poco de reproche a la finlandesa. Juntos escudriñamos los doce pasteles de limón de la tienda de *delicatessen*.

—¿Servirán? —pregunté.

—¡Por supuesto, por supuesto! ¡Están bien...! —y añadió, con voz hueca—: viejo amigo.

La lluvia se calmó hacia las tres y media hasta convertirse en una niebla húmeda, a través de la cual ocasionales gotas finas nadaban como el rocío. Gatsby miraba con ojos vacíos a través de un ejemplar de *Economía* de Clay, asomándose para ver la amenaza finlandesa que hacía temblar el suelo de la cocina y de vez en cuando las ventanas ennegrecidas, como si en el exterior se produjera una serie de sucesos invisibles pero alarmantes. Finalmente se levantó y me informó, con voz insegura, que se iba a casa.

—¿Por qué?

—Nadie va a venir a tomar el té. Es demasiado tarde. —Miró su reloj como si hubiera alguna demanda urgente de su tiempo en otro lu-

can't wait all day."

"Don't be silly; it's just two minutes to four."

He sat down miserably, as if I had pushed him, and simultaneously there was the sound of a motor turning into my lane. We both jumped up, and, a little harrowed myself, I went out into the yard.

Under the dripping bare lilac-trees a large open car was coming up the drive. It stopped. Daisy's face, tipped sideways beneath a three-cornered lavender hat, looked out at me with a bright ecstatic smile.

"Is this absolutely where you live, my dearest one?"

The exhilarating ripple of her voice was a wild tonic in the rain. I had to follow the sound of it for a moment, up and down, with my ear alone, before any words came through. A damp streak of hair lay like a dash of blue paint across her cheek, and her hand was wet with glistening drops as I took it to help her from the car.

"Are you in love with me," she said low in my ear, "or why did I have to come alone?"

"That's the secret of Castle Rackrent. Tell your chauffeur to go far away and spend an hour."

"Come back in an hour, Ferdie." Then in a grave murmur: "His name is Ferdie."

"Does the gasoline affect his nose?"

"I don't think so," she said innocently. "Why?"

We went in. To my overwhelming surprise the living-room was deserted.

"Well, that's funny," I exclaimed.

gar—. No puedo esperar todo el día.

—No seas tonto; solo faltan dos minutos para las cuatro.

Se sentó miserablemente, como si yo le hubiera empujado, y simultáneamente se oyó el sonido de un motor entrando en el camino de mi casa. Los dos nos levantamos de un salto y, un poco angustiado, salí al jardín.

Bajo los árboles de lilas desnudas, un gran coche descapotable se acercaba a la entrada. Se detuvo. La cara de Daisy, inclinada de lado bajo un sombrero lavanda de tres picos, me miró con una brillante sonrisa de éxtasis.

—¿Es absolutamente aquí donde vives, querido mío?

La estimulante ondulación de su voz era un tónico salvaje en la lluvia. Tuve que seguir su sonido durante un momento, arriba y abajo, solo con el oído, antes de que me llegara alguna palabra. Un mechón de pelo húmedo se extendía como una mancha de pintura azul sobre su mejilla, y su mano estaba mojada de gotas brillantes cuando la cogí para ayudarla a salir del coche.

—¿Estás enamorado de mí? —me dijo en voz baja al oído—, ¿o sino por qué he tenido que venir sola?

—Ese es el secreto del castillo Rackrent. Dile a tu chófer que se vaya lejos y que pase una hora.

—Vuelve en una hora, Ferdie. —Luego dijo, en un murmullo grave—: Se llama Ferdie.

—¿La gasolina le afecta a la nariz?

—No lo creo —dijo inocentemente—. ¿Por qué?

Entramos. Para mi abrumadora sorpresa, el salón estaba desierto.

—Qué curioso —exclamé.

"What's funny?"

She turned her head as there was a light dignified knocking at the front door. I went out and opened it. Gatsby, pale as death, with his hands plunged like weights in his coat pockets, was standing in a puddle of water glaring tragically into my eyes.

With his hands still in his coat pockets he stalked by me into the hall, turned sharply as if he were on a wire, and disappeared into the living-room. It wasn't a bit funny. Aware of the loud beating of my own heart I pulled the door to against the increasing rain.

For half a minute there wasn't a sound. Then from the living-room I heard a sort of choking murmur and part of a laugh, followed by Daisy's voice on a clear artificial note:

"I certainly am awfully glad to see you again."

A pause; it endured horribly. I had nothing to do in the hall, so I went into the room.

Gatsby, his hands still in his pockets, was reclining against the mantelpiece in a strained counterfeit of perfect ease, even of boredom. His head leaned back so far that it rested against the face of a defunct mantelpiece clock, and from this position his distraught eyes stared down at Daisy, who was sitting, frightened but graceful, on the edge of a stiff chair.

"We've met before," muttered Gatsby. His eyes glanced momentarily at me, and his lips parted with an abortive attempt at a laugh. Luckily the clock took this moment to tilt dangerously at the pressure of his head, whereupon he turned and caught it with trembling fingers, and set it back in place. Then he sat down, rigidly, his elbow on the arm of the sofa and his chin in his hand.

"I'm sorry about the clock," he said.

—¿Qué es lo curioso?

Ella giró la cabeza cuando se oyeron unos ligeros y dignos golpes en la puerta principal. Salí y la abrí. Gatsby, pálido como la muerte, con las manos hundidas como pesas en los bolsillos de su abrigo, estaba de pie en un charco de agua mirándome trágicamente a los ojos.

Con las manos aún en los bolsillos del abrigo, pasó junto a mí por el vestíbulo, giró bruscamente como si estuviera balanceándose sobre un cable y desapareció hacia el salón. No me hizo ninguna gracia. Consciente de los fuertes latidos de mi propio corazón, cerré la puerta contra la creciente lluvia.

Durante medio minuto no se oyó nada. Luego, desde el salón, oí una especie de murmullo ahogado y parte de una carcajada, seguida de la voz de Daisy en un tono claro y artificial:

—Me alegro mucho de volver a verte.

Una pausa; duró horriblemente. No tenía nada que hacer en el vestíbulo, así que entré en la habitación.

Gatsby, con las manos aún en los bolsillos, estaba recostado contra la repisa de la chimenea en una esforzada falsificación de perfecta tranquilidad, incluso de aburrimiento. Su cabeza estaba tan inclinada hacia atrás que se apoyaba en la esfera de un difunto reloj de la chimenea, y desde esta posición sus ojos angustiados miraban a Daisy, que estaba sentada, asustada pero elegante, en el borde de una silla rígida.

—Ya nos conocíamos —murmuró Gatsby. Sus ojos me miraron momentáneamente y sus labios se separaron con un intento de risa frustrado. Por suerte, el reloj aprovechó este momento para inclinarse peligrosamente ante la presión de su cabeza, con lo cual él se volvió, lo cogió con dedos temblorosos y lo volvió a colocar en su sitio. Luego se sentó, rígido, con el codo apoyado en el brazo del sofá y la barbilla en la mano.

—Siento lo del reloj —dijo.

My own face had now assumed a deep tropical burn. I couldn't muster up a single commonplace out of the thousand in my head.

"It's an old clock," I told them idiotically.

I think we all believed for a moment that it had smashed in pieces on the floor.

"We haven't met for many years," said Daisy, her voice as matter-of-fact as it could ever be.

"Five years next November."

The automatic quality of Gatsby's answer set us all back at least another minute. I had them both on their feet with the desperate suggestion that they help me make tea in the kitchen when the demoniac Finn brought it in on a tray.

Amid the welcome confusion of cups and cakes a certain physical decency established itself. Gatsby got himself into a shadow and, while Daisy and I talked, looked conscientiously from one to the other of us with tense, unhappy eyes. However, as calmness wasn't an end in itself, I made an excuse at the first possible moment, and got to my feet.

"Where are you going?" demanded Gatsby in immediate alarm.

"I'll be back."

"I've got to speak to you about something before you go."

He followed me wildly into the kitchen, closed the door, and whispered: "Oh, God!" in a miserable way.

"What's the matter?"

"This is a terrible mistake," he said, shaking his head from side

Mi propia cara había adquirido un profundo ardor tropical. No pude articular ni un solo lugar común de los miles que tengo en la cabeza.

—Es un reloj viejo —les dije, de forma idiota.

Creo que todos pensamos por un momento que se había hecho añicos en el suelo.

—Hace muchos años que no nos vemos —dijo Daisy, con la voz más neutra posible.

—El próximo noviembre se cumplirán cinco años.

La calidad automática de la respuesta de Gatsby nos paralizó a todos al menos otro minuto. Los puse en pie con la desesperada sugerencia de que me ayudaran a preparar el té en la cocina cuando la endemoniada finlandesa lo trajo en una bandeja.

En medio de la bienvenida confusión de tazas y pasteles se estableció una cierta decencia física. Gatsby se retiró a un lugar más oscuro y, mientras Daisy y yo hablábamos, nos miraba concienzudamente al uno y al otro con ojos tensos y poco felices. Sin embargo, como la calma no era un fin en sí mismo, me excusé en el primer momento posible y me puse en pie.

—¿Adónde vas? —preguntó Gatsby alarmado de inmediato.

—Ya vuelvo.

—Tengo que hablarte de algo antes de que te vayas.

Me siguió salvajemente hasta la cocina, cerró la puerta y susurró, de forma miserable:

—¡Oh, Dios!

—¿Qué pasa?

—Es un terrible error —dijo, moviendo la cabeza de un lado a

to side, "a terrible, terrible mistake."

"You're just embarrassed, that's all," and luckily I added: "Daisy's embarrassed too."

"She's embarrassed?" he repeated incredulously.

"Just as much as you are."

"Don't talk so loud."

"You're acting like a little boy," I broke out impatiently. "Not only that, but you're rude. Daisy's sitting in there all alone."

He raised his hand to stop my words, looked at me with unforgettable reproach, and, opening the door cautiously, went back into the other room.

I walked out the back way—just as Gatsby had when he had made his nervous circuit of the house half an hour before—and ran for a huge black knotted tree, whose massed leaves made a fabric against the rain. Once more it was pouring, and my irregular lawn, well-shaved by Gatsby's gardener, abounded in small muddy swamps and prehistoric marshes. There was nothing to look at from under the tree except Gatsby's enormous house, so I stared at it, like Kant at his church steeple, for half an hour. A brewer had built it early in the "period" craze, a decade before, and there was a story that he'd agreed to pay five years' taxes on all the neighbouring cottages if the owners would have their roofs thatched with straw. Perhaps their refusal took the heart out of his plan to Found a Family—he went into an immediate decline. His children sold his house with the black wreath still on the door. Americans, while willing, even eager, to be serfs, have always been obstinate about being peasantry.

After half an hour, the sun shone again, and the grocer's automobile rounded Gatsby's drive with the raw material for his servants' dinner—I felt sure he wouldn't eat a spoonful. A maid began

otro—, un terrible, terrible error.

—Estás incómodo, eso es todo. —Y, por suerte, añadí—: Daisy también se siente incómoda.

—¿Ella se siente incómoda? —repitió incrédulo.

—Tanto como tú.

—No hables tan alto.

—Te estás comportando como un niño pequeño —dije con impaciencia—. No solo eso, sino que eres un maleducado. Daisy está sentada allí sola.

Levantó la mano para detener mis palabras, me miró con inolvidable reproche y, abriendo la puerta con cautela, volvió a entrar en la otra habitación.

Salí por la parte de atrás —tal como lo había hecho Gatsby cuando había recorrido su nervioso circuito por la casa media hora antes— y corrí hacia un enorme árbol negro y nudoso, cuyas hojas frondosas formaban un tejido contra la lluvia. Una vez más llovía a cántaros, y mi irregular césped, bien afeitado por el jardinero de Gatsby, abundaba en pequeños pantanos fangosos y ciénagas prehistóricas. No había nada que mirar desde debajo del árbol, excepto la enorme casa de Gatsby, así que me quedé mirándola, como Kant al campanario de su iglesia, durante media hora. Un cervecero la había construido al principio de la moda de la «época», una década antes, y se contaba que había acordado pagar los impuestos de cinco años de todas las casas de campo vecinas si los propietarios hacían que sus tejados fueran de paja. Tal vez la negativa de estos le quitó el ánimo a su plan de «fundar una familia», y entró en un declive inmediato. Sus hijos vendieron su casa con la corona negra aún en la puerta. Los norteamericanos, aunque dispuestos, incluso deseosos, de ser siervos, siempre se han resistido a ser campesinos.

Al cabo de media hora, el sol volvió a brillar y el automóvil del tendero rodeó el camino de Gatsby con la materia prima para la cena de sus sirvientes; estaba seguro de que él no comería ni una cuchara-

opening the upper windows of his house, appeared momentarily in each, and, leaning from the large central bay, spat meditatively into the garden. It was time I went back. While the rain continued it had seemed like the murmur of their voices, rising and swelling a little now and then with gusts of emotion. But in the new silence I felt that silence had fallen within the house too.

I went in—after making every possible noise in the kitchen, short of pushing over the stove—but I don't believe they heard a sound. They were sitting at either end of the couch, looking at each other as if some question had been asked, or was in the air, and every vestige of embarrassment was gone. Daisy's face was smeared with tears, and when I came in she jumped up and began wiping at it with her handkerchief before a mirror. But there was a change in Gatsby that was simply confounding. He literally glowed; without a word or a gesture of exultation a new well-being radiated from him and filled the little room.

"Oh, hello, old sport," he said, as if he hadn't seen me for years. I thought for a moment he was going to shake hands.

"It's stopped raining."

"Has it?" When he realized what I was talking about, that there were twinkle-bells of sunshine in the room, he smiled like a weather man, like an ecstatic patron of recurrent light, and repeated the news to Daisy. "What do you think of that? It's stopped raining."

"I'm glad, Jay." Her throat, full of aching, grieving beauty, told only of her unexpected joy.

"I want you and Daisy to come over to my house," he said, "I'd like to show her around."

"You're sure you want me to come?"

"Absolutely, old sport."

da. Una criada comenzó a abrir las ventanas superiores de su casa, apareció momentáneamente en cada una de ellas y, asomándose desde el gran vano central, escupió meditabunda hacia el jardín. Ya era hora de que yo volviera. Mientras duró, la lluvia se parecía al murmullo de sus voces, que se elevaba y crecía un poco, de vez en cuando, con ráfagas de emoción. Pero con el nuevo silencio sentí que el silencio también había caído dentro de la casa.

Entré —después de hacer todo el ruido posible en la cocina, menos empujar la cocina—, pero creo que no oyeron ni un sonido. Estaban sentados a ambos lados del sofá, mirándose como si alguien hubiera hecho alguna pregunta, o la pregunta estuviera en el aire, y todo vestigio de incomodidad había desaparecido. La cara de Daisy estaba manchada de lágrimas, y cuando entré se levantó de un salto y empezó a limpiársela con el pañuelo ante un espejo. Pero se había producido un cambio en Gatsby que era sencillamente desconcertante. Literalmente brillaba; sin una palabra o un gesto de exultación, un nuevo bienestar irradiaba de él y llenaba la pequeña habitación.

—Oh, hola, viejo amigo —dijo, como si no me hubiera visto en años. Por un momento pensé que iba a darme la mano.

—Ha dejado de llover.

—¿Ha dejado de llover? —Cuando se dio cuenta de lo que estaba hablando, de que había destellos de sol en la habitación, sonrió como quien da el pronóstico del tiempo, como un patrón extático de la luz recurrente, y repitió la noticia a Daisy—. ¿Qué te parece? Ha dejado de llover.

—Me alegro, Jay. —Su garganta, llena de belleza doliente y afligida, solo hablaba de su inesperada alegría.

—Quiero que tú y Daisy vengan a mi casa —dijo—, me gustaría enseñársela.

—¿Estás seguro de que quieres que vaya?

—Absolutamente, viejo amigo.

Daisy went upstairs to wash her face—too late I thought with humiliation of my towels—while Gatsby and I waited on the lawn.

"My house looks well, doesn't it?" he demanded. "See how the whole front of it catches the light."

I agreed that it was splendid.

"Yes." His eyes went over it, every arched door and square tower. "It took me just three years to earn the money that bought it."

"I thought you inherited your money."

"I did, old sport," he said automatically, "but I lost most of it in the big panic—the panic of the war."

I think he hardly knew what he was saying, for when I asked him what business he was in he answered: "That's my affair," before he realized that it wasn't an appropriate reply.

"Oh, I've been in several things," he corrected himself. "I was in the drug business and then I was in the oil business. But I'm not in either one now." He looked at me with more attention. "Do you mean you've been thinking over what I proposed the other night?"

Before I could answer, Daisy came out of the house and two rows of brass buttons on her dress gleamed in the sunlight.

"That huge place *there?*" she cried pointing.

"Do you like it?"

"I love it, but I don't see how you live there all alone."

"I keep it always full of interesting people, night and day. People who do interesting things. Celebrated people."

Instead of taking the shortcut along the Sound we went down

Daisy subió a lavarse la cara —demasiado tarde pensé con humillación en mis toallas— mientras Gatsby y yo esperábamos en el césped.

—Mi casa tiene buen aspecto, ¿verdad? —preguntó—. Mira como toda la fachada capta la luz.

Estuve de acuerdo en que era espléndida.

—Sí. —Sus ojos la recorrieron, cada puerta arqueada y cada torre cuadrada—. Me llevó solo tres años ganar el dinero que la compró.

—Pensé que habías heredado tu dinero.

—Sí, viejo amigo —dijo automáticamente—, pero perdí la mayor parte en el gran pánico... el pánico de la guerra.

Creo que apenas sabía lo que decía, pues cuando le pregunté a qué se dedicaba respondió «eso es cosa mía», antes de darse cuenta de que no era una respuesta adecuada.

—Oh, me he ocupado de varias cosas —se corrigió—. Estuve en el negocio farmacéutico y luego en el del petróleo. Pero ahora no estoy en ninguno de ellos. —Me miró con más atención—. ¿Eso quiere decir que has estado pensando en lo que te propuse la otra noche?

Antes de que pudiera responder, Daisy salió de la casa y dos hileras de botones de bronce de su vestido brillaron a la luz del sol.

—¿Esa casa enorme *ahí?* —gritó ella, señalando.

—¿Te gusta?

—Me encanta, pero no entiendo cómo puedes vivir allí solo.

—La tengo siempre llena de gente interesante, de noche y de día. Gente que hace cosas interesantes. Gente famosa.

En lugar de tomar el atajo a lo largo del Sound, bajamos a la carre-

to the road and entered by the big postern. With enchanting murmurs Daisy admired this aspect or that of the feudal silhouette against the sky, admired the gardens, the sparkling odour of jonquils and the frothy odour of hawthorn and plum blossoms and the pale gold odour of kiss-me-at-the-gate. It was strange to reach the marble steps and find no stir of bright dresses in and out the door, and hear no sound but bird voices in the trees.

And inside, as we wandered through Marie Antoinette music-rooms and Restoration Salons, I felt that there were guests concealed behind every couch and table, under orders to be breathlessly silent until we had passed through. As Gatsby closed the door of "the Merton College Library" I could have sworn I heard the owl-eyed man break into ghostly laughter.

We went upstairs, through period bedrooms swathed in rose and lavender silk and vivid with new flowers, through dressing-rooms and poolrooms, and bathrooms with sunken baths—intruding into one chamber where a dishevelled man in pyjamas was doing liver exercises on the floor. It was Mr. Klipspringer, the "boarder." I had seen him wandering hungrily about the beach that morning. Finally we came to Gatsby's own apartment, a bedroom and a bath, and an Adam's study, where we sat down and drank a glass of some Chartreuse he took from a cupboard in the wall.

He hadn't once ceased looking at Daisy, and I think he revalued everything in his house according to the measure of response it drew from her well-loved eyes. Sometimes too, he stared around at his possessions in a dazed way, as though in her actual and astounding presence none of it was any longer real. Once he nearly toppled down a flight of stairs.

His bedroom was the simplest room of all—except where the dresser was garnished with a toilet set of pure dull gold. Daisy took the brush with delight, and smoothed her hair, whereupon Gatsby sat down and shaded his eyes and began to laugh.

tera y entramos por la gran entrada. Con encantadores murmullos, Daisy admiraba este aspecto o aquel de la silueta feudal contra el cielo, admiraba los jardines, el olor chispeante de los junquillos y el olor espumoso de las flores de espino y de ciruelo y el pálido olor a oro de la milamores. Era extraño llegar a los escalones de mármol y no encontrar ningún movimiento de vestidos brillantes dentro y fuera de la puerta, y no oír más sonido que las voces de los pájaros en los árboles.

Y en el interior, mientras deambulábamos por las salas de música *à la* Marie Antoinette y los salones estilo Restauración, sentí que había invitados escondidos detrás de cada sofá y cada mesa, con órdenes de guardar un silencio absoluto hasta que hubiéramos pasado. Cuando Gatsby cerró la puerta de la «Biblioteca del Merton College», juraría haber oído al hombre de los ojos de búho soltar una carcajada fantasmal.

Subimos las escaleras, a través de dormitorios de época tapizados en seda rosa y lavanda y llenos de flores frescas, a través de vestidores y salas de billar, y baños con bañeras empotradas, entrando en una habitación donde un hombre desaliñado en pijama estaba haciendo ejercicios para su hígado en el suelo. Era el señor Klipspringer, el «huésped». Lo había visto deambular angustiado por la playa aquella mañana. Finalmente llegamos al propio apartamento de Gatsby, un dormitorio y un baño, y un estudio al estilo de Adam, donde nos sentamos y bebimos un vaso de un poco de Chartreuse que sacó de un armario en la pared.

Él no había dejado de mirar a Daisy ni una sola vez, y creo que revalorizaba todo lo que había en su casa según la medida de la respuesta que le producían sus ojos bien amados. A veces también miraba aturdido sus posesiones, como si en presencia de ella, material y asombrosa, nada fuera ya real. En una ocasión estuvo a punto de caerse por las escaleras.

Su dormitorio era la habitación más sencilla de todas... salvo que la cómoda contenía un juego de tocador mate en oro puro. Daisy cogió el cepillo con deleite y se alisó el pelo, tras lo cual Gatsby se sentó, se cubrió los ojos con las manos y se echó a reír.

"It's the funniest thing, old sport," he said hilariously. "I can't—When I try to—"

He had passed visibly through two states and was entering upon a third. After his embarrassment and his unreasoning joy he was consumed with wonder at her presence. He had been full of the idea so long, dreamed it right through to the end, waited with his teeth set, so to speak, at an inconceivable pitch of intensity. Now, in the reaction, he was running down like an over-wound clock.

Recovering himself in a minute he opened for us two hulking patent cabinets which held his massed suits and dressing-gowns and ties, and his shirts, piled like bricks in stacks a dozen high.

"I've got a man in England who buys me clothes. He sends over a selection of things at the beginning of each season, spring and fall."

He took out a pile of shirts and began throwing them, one by one, before us, shirts of sheer linen and thick silk and fine flannel, which lost their folds as they fell and covered the table in many-coloured disarray. While we admired he brought more and the soft rich heap mounted higher—shirts with stripes and scrolls and plaids in coral and apple-green and lavender and faint orange, with monograms of indian blue. Suddenly, with a strained sound, Daisy bent her head into the shirts and began to cry stormily.

"They're such beautiful shirts," she sobbed, her voice muffled in the thick folds. "It makes me sad because I've never seen such—such beautiful shirts before."

***

After the house, we were to see the grounds and the swimming pool, and the hydroplane, and the midsummer flowers—but outside Gatsby's window it began to rain again, so we stood in a row looking at the corrugated surface of the Sound.

"If it wasn't for the mist we could see your home across the bay,"

—Es la cosa más divertida, viejo amigo —dijo divertido—. No puedo... cuando intento...

Había pasado visiblemente por dos estados de ánimo y entraba en un tercero. Después de su vergüenza y de su alegría desmedida, le consumía el asombro por la presencia de ella. Había estado repleto de la idea durante mucho tiempo, la había soñado hasta el final, había esperado apretando los dientes, por así decirlo, con una intensidad inconcebible. Ahora, como reacción, se estaba agotando, como un reloj al que le han dado demasiada cuerda.

En un minuto se recuperó y abrió para nosotros dos enormes armarios que contenían sus trajes, batas y corbatas, y sus camisas, apiladas como ladrillos por docenas.

—Tengo alguien en Inglaterra que me compra ropa. Me envía una selección de cosas al principio de cada temporada, primavera y otoño.

Sacó una pila de camisas y comenzó a arrojarlas, una por una, ante nosotros, camisas de lino puro y seda gruesa y franela fina, que perdían sus pliegues al caer y cubrían la mesa en un desorden multicolor. Mientras admirábamos, él traía aún más y el delicioso y suave montón crecía: camisas con rayas y volutas y cuadros en coral y verde manzana y lavanda y naranja tenue, con monogramas de azul índico. De repente, con un ruido ahogado, Daisy hundió su cara entre las camisas y empezó a llorar desconsoladamente.

—Son unas camisas tan bellas —sollozó, con la voz apagada en los gruesos pliegues—. Me da tristeza porque nunca había visto... camisas tan bellas.

***

Después de la casa, íbamos a ver los jardines y la piscina, y el hidroavión, y las flores estivales... pero fuera de la ventana de Gatsby se empezó a ver la lluvia de nuevo, así que nos quedamos en hilera, mirando la superficie ondulada del Sound.

—Si no fuera por la niebla podríamos ver tu casa al otro lado de la

said Gatsby. "You always have a green light that burns all night at the end of your dock."

Daisy put her arm through his abruptly, but he seemed absorbed in what he had just said. Possibly it had occurred to him that the colossal significance of that light had now vanished forever. Compared to the great distance that had separated him from Daisy it had seemed very near to her, almost touching her. It had seemed as close as a star to the moon. Now it was again a green light on a dock. His count of enchanted objects had diminished by one.

I began to walk about the room, examining various indefinite objects in the half darkness. A large photograph of an elderly man in yachting costume attracted me, hung on the wall over his desk.

"Who's this?"

"That? That's Mr. Dan Cody, old sport."

The name sounded faintly familiar.

"He's dead now. He used to be my best friend years ago."

There was a small picture of Gatsby, also in yachting costume, on the bureau—Gatsby with his head thrown back defiantly—taken apparently when he was about eighteen.

"I adore it," exclaimed Daisy. "The pompadour! You never told me you had a pompadour—or a yacht."

"Look at this," said Gatsby quickly. "Here's a lot of clippings—about you."

They stood side by side examining it. I was going to ask to see the rubies when the phone rang, and Gatsby took up the receiver.

"Yes... Well, I can't talk now... I can't talk now, old sport... I said

bahía —dijo Gatsby—. Siempre tienes una luz verde que arde toda la noche al final de tu muelle.

Daisy lo cogió del brazo bruscamente, pero él parecía absorto en lo que acababa de decir. Posiblemente se le había ocurrido que la colosal importancia de aquella luz ahora se había desvanecido para siempre. En comparación con la gran distancia que le había separado de Daisy, le había parecido muy cercana, casi tocándola. Había parecido tan cercana como una estrella a la luna. Ahora era de nuevo una luz verde en un muelle. Su cuenta de objetos encantados había disminuido en uno.

Empecé a pasear por la habitación, examinando varios objetos indefinidos en la semioscuridad. Me atrajo una gran fotografía de un hombre mayor en traje de marinero que colgada en la pared, sobre su escritorio.

—¿Quién es este?

—¿Ese? Ese es el señor Dan Cody, viejo amigo.

El nombre me resultaba ligeramente familiar.

—Ahora ha muerto. Solía ser mi mejor amigo hace años.

Había una pequeña foto de Gatsby, también en traje de yate, sobre el escritorio —Gatsby con la cabeza echada hacia atrás, desafiante—, tomada al parecer cuando tenía unos dieciocho años.

—Me encanta —exclamó Daisy—. ¡El *pompadour*! Nunca me dijiste que llevabas un *pompadour*... o un yate.

—Mira esto —dijo Gatsby rápidamente—. Aquí hay un montón de recortes... sobre ti.

Se pusieron uno al lado del otro examinándolo. Yo iba a pedir que me enseñara los rubíes cuando sonó el teléfono y Gatsby cogió el auricular.

—Sí... bueno, no puedo hablar ahora... No puedo hablar ahora, vie-

a small town... He must know what a small town is... Well, he's no use to us if Detroit is his idea of a *small* town..."

He rang off.

"Come here *quick!*" cried Daisy at the window.

The rain was still falling, but the darkness had parted in the west, and there was a pink and golden billow of foamy clouds above the sea.

"Look at that," she whispered, and then after a moment: "I'd like to just get one of those pink clouds and put you in it and push you around."

I tried to go then, but they wouldn't hear of it; perhaps my presence made them feel more satisfactorily alone.

"I know what we'll do," said Gatsby, "we'll have Klipspringer play the piano."

He went out of the room calling "Ewing!" and returned in a few minutes accompanied by an embarrassed, slightly worn young man, with shell-rimmed glasses and scanty blond hair. He was now decently clothed in a "sport shirt," open at the neck, sneakers, and duck trousers of a nebulous hue.

"Did we interrupt your exercise?" inquired Daisy politely.

"I was asleep," cried Mr. Klipspringer, in a spasm of embarrassment. "That is, I'd *been* asleep. Then I got up..."

"Klipspringer plays the piano," said Gatsby, cutting him off. "Don't you, Ewing, old sport?"

"I don't play well. I don't—hardly play at all. I'm all out of prac—"

jo amigo... dije una ciudad pequeña... él debe saber lo que es una ciudad pequeña... Bueno, no nos sirve si Detroit es su idea de una ciudad *pequeña*...

Colgó.

—¡Vengan *rápido!* —gritó Daisy desde la ventana.

La lluvia seguía cayendo, pero la oscuridad se había separado al oeste, y había un oleaje, rosa y oro, de nubes espumosas sobre el mar.

—Mira eso —susurró ella y, después de un momento, dijo—: Me gustaría coger una de esas nubes rosas y meterte en ella y empujarte.

Intenté irme en ese momento, pero no lo permitieron; tal vez mi presencia les hacía sentir solos con mayor satisfacción.

—Ya sé lo que haremos —dijo Gatsby—, haremos que Klipspringer toque el piano.

Salió de la habitación llamando a «¡Ewing!» y regresó a los pocos minutos acompañado de un joven avergonzado y algo ajado, con gafas de montura de concha y escaso pelo rubio. Ahora estaba decentemente vestido con una «camisa deportiva» abierta en el cuello, zapatillas con suela de goma y pantalones de dril de un tono nebuloso.

—¿Hemos interrumpido tu gimnasia? —preguntó Daisy amablemente.

—Estaba durmiendo —se quejó el señor Klipspringer, en un espasmo de vergüenza—. Es decir, había *estado* durmiendo. Luego me levanté...

—Klipspringer, toca el piano —dijo Gatsby, cortándolo—. ¿No es así, Ewing, viejo amigo?

—No toco bien. Apenas si toco. No he practica...

"We'll go downstairs," interrupted Gatsby. He flipped a switch. The grey windows disappeared as the house glowed full of light.

In the music-room Gatsby turned on a solitary lamp beside the piano. He lit Daisy's cigarette from a trembling match, and sat down with her on a couch far across the room, where there was no light save what the gleaming floor bounced in from the hall.

When Klipspringer had played "The Love Nest" he turned around on the bench and searched unhappily for Gatsby in the gloom.

"I'm all out of practice, you see. I told you I couldn't play. I'm all out of prac—"

"Don't talk so much, old sport," commanded Gatsby. "Play!"

> "In the morning,
> In the evening,
> Ain't we got fun—"

Outside the wind was loud and there was a faint flow of thunder along the Sound. All the lights were going on in West Egg now; the electric trains, men-carrying, were plunging home through the rain from New York. It was the hour of a profound human change, and excitement was generating on the air.

> "One thing's sure and nothing's surer
> The rich get richer and the poor get—children.
> In the meantime,
> In between time—"

As I went over to say goodbye I saw that the expression of bewilderment had come back into Gatsby's face, as though a faint doubt had occurred to him as to the quality of his present happiness. Almost five years! There must have been moments even that afternoon when Daisy tumbled short of his dreams—not through her own fault, but because of the colossal vitality of his illusion. It had gone beyond her, beyond everything. He had thrown himself

—Vamos abajo —interrumpió Gatsby. Accionó un interruptor. Las ventanas grises desaparecieron y la casa se llenó de luz.

En la sala de música, Gatsby encendió una solitaria lámpara junto al piano. Encendió el cigarrillo de Daisy con una cerilla temblorosa, y se sentó junto a ella en un sofá situado al otro lado de la habitación, donde no había más luz que la que el suelo reluciente reflejaba desde el vestíbulo.

Cuando Klipspringer hubo tocado «El nido de amor», giró en el taburete y buscó desolado a Gatsby en la penumbra.

—No he ensayado, ya ves. Te dije que no podía tocar. No he practica...

—No hables tanto, viejo amigo —ordenó Gatsby—. ¡Toca!

> Por la mañana,
> por la noche,
> ¿no nos divertimos...?

Fuera, el viento era fuerte y había un débil flujo de truenos a lo largo del Sound. Todas las luces estaban encendidas en West Egg; los trenes eléctricos, transportando pasajeros, volvían a casa, atravesando la lluvia, desde Nueva York. Era la hora de un profundo cambio humano, y la emoción se generaba en el aire.

> Una cosa es segura y nada es más seguro:
> los ricos hacen dinero y los pobres hacen... niños.
> Mientras tanto,
> con el tiempo, entretanto...

Cuando me acerqué a despedirme, vi que la expresión de desconcierto había vuelto a aparecer en el rostro de Gatsby, como si hubiera tenido una leve duda sobre la calidad de su felicidad actual. ¡Casi cinco años! Debió de haber momentos, incluso aquella tarde, en los que Daisy se alejó de sus sueños, no porque ella haya hecho algo, sino por la colosal vitalidad de su ilusión. Había ido más allá de ella, más allá de todo. Se había volcado en ella con una pasión creativa,

into it with a creative passion, adding to it all the time, decking it out with every bright feather that drifted his way. No amount of fire or freshness can challenge what a man can store up in his ghostly heart.

As I watched him he adjusted himself a little, visibly. His hand took hold of hers, and as she said something low in his ear he turned toward her with a rush of emotion. I think that voice held him most, with its fluctuating, feverish warmth, because it couldn't be over-dreamed—that voice was a deathless song.

They had forgotten me, but Daisy glanced up and held out her hand; Gatsby didn't know me now at all. I looked once more at them and they looked back at me, remotely, possessed by intense life. Then I went out of the room and down the marble steps into the rain, leaving them there together.

añadiéndole algo continuamente, adornándola con todas las plumas brillantes que le venían al paso. Ninguna cantidad de fuego o frescura puede desafiar lo que un hombre puede almacenar en los fantasmas de su corazón.

Mientras yo lo observaba, él se recompuso un poco, era notorio. Su mano se aferró a la de ella, y cuando ella le dijo algo en voz baja al oído, él se volvió hacia ella con una emoción desbordante. Creo que esa voz era la que más le subyugaba, con su calor fluctuante y febril, porque no se podía exagerar: esa voz era una canción que no conocía la muerte.

Se habían olvidado de mí, pero Daisy levantó la vista y me tendió la mano; en ese momento Gatsby no se acordaba de mí, para nada. Los miré una vez más y ellos me devolvieron la mirada, remotamente, poseídos por una vida intensa. Entonces salí de la habitación y bajé los escalones de mármol hacia la lluvia, dejándolos allí, juntos.

VI

About this time an ambitious young reporter from New York arrived one morning at Gatsby's door and asked him if he had anything to say.

"Anything to say about what?" inquired Gatsby politely.

"Why—any statement to give out."

It transpired after a confused five minutes that the man had heard Gatsby's name around his office in a connection which he either wouldn't reveal or didn't fully understand. This was his day off and with laudable initiative he had hurried out "to see."

It was a random shot, and yet the reporter's instinct was right. Gatsby's notoriety, spread about by the hundreds who had accepted his hospitality and so become authorities upon his past, had increased all summer until he fell just short of being news. Contemporary legends such as the "underground pipeline to Canada" attached themselves to him, and there was one persistent story that he didn't live in a house at all, but in a boat that looked like a house and was moved secretly up and down the Long Island shore. Just why these inventions were a source of satisfaction to James Gatz of North Dakota, isn't easy to say.

James Gatz—that was really, or at least legally, his name. He had changed it at the age of seventeen and at the specific moment that witnessed the beginning of his career—when he saw Dan Cody's yacht drop anchor over the most insidious flat on Lake Superior. It was James Gatz who had been loafing along the beach that afternoon in a torn green jersey and a pair of canvas pants, but it was already Jay Gatsby who borrowed a rowboat, pulled out to the Tuolomee, and informed Cody that a wind might catch him and break him up in half an hour.

I suppose he'd had the name ready for a long time, even then. His parents were shiftless and unsuccessful farm people—his imagination had never really accepted them as his parents at all.

Por aquel entonces, un joven y ambicioso reportero de Nueva York se llegó una mañana a la puerta de Gatsby y le preguntó si tenía algo que decir.

—¿Algo que decir sobre qué? —preguntó Gatsby, amablemente.

—Bueno... cualquier declaración que quiera hacer.

Tras cinco minutos de confusión, se supo que el hombre había escuchado el nombre de Gatsby en su oficina por un contacto que no quiso revelar o que no entendió del todo. Era su día libre y con loable iniciativa se había apresurado a salir «a ver».

Fue un disparo al azar y, sin embargo, el instinto del reportero era correcto. La notoriedad de Gatsby, difundida por los cientos de personas que habían aceptado su hospitalidad y se habían convertido así en autoridades sobre su pasado, había aumentado durante todo el verano hasta casi convertirse en noticia. Leyendas contemporáneas como la del «oleoducto subterráneo a Canadá» se vincularon a él, y hubo una historia persistente de que no vivía en una casa, sino en un barco que parecía una casa y que se movía en secreto por la costa de Long Island. Los motivos por los que estos inventos eran una fuente de satisfacción para James Gatz, de Dakota del Norte, no son fáciles de explicar.

James Gatz... era realmente, o al menos lo era legalmente, su nombre. Se lo había cambiado a la edad de diecisiete años y en el momento concreto que presenció el inicio de su carrera: cuando vio al yate de Dan Cody echar el ancla sobre el bajío más insidioso del lago Superior. Era James Gatz el que había estado holgazaneando por la playa aquella tarde con un jersey verde roto y unos pantalones de lona, pero ya era Jay Gatsby el que pidió prestado un bote de remos, se acercó al Tuolomee e informó a Cody que un viento podría alcanzarle y hacerle pedazos en media hora.

Supongo que ya tenía el nombre preparado desde hacía tiempo, incluso entonces. Sus padres eran unos granjeros sin éxito y sin destino; su imaginación nunca los había aceptado como sus padres.

The truth was that Jay Gatsby of West Egg, Long Island, sprang from his Platonic conception of himself. He was a son of God—a phrase which, if it means anything, means just that—and he must be about His Father's business, the service of a vast, vulgar, and meretricious beauty. So he invented just the sort of Jay Gatsby that a seventeen-year-old boy would be likely to invent, and to this conception he was faithful to the end.

For over a year he had been beating his way along the south shore of Lake Superior as a clam-digger and a salmon-fisher or in any other capacity that brought him food and bed. His brown, hardening body lived naturally through the half-fierce, half-lazy work of the bracing days. He knew women early, and since they spoiled him he became contemptuous of them, of young virgins because they were ignorant, of the others because they were hysterical about things which in his overwhelming self-absorption he took for granted.

But his heart was in a constant, turbulent riot. The most grotesque and fantastic conceits haunted him in his bed at night. A universe of ineffable gaudiness spun itself out in his brain while the clock ticked on the washstand and the moon soaked with wet light his tangled clothes upon the floor. Each night he added to the pattern of his fancies until drowsiness closed down upon some vivid scene with an oblivious embrace. For a while these reveries provided an outlet for his imagination; they were a satisfactory hint of the unreality of reality, a promise that the rock of the world was founded securely on a fairy's wing.

An instinct toward his future glory had led him, some months before, to the small Lutheran College of St. Olaf's in southern Minnesota. He stayed there two weeks, dismayed at its ferocious indifference to the drums of his destiny, to destiny itself, and despising the janitor's work with which he was to pay his way through. Then he drifted back to Lake Superior, and he was still searching for something to do on the day that Dan Cody's yacht dropped anchor in the shallows alongshore.

Cody was fifty years old then, a product of the Nevada silver

La verdad es que Jay Gatsby de West Egg, Long Island, surgió de la concepción platónica de sí mismo. Era un hijo de Dios —una frase que, si significa algo, significa precisamente eso— y debía dedicarse a los asuntos de su Padre, al servicio de una belleza vasta, vulgar y meretriz. Y por lo tanto, se inventó justo el tipo de Jay Gatsby que un chico de diecisiete años podría inventar, y a esta concepción fue fiel hasta el final.

Llevaba más de un año abriéndose camino a lo largo de la orilla sur del lago Superior como pescador de almejas y salmones, o en cualquier otra función que le proporcionara comida y cama. Su cuerpo moreno y endurecido vivía con naturalidad el trabajo medio feroz y medio perezoso de los días de calor. Conoció pronto a las mujeres, y como estas lo malcriaban se volvió despectivo con ellas, con las jóvenes vírgenes porque eran ignorantes, con las otras porque eran histéricas por cosas que en su abrumador ensimismamiento daba por sentadas.

Pero su corazón se encontraba en un constante y turbulento tumulto. Las más grotescas y fantásticas imágenes le perseguían por la noche en su cama. Un universo de inefable gentileza se desdoblaba en su cerebro mientras el reloj hacía tictac en el lavabo y la luna empapaba con luz húmeda sus ropas desparramadas en el suelo. Cada noche aumentaba la trama de sus fantasías hasta que la somnolencia se cerraba sobre alguna escena vívida en un abrazo inconsciente. Durante un tiempo estos ensueños proporcionaron una salida a su imaginación; eran un indicio satisfactorio de la irrealidad propia a la realidad, una promesa de que la roca del mundo estaba fundada, asegurada, en el ala de un hada.

Un instinto hacia su futura gloria le había llevado, unos meses antes, al pequeño colegio luterano de San Olaf, en el sur de Minnesota. Permaneció allí dos semanas, consternado por la feroz indiferencia hacia los tambores de su destino, hacia el destino mismo, y despreció el trabajo de conserje con el que debía pagarse el viaje. Luego regresó al lago Superior, y todavía estaba buscando algo que hacer el día en que el yate de Dan Cody echó el ancla en los bajíos de la costa.

Cody tenía entonces cincuenta años, un producto de los campos

fields, of the Yukon, of every rush for metal since seventy-five. The transactions in Montana copper that made him many times a millionaire found him physically robust but on the verge of soft-mindedness, and, suspecting this, an infinite number of women tried to separate him from his money. The none too savoury ramifications by which Ella Kaye, the newspaper woman, played Madame de Maintenon to his weakness and sent him to sea in a yacht, were common property of the turgid journalism in 1902. He had been coasting along all too hospitable shores for five years when he turned up as James Gatz's destiny in Little Girl Bay.

To young Gatz, resting on his oars and looking up at the railed deck, that yacht represented all the beauty and glamour in the world. I suppose he smiled at Cody—he had probably discovered that people liked him when he smiled. At any rate Cody asked him a few questions (one of them elicited the brand new name) and found that he was quick and extravagantly ambitious. A few days later he took him to Duluth and bought him a blue coat, six pairs of white duck trousers, and a yachting cap. And when the *Tuolomee* left for the West Indies and the Barbary Coast, Gatsby left too.

He was employed in a vague personal capacity—while he remained with Cody he was in turn steward, mate, skipper, secretary, and even jailor, for Dan Cody sober knew what lavish doings Dan Cody drunk might soon be about, and he provided for such contingencies by reposing more and more trust in Gatsby. The arrangement lasted five years, during which the boat went three times around the Continent. It might have lasted indefinitely except for the fact that Ella Kaye came on board one night in Boston and a week later Dan Cody inhospitably died.

I remember the portrait of him up in Gatsby's bedroom, a grey, florid man with a hard, empty face—the pioneer debauchee, who during one phase of American life brought back to the Eastern seaboard the savage violence of the frontier brothel and saloon. It was indirectly due to Cody that Gatsby drank so little. Sometimes in the course of gay parties women used to rub champagne into his hair; for himself he formed the habit of letting liquor alone.

de plata de Nevada, del Yukón, de todas las fiebres mineras desde 1875. Las transacciones de cobre de Montana que le hicieron varias veces millonario le encontraron físicamente robusto pero al borde de la debilidad mental y, sospechando esto, infinidad de mujeres intentaron separarle de su dinero. Las ramificaciones no demasiado sabrosas por las que Ella Kaye, que trabajaba en el periódico, jugó a ser madame de Maintenon para su debilidad y lo envió al mar en un yate, eran patrimonio común del periodismo pomposo en 1902. Llevaba cinco años navegando por costas demasiado hospitalarias cuando se convirtió en el destino de James Gatz en Little Girl Bay.

Para el joven Gatz, apoyado en sus remos y mirando hacia la cubierta con barandilla, aquel yate representaba toda la belleza y el *glamour* del mundo. Supongo que sonrió a Cody; probablemente había descubierto que gustaba a la gente cuando sonreía. En cualquier caso, Cody le hizo unas cuantas preguntas (una de ellas le sonsacó el flamante nombre) y descubrió que era listo y extravagantemente ambicioso. Unos días más tarde lo llevó a Duluth y le compró una chaqueta azul, seis pares de pantalones de dril blancos y una gorra de marinero. Y cuando el Tuolomee zarpó hacia las Indias Occidentales y la costa de Berbería, Gatsby también lo hizo.

Se le empleó a título personal y vago: mientras permaneció con Cody, fue a su vez camarero, oficial, capitán, secretario e incluso carcelero, ya que Dan Cody sobrio pronto supo las fastuosas acciones que Dan Cody ebrio podía llevar a cabo, y previó tales contingencias depositando cada vez más confianza en Gatsby. El acuerdo duró cinco años, durante los cuales el barco dio tres veces la vuelta al continente. Podría haber durado indefinidamente de no ser porque Ella Kaye subió a bordo una noche en Boston y una semana después Dan Cody murió de manera poco hospitalaria.

Recuerdo su retrato en el dormitorio de Gatsby, un hombre gris y saludable con un rostro duro y vacío: el libertino pionero que, durante una fase de la vida americana, devolvió a la costa oriental la violencia salvaje de los burdeles y de los salones de la frontera. Se debió indirectamente a Cody que Gatsby bebiera tan poco. A veces, en el transcurso de las alegres fiestas, las mujeres le frotaban el champán en el pelo; él adquirió, por su lado, el hábito de no dejarse llevar por el licor.

And it was from Cody that he inherited money—a legacy of twenty-five thousand dollars. He didn't get it. He never understood the legal device that was used against him, but what remained of the millions went intact to Ella Kaye. He was left with his singularly appropriate education; the vague contour of Jay Gatsby had filled out to the substantiality of a man.

***

He told me all this very much later, but I've put it down here with the idea of exploding those first wild rumours about his antecedents, which weren't even faintly true. Moreover he told it to me at a time of confusion, when I had reached the point of believing everything and nothing about him. So I take advantage of this short halt, while Gatsby, so to speak, caught his breath, to clear this set of misconceptions away.

It was a halt, too, in my association with his affairs. For several weeks I didn't see him or hear his voice on the phone—mostly I was in New York, trotting around with Jordan and trying to ingratiate myself with her senile aunt—but finally I went over to his house one Sunday afternoon. I hadn't been there two minutes when somebody brought Tom Buchanan in for a drink. I was startled, naturally, but the really surprising thing was that it hadn't happened before.

They were a party of three on horseback—Tom and a man named Sloane and a pretty woman in a brown riding-habit, who had been there previously.

"I'm delighted to see you," said Gatsby, standing on his porch. "I'm delighted that you dropped in."

As though they cared!

"Sit right down. Have a cigarette or a cigar." He walked around the room quickly, ringing bells. "I'll have something to drink for you in just a minute."

He was profoundly affected by the fact that Tom was there. But

Y fue de Cody de quien heredó dinero... un legado de veinticinco mil dólares. No lo recibió. Nunca entendió el artilugio legal que se utilizó contra él, pero lo que quedó de los millones fue intacto para Ella Kaye. Él se quedó con una educación singularmente apropiada; el vago contorno de Jay Gatsby se había llenado hasta alcanzar la sustancialidad de un hombre.

***

Todo esto me lo contó mucho más tarde, pero lo he puesto aquí con la idea de hacer añicos aquellos primeros rumores descabellados sobre sus antecedentes, que no eran ni siquiera ligeramente ciertos. Además, me lo contó en un momento de confusión, cuando yo había llegado al punto de creer todo y nada sobre él. Así que aprovecho esta breve pausa, mientras Gatsby, por así decirlo, recupera el aliento, para despejar este conjunto de ideas erróneas.

Fue una pausa, también, en mi relación con sus asuntos. Durante varias semanas no le vi ni oí su voz por teléfono —la mayor parte del tiempo estuve en Nueva York, dando vueltas con Jordan y tratando de congraciarme con su tía senil—, pero finalmente fui a su casa un domingo por la tarde. No llevaba ni dos minutos allí cuando alguien hizo entrar a Tom Buchanan a tomar una copa. Me sobresalté, naturalmente, pero lo realmente sorprendente era que no hubiera ocurrido antes.

Eran tres y a caballo: Tom, un hombre llamado Sloane y una bonita mujer con un traje de montar marrón, estos dos ya habían estado allí antes.

—Estoy encantado de verlos —dijo Gatsby, de pie en su porche—. Estoy encantado de que hayan venido.

¡Como si les importara!

—Siéntense. Tomen un cigarrillo o un puro. —Caminó rápidamente por la habitación, haciendo sonar las campanillas—. Tendré algo de beber para ustedes en un minuto.

Estaba profundamente afectado por el hecho de que Tom estuvie-

he would be uneasy anyhow until he had given them something, realizing in a vague way that that was all they came for. Mr. Sloane wanted nothing. A lemonade? No, thanks. A little champagne? Nothing at all, thanks... I'm sorry—

"Did you have a nice ride?"

"Very good roads around here."

"I suppose the automobiles—"

"Yeah."

Moved by an irresistible impulse, Gatsby turned to Tom, who had accepted the introduction as a stranger.

"I believe we've met somewhere before, Mr. Buchanan."

"Oh, yes," said Tom, gruffly polite, but obviously not remembering. "So we did. I remember very well."

"About two weeks ago."

"That's right. You were with Nick here."

"I know your wife," continued Gatsby, almost aggressively.

"That so?"

Tom turned to me.

"You live near here, Nick?"

"Next door."

"That so?"

Mr. Sloane didn't enter into the conversation, but lounged back haughtily in his chair; the woman said nothing either—until unex-

ra allí. Pero de todos modos estaría incómodo hasta que les diera algo de beber, comprendiendo de manera vaga que eso era todo lo que habían venido a buscar. El señor Sloane no quería nada. ¿Una limonada? No, gracias. ¿Un poco de champán? Nada en absoluto, gracias... Lo siento...

—¿Tuvieron un buen paseo?

—Muy buenos caminos por aquí.

—Supongo que los automóviles...

—Sí.

Movido por un impulso irresistible, Gatsby se volvió hacia Tom, que había aceptado la presentación como si no se conocieran.

—Creo que nos hemos visto antes en algún sitio, señor Buchanan.

—Oh, sí —dijo Tom, brusco pero educadamente, pero obviamente sin recordarlo—. Así es. Lo recuerdo muy bien.

—Hace unas dos semanas.

—Así es. Estabas con Nick aquí.

—Conozco a su mujer —continuó Gatsby, casi con agresividad.

—¿En serio?

Tom se volvió hacia mí.

—¿Vives cerca de aquí, Nick?

—Al lado.

—¿En serio?

El señor Sloane no participó en la conversación, sino que se recostó con altivez en su silla; la mujer tampoco dijo nada... hasta que

pectedly, after two highballs, she became cordial.

"We'll all come over to your next party, Mr. Gatsby," she suggested. "What do you say?"

"Certainly; I'd be delighted to have you."

"Be ver' nice," said Mr. Sloane, without gratitude. "Well—think ought to be starting home."

"Please don't hurry," Gatsby urged them. He had control of himself now, and he wanted to see more of Tom. "Why don't you—why don't you stay for supper? I wouldn't be surprised if some other people dropped in from New York."

"You come to supper with me," said the lady enthusiastically. "Both of you."

This included me. Mr. Sloane got to his feet.

"Come along," he said—but to her only.

"I mean it," she insisted. "I'd love to have you. Lots of room."

Gatsby looked at me questioningly. He wanted to go and he didn't see that Mr. Sloane had determined he shouldn't.

"I'm afraid I won't be able to," I said.

"Well, you come," she urged, concentrating on Gatsby.

Mr. Sloane murmured something close to her ear.

"We won't be late if we start now," she insisted aloud.

"I haven't got a horse," said Gatsby. "I used to ride in the army, but I've never bought a horse. I'll have to follow you in my car. Excuse me for just a minute."

inesperadamente, después de dos *whiskys* con soda, se volvió cordial.

—Vendremos todos a su próxima fiesta, señor Gatsby —sugirió—. ¿Qué le parece?

—Por supuesto; estaré encantado de recibirlos.

—Será muy agradable —dijo el señor Sloane, sin la menor gratitud—. Bueno, creo que deberíamos empezar a irnos a casa.

—Por favor, no se apresuren —les instó Gatsby. Ahora había recuperado el control de sí mismo y quería hablar más con Tom—. ¿Por qué no... por qué no se quedan a cenar? No me sorprendería que vinieran otras personas de Nueva York.

—Ustedes vengan a cenar conmigo —dijo la señora con entusiasmo—. Los dos.

Eso me incluía a mí. El señor Sloane se puso en pie.

—Vamos —dijo él, pero solo a ella.

—Lo digo en serio —insistió ella—. Me encantaría que vengan. Hay mucho espacio.

Gatsby me miró interrogativamente. Quería ir y no se había dado cuenta que el señor Sloane había determinado que no lo hiciera.

—Me temo que no podré —dije.

—Pues venga usted —instó ella, concentrándose en Gatsby.

El señor Sloane murmuró algo cerca de su oído.

—No llegaremos tarde si vamos ahora —insistió ella en voz alta.

—No tengo caballo —dijo Gatsby—. Solía montar en el ejército, pero nunca he comprado un caballo. Tendré que seguirlos en mi coche. Discúlpenme un momento.

The rest of us walked out on the porch, where Sloane and the lady began an impassioned conversation aside.

"My God, I believe the man's coming," said Tom. "Doesn't he know she doesn't want him?"

"She says she does want him."

"She has a big dinner party and he won't know a soul there." He frowned. "I wonder where in the devil he met Daisy. By God, I may be old-fashioned in my ideas, but women run around too much these days to suit me. They meet all kinds of crazy fish."

Suddenly Mr. Sloane and the lady walked down the steps and mounted their horses.

"Come on," said Mr. Sloane to Tom, "we're late. We've got to go." And then to me: "Tell him we couldn't wait, will you?"

Tom and I shook hands, the rest of us exchanged a cool nod, and they trotted quickly down the drive, disappearing under the August foliage just as Gatsby, with hat and light overcoat in hand, came out the front door.

Tom was evidently perturbed at Daisy's running around alone, for on the following Saturday night he came with her to Gatsby's party. Perhaps his presence gave the evening its peculiar quality of oppressiveness—it stands out in my memory from Gatsby's other parties that summer. There were the same people, or at least the same sort of people, the same profusion of champagne, the same many-coloured, many-keyed commotion, but I felt an unpleasantness in the air, a pervading harshness that hadn't been there before. Or perhaps I had merely grown used to it, grown to accept West Egg as a world complete in itself, with its own standards and its own great figures, second to nothing because it had no consciousness of being so, and now I was looking at it again, through Daisy's eyes. It is invariably saddening to look through new eyes at things upon which you have expended your own pow-

Los demás salimos al porche, donde, apartados, Sloane y la señora iniciaron una apasionada conversación.

—Dios mío, creo que el tipo va a venir —dijo Tom—. ¿No sabe que ella no quiere que él venga?

—Ella dice que sí quiere.

—Ella va a dar una gran cena y él no conocerá a nadie allí. —Frunció el ceño—. Me pregunto en qué maldito lugar conoció a Daisy. Por Dios, puede que yo sea anticuado en mis ideas, pero las mujeres dan demasiadas vueltas hoy en día como para que me venga bien. Se encuentran con toda clase de locos.

De repente, el señor Sloane y la señora bajaron los escalones y montaron en sus caballos.

—Vamos —dijo el señor Sloane a Tom—, llegamos tarde. Tenemos que irnos. —Y luego me dijo a mí—: Dígale que no podíamos esperar, por favor.

Tom y yo nos dimos la mano, con los demás intercambié una fría inclinación de cabeza, y ellos se fueron al trote rápido por el camino, desapareciendo bajo el follaje de agosto justo cuando Gatsby, con sombrero y abrigo ligero en la mano, salía por la puerta principal.

Evidentemente, a Tom le molestó que Daisy anduviera dando vueltas, porque el sábado siguiente por la noche vino con ella a la fiesta de Gatsby. Tal vez su presencia dio a la velada su peculiar cualidad opresiva; lo que la hace distinguirse en mi memoria de las demás fiestas de Gatsby de aquel verano. Había la misma gente, o al menos el mismo tipo de gente, la misma profusión de champán, el mismo alboroto multicolor, pero sentí un malestar en el aire, una dureza penetrante que no había existido antes. O tal vez simplemente me había acostumbrado a ello, a aceptar West Egg como un mundo completo en sí mismo, con sus propias normas y sus propias grandes figuras, inmejorable porque no tenía conciencia de serlo, y ahora lo estaba viendo de nuevo a través de los ojos de Daisy. Es invariablemente triste mirar con nuevos ojos las cosas en las que uno ha gastado su propio poder de adaptación.

ers of adjustment.

They arrived at twilight, and, as we strolled out among the sparkling hundreds, Daisy's voice was playing murmurous tricks in her throat.

"These things excite me *so,*" she whispered. "If you want to kiss me any time during the evening, Nick, just let me know and I'll be glad to arrange it for you. Just mention my name. Or present a green card. I'm giving out green—"

"Look around," suggested Gatsby.

"I'm looking around. I'm having a marvellous—"

"You must see the faces of many people you've heard about."

Tom's arrogant eyes roamed the crowd.

"We don't go around very much," he said; "in fact, I was just thinking I don't know a soul here."

"Perhaps you know that lady." Gatsby indicated a gorgeous, scarcely human orchid of a woman who sat in state under a white-plum tree. Tom and Daisy stared, with that peculiarly unreal feeling that accompanies the recognition of a hitherto ghostly celebrity of the movies.

"She's lovely," said Daisy.

"The man bending over her is her director."

He took them ceremoniously from group to group:

"Mrs. Buchanan... and Mr. Buchanan—" After an instant's hesitation he added: "the polo player."

"Oh no," objected Tom quickly, "not me."

But evidently the sound of it pleased Gatsby for Tom remained

Ellos llegaron a la hora del crepúsculo y, mientras paseábamos entre los centenares de chispas, la voz de Daisy jugaba a murmurar en su garganta.

—Estas cosas me excitan *tanto* —susurró—. Si quieres besarme en cualquier momento de la noche, Nick, solo tienes que decírmelo y estaré encantada de organizarlo. Solo menciona mi nombre. O presenta una tarjeta verde. Estoy repartiendo tarjetas verdes...

—Miren alrededor suyo —sugirió Gatsby.

—Estoy mirando alrededor. Estoy teniendo una maravillosa...

—Van a ver las caras de mucha gente de la que han oído hablar.

Los ojos arrogantes de Tom recorrieron la multitud.

—No somos de salir mucho —dijo—, de hecho, estaba pensando que no conozco a un alma aquí.

—Tal vez conozcan a esa dama. —Gatsby señaló a una hermosa y apenas humana orquídea de mujer que estaba sentada bajo un ciruelo blanco. Tom y Daisy se quedaron mirando, con esa sensación peculiarmente irreal que acompaña al reconocimiento de una celebridad, hasta ahora fantasmal, de las películas.

—Es encantadora —dijo Daisy.

—El hombre que se inclina sobre ella es su director.

Gatsby los llevó ceremoniosamente de un grupo a otro, diciendo:

—La señora Buchanan... y el señor Buchanan... —Tras un instante de vacilación añadió—: el jugador de polo.

—Oh no —objetó Tom rápidamente—, yo no...

Pero, evidentemente, el sonido le gustó a Gatsby, porque Tom si-

"the polo player" for the rest of the evening.

"I've never met so many celebrities," Daisy exclaimed. "I liked that man—what was his name?—with the sort of blue nose."

Gatsby identified him, adding that he was a small producer.

"Well, I liked him anyhow."

"I'd a little rather not be the polo player," said Tom pleasantly, "I'd rather look at all these famous people in—in oblivion."

Daisy and Gatsby danced. I remember being surprised by his graceful, conservative foxtrot—I had never seen him dance before. Then they sauntered over to my house and sat on the steps for half an hour, while at her request I remained watchfully in the garden. "In case there's a fire or a flood," she explained, "or any act of God."

Tom appeared from his oblivion as we were sitting down to supper together. "Do you mind if I eat with some people over here?" he said. "A fellow's getting off some funny stuff."

"Go ahead," answered Daisy genially, "and if you want to take down any addresses here's my little gold pencil."... She looked around after a moment and told me the girl was "common but pretty," and I knew that except for the half-hour she'd been alone with Gatsby she wasn't having a good time.

We were at a particularly tipsy table. That was my fault—Gatsby had been called to the phone, and I'd enjoyed these same people only two weeks before. But what had amused me then turned septic on the air now.

"How do you feel, Miss Baedeker?"

The girl addressed was trying, unsuccessfully, to slump against

guió siendo «el jugador de polo» durante el resto de la velada.

—Nunca he conocido a tantos famosos —exclamó Daisy—. Me gustó ese hombre... ¿cómo se llamaba...?, con esa especie de nariz azul.

Gatsby lo identificó y añadió que era un pequeño productor.

—Bueno, a mí me gustaba de todos modos.

—Prefiero no ser el jugador de polo —dijo Tom agradablemente—, prefiero mirar a toda esa gente famosa de... de incógnito.

Daisy y Gatsby bailaron. Recuerdo que me sorprendió su elegante y conservador foxtrot; nunca lo había visto bailar. Luego se dirigieron a mi casa y se sentaron en los escalones durante media hora, mientras, a petición de ella, yo permanecía vigilante en el jardín. «Por si hay un incendio o una inundación», explicó ella, «o en caso de fuerza mayor».

Tom apareció de su «incógnito» cuando nos sentábamos a cenar juntos.

—¿Les importa si como con algunas personas por allí? —dijo—. Un colega está contando cosas divertidas.

—Adelante —contestó Daisy con amabilidad—, y si quieres anotar alguna dirección aquí tienes mi pequeño lápiz de oro...

Ella miró por detrás al cabo de un momento y me dijo que la chica era «vulgar pero bonita», y supe que salvo por la media hora que había estado a solas con Gatsby no lo estaba pasando bien.

Estábamos en una mesa especialmente achispada. La culpa era mía; a Gatsby lo habían llamado por teléfono, y yo había disfrutado de esta misma gente solo dos semanas antes. Pero lo que me había divertido entonces, ahora se volvía séptico en el aire.

—¿Cómo se siente, señorita Baedeker?

La chica a la que se dirigían intentaba, sin éxito, desplomarse con-

my shoulder. At this inquiry she sat up and opened her eyes.

"Wha'?"

A massive and lethargic woman, who had been urging Daisy to play golf with her at the local club tomorrow, spoke in Miss Baedeker's defence:

"Oh, she's all right now. When she's had five or six cocktails she always starts screaming like that. I tell her she ought to leave it alone."

"I do leave it alone," affirmed the accused hollowly.

"We heard you yelling, so I said to Doc Civet here: 'There's somebody that needs your help, Doc.'"

"She's much obliged, I'm sure," said another friend, without gratitude, "but you got her dress all wet when you stuck her head in the pool."

"Anything I hate is to get my head stuck in a pool," mumbled Miss Baedeker. "They almost drowned me once over in New Jersey."

"Then you ought to leave it alone," countered Doctor Civet.

"Speak for yourself!" cried Miss Baedeker violently. "Your hand shakes. I wouldn't let you operate on me!"

It was like that. Almost the last thing I remember was standing with Daisy and watching the moving-picture director and his Star. They were still under the white-plum tree and their faces were touching except for a pale, thin ray of moonlight between. It occurred to me that he had been very slowly bending toward her all evening to attain this proximity, and even while I watched I saw him stoop one ultimate degree and kiss at her cheek.

"I like her," said Daisy, "I think she's lovely."

tra mi hombro. Ante esta pregunta, se incorporó y abrió los ojos.

—¿Qué?

Una mujer maciza y aletargada, que había estado instando a Daisy a jugar al golf con ella en el club local mañana, habló en defensa de la señorita Baedeker:

—Oh, ella está bien ahora. Cuando se ha tomado cinco o seis cócteles siempre empieza a gritar así. Le dije que debería dejarlo.

—Pero si lo estoy dejando —afirmó la acusada de forma hueca.

—Te oímos gritar, así que le dije al doctor Civet, aquí presente: «Hay alguien que necesita su ayuda, doc».

—Está muy agradecida, estoy segura —dijo otra amiga, sin gratitud—, pero le mojaste el vestido cuando le metiste la cabeza en la piscina.

—Lo que más odio es que me metan la cabeza en una piscina —murmuró la señorita Baedeker—. Casi me ahogan una vez en Nueva Jersey.

—Entonces debería dejarlo —replicó el doctor Civet.

—¡Mire quien habla! —gritó violentamente la señorita Baedeker—. Le tiemblan las manos. No dejaría que usted me operara.

Fue así. Lo último que recuerdo es que estaba de pie con Daisy y observaba al director de cine y a su estrella. Seguían bajo el ciruelo blanco y sus rostros se tocaban, excepto por un pálido y delgado rayo de luz de luna entre ellos. Se me ocurrió que él había estado inclinándose muy lentamente hacia ella durante toda la tarde para lograr esta proximidad, e incluso mientras miraba le vi inclinarse un último grado y besar su mejilla.

—Me gusta —dijo Daisy—, creo que es encantadora.

But the rest offended her—and inarguably because it wasn't a gesture but an emotion. She was appalled by West Egg, this unprecedented "place" that Broadway had begotten upon a Long Island fishing village—appalled by its raw vigour that chafed under the old euphemisms and by the too obtrusive fate that herded its inhabitants along a shortcut from nothing to nothing. She saw something awful in the very simplicity she failed to understand.

I sat on the front steps with them while they waited for their car. It was dark here in front; only the bright door sent ten square feet of light volleying out into the soft black morning. Sometimes a shadow moved against a dressing-room blind above, gave way to another shadow, an indefinite procession of shadows, who rouged and powdered in an invisible glass.

"Who is this Gatsby anyhow?" demanded Tom suddenly. "Some big bootlegger?"

"Where'd you hear that?" I inquired.

"I didn't hear it. I imagined it. A lot of these newly rich people are just big bootleggers, you know."

"Not Gatsby," I said shortly.

He was silent for a moment. The pebbles of the drive crunched under his feet.

"Well, he certainly must have strained himself to get this menagerie together."

A breeze stirred the grey haze of Daisy's fur collar.

"At least they are more interesting than the people we know," she said with an effort.

"You didn't look so interested."

"Well, I was."

Pero el resto la ofendía... y sin duda porque no era un gesto sino una emoción. Estaba horrorizada por West Egg, este «lugar» sin precedentes que Broadway había engendrado en un pueblo pesquero de Long Island, horrorizada por su crudo vigor, que se resentía de los viejos eufemismos... y por el destino demasiado intrusivo que arreaba a sus habitantes por un atajo de la nada a la nada. Veía algo horrible en esa misma sencillez que no entendía.

Me senté con ellos en la escalera de entrada mientras esperaban el coche. Estaba oscuro aquí delante; solo la luminosa puerta enviaba tres metros cuadrados de luz hacia la suave y negra mañana. A veces una sombra se movía contra la persiana del vestidor de arriba, y daba paso a otra sombra, una procesión indefinida de sombras, que se enroscaban y empolvaban en un cristal invisible.

—¿Quién es este Gatsby? —preguntó Tom de repente—. ¿Un gran traficante de licores?

—¿Dónde has oído eso? —pregunté.

—No lo he oído. Lo imagino. Muchos de estos nuevos ricos son grandes traficantes, ya sabes.

—Bueno, no Gatsby —dije brevemente.

Se quedó en silencio un momento. Los guijarros del camino crujían bajo sus pies.

—Bueno, ciertamente debe haberse esforzado para lograr esta colección de animales salvajes.

Una brisa agitó la bruma gris del cuello de piel de Daisy.

—Al menos son más interesantes que la gente que conocemos —dijo ella con un esfuerzo.

—No parecías tan interesada.

—Bueno, lo estaba.

Tom laughed and turned to me.

"Did you notice Daisy's face when that girl asked her to put her under a cold shower?"

Daisy began to sing with the music in a husky, rhythmic whisper, bringing out a meaning in each word that it had never had before and would never have again. When the melody rose her voice broke up sweetly, following it, in a way contralto voices have, and each change tipped out a little of her warm human magic upon the air.

"Lots of people come who haven't been invited," she said suddenly. "That girl hadn't been invited. They simply force their way in and he's too polite to object."

"I'd like to know who he is and what he does," insisted Tom. "And I think I'll make a point of finding out."

"I can tell you right now," she answered. "He owned some drugstores, a lot of drugstores. He built them up himself."

The dilatory limousine came rolling up the drive.

"Good night, Nick," said Daisy.

Her glance left me and sought the lighted top of the steps, where "Three O'Clock in the Morning," a neat, sad little waltz of that year, was drifting out the open door. After all, in the very casualness of Gatsby's party there were romantic possibilities totally absent from her world. What was it up there in the song that seemed to be calling her back inside? What would happen now in the dim, incalculable hours? Perhaps some unbelievable guest would arrive, a person infinitely rare and to be marvelled at, some authentically radiant young girl who with one fresh glance at Gatsby, one moment of magical encounter, would blot out those five years of unwavering devotion.

I stayed late that night. Gatsby asked me to wait until he was free, and I lingered in the garden until the inevitable swimming

Tom se rio y se volvió hacia mí.

—¿Te fijaste en la cara de Daisy cuando esa chica le pidió que la pusiera bajo una ducha fría?

Daisy comenzó a cantar acompañando la música en un susurro ronco y rítmico, haciendo que cada palabra tuviera un significado que nunca antes había tenido y que nunca volvería a tener. Cuando la melodía se elevaba, su voz se quebraba dulcemente, siguiéndola, de una manera que tienen las voces de contralto, y cada cambio volcaba un poco de su cálida magia humana en el aire.

—Viene mucha gente que no ha sido invitada —dijo de repente—. Esa chica no había sido invitada. Simplemente entran por la fuerza y él es demasiado educado para objetar.

—Me gustaría saber quién es él y qué hace —insistió Tom—. Y creo que me empeñaré en averiguarlo.

—Puedo decírtelo ahora mismo —respondió ella—. Era dueño de algunas boticas, muchas boticas. Las montó él mismo.

La esperada limusina llegó rodando por el camino.

—Buenas noches, Nick —dijo Daisy.

Su mirada se alejó de mí y buscó la parte superior de la escalinata, iluminada, desde donde «A las tres de la mañana», un pequeño y triste vals salido ese año, se escuchaba por la puerta abierta. Al fin y al cabo, en el mismo desenfado de la fiesta de Gatsby había posibilidades románticas totalmente ausentes del mundo de ella. ¿Qué era lo que había en la canción que parecía llamarla a entrar? ¿Qué pasaría ahora en las horas oscuras e incalculables? Tal vez llegaría algún invitado increíble, una persona infinitamente rara y digna de admiración, alguna joven auténticamente radiante que con una fresca mirada a Gatsby, un momento de encuentro mágico, borraría esos cinco años de devoción inquebrantable.

Aquella noche me quedé hasta tarde. Gatsby me pidió que esperara hasta que él estuviera libre, y me quedé en el jardín hasta que

party had run up, chilled and exalted, from the black beach, until the lights were extinguished in the guestrooms overhead. When he came down the steps at last the tanned skin was drawn unusually tight on his face, and his eyes were bright and tired.

"She didn't like it," he said immediately.

"Of course she did."

"She didn't like it," he insisted. "She didn't have a good time."

He was silent, and I guessed at his unutterable depression.

"I feel far away from her," he said. "It's hard to make her understand."

"You mean about the dance?"

"The dance?" He dismissed all the dances he had given with a snap of his fingers. "Old sport, the dance is unimportant."

He wanted nothing less of Daisy than that she should go to Tom and say: "I never loved you." After she had obliterated four years with that sentence they could decide upon the more practical measures to be taken. One of them was that, after she was free, they were to go back to Louisville and be married from her house—just as if it were five years ago.

"And she doesn't understand," he said. "She used to be able to understand. We'd sit for hours—"

He broke off and began to walk up and down a desolate path of fruit rinds and discarded favours and crushed flowers.

"I wouldn't ask too much of her," I ventured. "You can't repeat the past."

"Can't repeat the past?" he cried incredulously. "Why of course

el inevitable grupo de bañistas volvieron, fríos y exaltados, desde la playa negra, y hasta que se apagaron las luces de las habitaciones superiores. Cuando por fin él bajó los escalones, la piel bronceada se dibujaba, inusualmente tensa en su rostro, y sus ojos estaban brillantes y cansados.

—No le gustó —dijo inmediatamente.

—Por supuesto que sí.

—No le gustó —insistió—. No lo pasó bien.

Se quedó en silencio y adiviné su indecible depresión.

—Me siento lejos de ella —dijo—. Es difícil hacerle entender.

—¿Te refieres al baile?

—¿El baile? —Descartó todos los bailes que había organizado con un chasquido de los dedos—. Viejo amigo, el baile no tiene importancia.

Lo único que él quería de Daisy era que fuera a ver a Tom y le dijera: «Nunca te he amado». Después de que ella hubiera borrado cuatro años con esa frase, podían decidir las medidas más prácticas que debían tomarse. Una de ellas era que, una vez que ella estuviera libre, volverían a Louisville y se casarían en la casa de ella, como si fuera hace cinco años.

—Y ella no entiende —dijo—. Ella solía ser capaz de entender. Nos sentábamos durante horas...

Se interrumpió y comenzó a caminar por un sendero desolado de cáscaras de fruta y favores negados y flores aplastadas.

—Yo no le pediría demasiado —aventuré—. No se puede repetir el pasado.

—¿No se puede repetir el pasado? —gritó incrédulo—. ¡Pues claro

you can!"

He looked around him wildly, as if the past were lurking here in the shadow of his house, just out of reach of his hand.

"I'm going to fix everything just the way it was before," he said, nodding determinedly. "She'll see."

He talked a lot about the past, and I gathered that he wanted to recover something, some idea of himself perhaps, that had gone into loving Daisy. His life had been confused and disordered since then, but if he could once return to a certain starting place and go over it all slowly, he could find out what that thing was...

... One autumn night, five years before, they had been walking down the street when the leaves were falling, and they came to a place where there were no trees and the sidewalk was white with moonlight. They stopped here and turned toward each other. Now it was a cool night with that mysterious excitement in it which comes at the two changes of the year. The quiet lights in the houses were humming out into the darkness and there was a stir and bustle among the stars. Out of the corner of his eye Gatsby saw that the blocks of the sidewalks really formed a ladder and mounted to a secret place above the trees—he could climb to it, if he climbed alone, and once there he could suck on the pap of life, gulp down the incomparable milk of wonder.

His heart beat faster as Daisy's white face came up to his own. He knew that when he kissed this girl, and forever wed his unutterable visions to her perishable breath, his mind would never romp again like the mind of God. So he waited, listening for a moment longer to the tuning-fork that had been struck upon a star. Then he kissed her. At his lips' touch she blossomed for him like a flower and the incarnation was complete.

Through all he said, even through his appalling sentimentality, I was reminded of something—an elusive rhythm, a fragment of lost words, that I had heard somewhere a long time ago. For a moment a phrase tried to take shape in my mouth and my lips

que se puede!

Miró a su alrededor como un salvaje, como si el pasado estuviera acechando aquí, en la sombra de su casa, justo fuera del alcance de su mano.

—Voy a arreglar todo para que quede tal y como estaba antes —dijo, asintiendo con determinación—. Ya lo verá ella.

Habló mucho del pasado, y deduje que quería recuperar algo, alguna idea de sí mismo tal vez, que se había esfumado por amar a Daisy. Su vida había sido confusa y desordenada desde entonces, pero si, por una vez, pudiera volver a un cierto punto de partida y repasar todo lentamente, podría descubrir qué era esa cosa...

... Una noche de otoño, cinco años antes, habían estado caminando por la calle cuando las hojas estaban cayendo, y llegaron a un lugar donde no había árboles y la acera estaba blanca con la luz de la luna. Se detuvieron allí y se volvieron el uno hacia el otro. Ahora era una noche fresca con esa misteriosa excitación que se produce en los dos cambios del año. Las silenciosas luces de las casas zumbaban en la oscuridad y había un movimiento y bullicio entre las estrellas. Con el rabillo del ojo, Gatsby vio que los bloques de las aceras formaban realmente una escalera y ascendían a un lugar secreto por encima de los árboles; podía subir hasta él, si trepaba solo, y una vez allí podría chupar la papilla de la vida, engullir la incomparable leche de la maravilla.

Su corazón latió más rápido cuando el rostro blanco de Daisy se acercó al suyo. Sabía que cuando besara a esta chica, y enlazara para siempre sus visiones indecibles con su aliento perecedero, su mente no volvería a retozar como la mente de Dios. Así que esperó, escuchando por un momento más el diapasón que había sido golpeado sobre una estrella. Entonces la besó. Al contacto de sus labios, ella se abrió para él como una flor y la encarnación fue completa.

Durante todo lo que dijo, incluso a través de su atroz sentimentalismo, me acordé de algo: un ritmo esquivo, un fragmento de palabras perdidas que había escuchado en algún lugar hace mucho tiempo. Por un momento, una frase trató de tomar forma en mi boca

parted like a dumb man's, as though there was more struggling upon them than a wisp of startled air. But they made no sound, and what I had almost remembered was uncommunicable forever.

y mis labios se separaron como los de un hombre mudo, como si hubiera algo más que una brizna de aire asustado luchando en ellos. Pero no emitieron ningún sonido, y lo que casi había recordado quedó incomunicado para siempre.

VII

It was when curiosity about Gatsby was at its highest that the lights in his house failed to go on one Saturday night—and, as obscurely as it had begun, his career as Trimalchio was over. Only gradually did I become aware that the automobiles which turned expectantly into his drive stayed for just a minute and then drove sulkily away. Wondering if he were sick I went over to find out— an unfamiliar butler with a villainous face squinted at me suspiciously from the door.

"Is Mr. Gatsby sick?"

"Nope." After a pause he added "sir" in a dilatory, grudging way.

"I hadn't seen him around, and I was rather worried. Tell him Mr. Carraway came over."

"Who?" he demanded rudely.

"Carraway."

"Carraway. All right, I'll tell him."

Abruptly he slammed the door.

My Finn informed me that Gatsby had dismissed every servant in his house a week ago and replaced them with half a dozen others, who never went into West Egg village to be bribed by the tradesmen, but ordered moderate supplies over the telephone. The grocery boy reported that the kitchen looked like a pigsty, and the general opinion in the village was that the new people weren't servants at all.

Next day Gatsby called me on the phone.

"Going away?" I inquired.

"No, old sport."

Cuando la curiosidad por Gatsby estaba en su punto más alto, las luces de su casa no se encendieron un sábado por la noche y, tan oscuramente como había empezado, su carrera como Trimalción había terminado. Solo poco a poco me di cuenta de que los automóviles que giraban expectantes en su entrada se quedaban solo un minuto y luego se alejaban enfurruñados. Me pregunté si él estaba enfermo y me acerqué para averiguarlo; un mayordomo desconocido, con cara de villano, me miró con desconfianza desde la puerta.

—¿Está enfermo el señor Gatsby?

—No... —tras una pausa añadió—: señor. —A regañadientes y con rencor.

—No lo he visto por aquí y estaba bastante preocupado. Dígale que ha venido el señor Carraway.

—¿Quién? —exigió con rudeza.

—Carraway.

—Carraway. Muy bien, se lo diré.

Bruscamente dio un portazo.

Mi finlandesa me informó de que Gatsby había despedido a todos los criados de su casa hacía una semana y los había sustituido por una media docena de otros, que nunca iban al pueblo de West Egg para dejarse sobornar por los comerciantes, sino que pedían suministros moderados por teléfono. El chico de la tienda de comestibles informó que la cocina parecía una pocilga, y la opinión general en el pueblo era que los nuevos no eran sirvientes en absoluto.

Al día siguiente Gatsby me llamó por teléfono.

—¿Te vas de viaje? —pregunté.

—No, viejo amigo.

"I hear you fired all your servants."

"I wanted somebody who wouldn't gossip. Daisy comes over quite often—in the afternoons."

So the whole caravansary had fallen in like a card house at the disapproval in her eyes.

"They're some people Wolfshiem wanted to do something for. They're all brothers and sisters. They used to run a small hotel."

"I see."

He was calling up at Daisy's request—would I come to lunch at her house tomorrow? Miss Baker would be there. Half an hour later Daisy herself telephoned and seemed relieved to find that I was coming. Something was up. And yet I couldn't believe that they would choose this occasion for a scene—especially for the rather harrowing scene that Gatsby had outlined in the garden.

The next day was broiling, almost the last, certainly the warmest, of the summer. As my train emerged from the tunnel into sunlight, only the hot whistles of the National Biscuit Company broke the simmering hush at noon. The straw seats of the car hovered on the edge of combustion; the woman next to me perspired delicately for a while into her white shirtwaist, and then, as her newspaper dampened under her fingers, lapsed despairingly into deep heat with a desolate cry. Her pocketbook slapped to the floor.

"Oh, my!" she gasped.

I picked it up with a weary bend and handed it back to her, holding it at arm's length and by the extreme tip of the corners to indicate that I had no designs upon it—but everyone near by, including the woman, suspected me just the same.

"Hot!" said the conductor to familiar faces. "Some weather!... Hot!... Hot!... Hot!... Is it hot enough for you? Is it hot? Is it...?"

—He oído que has despedido a todos tus sirvientes.

—Quería a gente que no chismeara. Daisy viene a menudo... por las tardes.

Así que todo el caravasar se había derrumbado como un castillo de naipes ante la desaprobación de sus ojos.

—Son algunas personas a las que Wolfshiem quería ayudar. Son todos hermanos y hermanas. Solían dirigir un pequeño hotel.

—Ya veo.

Él llamaba a petición de Daisy: ¿podría ir a comer a su casa mañana? La señorita Baker estaría allí. Media hora después, la propia Daisy llamó por teléfono y pareció aliviada al saber que yo iba a ir. Algo pasaba. Y, sin embargo, no podía creer que eligieran esta ocasión para una escena... especialmente para la escena bastante angustiosa que Gatsby había esbozado en el jardín.

El día siguiente fue muy caluroso, casi el último, sin duda el más cálido, del verano. Cuando mi tren salió del túnel a la luz del sol, solo los silbidos de la National Biscuit Company rompieron el silencio caliente que se respiraba a mediodía. Los asientos de paja del vagón estaban al borde de la combustión; la mujer que estaba a mi lado sudó delicadamente durante un rato en su camisa blanca, y luego, cuando su periódico se humedeció bajo sus dedos, se entregó desesperadamente al calor extremo con un quejido desolado. Su cartera cayó al suelo.

—¡Oh, Dios! —jadeó.

La recogí haciendo un gesto de cansancio y se lo devolví, sosteniéndola a la distancia y por la punta de las esquinas para indicar que no tenía malas intenciones... pero todos los que estaban cerca, incluida la mujer, sospecharon de mí igualmente.

—¡Qué calor! —dijo el revisor a las caras conocidas—. ¡Qué tiempo...! ¡Qué calor...! ¡Calor...! ¡Calor...! ¿Hace suficiente calor para ti? ¿Hace calor? ¿Hace...?

My commutation ticket came back to me with a dark stain from his hand. That anyone should care in this heat whose flushed lips he kissed, whose head made damp the pyjama pocket over his heart!

... Through the hall of the Buchanans' house blew a faint wind, carrying the sound of the telephone bell out to Gatsby and me as we waited at the door.

"The master's body?" roared the butler into the mouthpiece. "I'm sorry, madame, but we can't furnish it—it's far too hot to touch this noon!"

What he really said was: "Yes... Yes... I'll see."

He set down the receiver and came toward us, glistening slightly, to take our stiff straw hats.

"Madame expects you in the salon!" he cried, needlessly indicating the direction. In this heat every extra gesture was an affront to the common store of life.

The room, shadowed well with awnings, was dark and cool. Daisy and Jordan lay upon an enormous couch, like silver idols weighing down their own white dresses against the singing breeze of the fans.

"We can't move," they said together.

Jordan's fingers, powdered white over their tan, rested for a moment in mine.

"And Mr. Thomas Buchanan, the athlete?" I inquired.

Simultaneously I heard his voice, gruff, muffled, husky, at the hall telephone.

Gatsby stood in the centre of the crimson carpet and gazed around with fascinated eyes. Daisy watched him and laughed, her sweet, exciting laugh; a tiny gust of powder rose from her bosom

Mi billete de transporte volvió a mí con una mancha oscura de su mano. ¡Que alguien se preocupe, con este calor, de los labios sonrojados que besó, de la cabeza que humedeció el bolsillo del pijama, sobre su corazón!

... Por el vestíbulo de la casa de los Buchanan soplaba un viento tenue, que traía el sonido del timbre del teléfono hasta la puerta, donde Gatsby y yo esperábamos.

—¿El cadáver del señor? —rugió el mayordomo en el auricular—. Lo siento, *madame,* pero no podemos entregarlo: ¡está demasiado caliente como para tocarlo este mediodía!

Lo que realmente dijo fue: «Sí... Sí... Voy a ver».

Dejó el auricular y se acercó a nosotros, brillando ligeramente de sudor, para coger nuestros rígidos sombreros de paja.

—¡La señora los espera en el salón! —gritó, indicando inútilmente la dirección. Con este calor, cada gesto extra era una afrenta a las reservas de vida en común.

La sala, bien sombreada con toldos, estaba oscura y fresca. Daisy y Jordan estaban tumbadas en un enorme sofá, como pesados ídolos de plata sosteniendo sus propios vestidos blancos contra la brisa cantarina de los ventiladores.

—No podemos movernos —dijeron al unísono.

Los dedos de Jordan, empolvados de blanco sobre su bronceado, se posaron por un momento en los míos.

—¿Y el señor Thomas Buchanan, el atleta? —pregunté.

Simultáneamente oí su voz —malhumorada, apagada, ronca— en el teléfono del vestíbulo.

Gatsby se situó en el centro de la alfombra carmesí y miró a su alrededor con ojos fascinados. Daisy lo observaba y reía, su dulce y excitante risa; una pequeña ráfaga de polvo se elevó desde su pecho

into the air.

"The rumour is," whispered Jordan, "that that's Tom's girl on the telephone."

We were silent. The voice in the hall rose high with annoyance: "Very well, then, I won't sell you the car at all... I'm under no obligations to you at all... and as for your bothering me about it at lunch time, I won't stand that at all!"

"Holding down the receiver," said Daisy cynically.

"No, he's not," I assured her. "It's a bona-fide deal. I happen to know about it."

Tom flung open the door, blocked out its space for a moment with his thick body, and hurried into the room.

"Mr. Gatsby!" He put out his broad, flat hand with well-concealed dislike. "I'm glad to see you, sir... Nick..."

"Make us a cold drink," cried Daisy.

As he left the room again she got up and went over to Gatsby and pulled his face down, kissing him on the mouth.

"You know I love you," she murmured.

"You forget there's a lady present," said Jordan.

Daisy looked around doubtfully.

"You kiss Nick too."

"What a low, vulgar girl!"

"I don't care!" cried Daisy, and began to clog on the brick fire-

al aire.

—Se rumorea —susurró Jordan—, que es la chica de Tom la que está al teléfono.

Nos quedamos en silencio. La voz desde el vestíbulo se elevó con fastidio:

—Muy bien, entonces, no te venderé el coche para nada... no tengo ninguna obligación contigo... y en cuanto a que me molestes por ello a la hora de comer, ¡no lo soportaré en absoluto!

—Tiene tapado el micrófono del teléfono —dijo Daisy cínicamente.

—No, no lo está —le aseguré—. Es un verdadero negocio. Resulta que me enteré de ello.

Tom abrió la puerta de golpe, bloqueó el espacio de esta por un momento con su grueso cuerpo y se apresuró a entrar en la habitación.

—¡Señor Gatsby! —Extendió su mano ancha y plana con una antipatía bien disimulada—. Me alegro de verlo, señor... Nick...

—Prepáranos una bebida fría —gritó Daisy.

Cuando él salió de nuevo de la habitación, ella se levantó y se acercó a Gatsby y le enclinó la cara, besándole en la boca.

—Sabes que te amo —murmuró.

—Olvidas que hay una dama presente —dijo Jordan.

Daisy miró a su alrededor, dudosa.

—Besa también a Nick.

—¡Qué chica tan baja y vulgar!

—¡No me importa! —gritó Daisy, y comenzó a bailotear en la chi-

place. Then she remembered the heat and sat down guiltily on the couch just as a freshly laundered nurse leading a little girl came into the room.

"Bles-sed pre-cious," she crooned, holding out her arms. "Come to your own mother that loves you."

The child, relinquished by the nurse, rushed across the room and rooted shyly into her mother's dress.

"The bles-sed pre-cious! Did mother get powder on your old yellowy hair? Stand up now, and say—How-de-do."

Gatsby and I in turn leaned down and took the small reluctant hand. Afterward he kept looking at the child with surprise. I don't think he had ever really believed in its existence before.

"I got dressed before luncheon," said the child, turning eagerly to Daisy.

"That's because your mother wanted to show you off." Her face bent into the single wrinkle of the small white neck. "You dream, you. You absolute little dream."

"Yes," admitted the child calmly. "Aunt Jordan's got on a white dress too."

"How do you like mother's friends?" Daisy turned her around so that she faced Gatsby. "Do you think they're pretty?"

"Where's Daddy?"

"She doesn't look like her father," explained Daisy. "She looks like me. She's got my hair and shape of the face."

Daisy sat back upon the couch. The nurse took a step forward and held out her hand.

"Come, Pammy."

menea de ladrillo. Luego se acordó del calor y se sentó con culpa en el sofá, justo cuando entraba en la habitación una niñera muy hacendosa que traía a una niña.

—Ben-di-ta pre-cio-sa —cantó, extendiendo sus brazos—. Ven con tu madre que te adora.

La niña, liberada por la niñera, corrió por la habitación y se metió tímidamente entre el vestido de su madre.

—¡Ben-di-ta pre-cio-sa! ¿Mamá te puso polvo en tu precioso y rubio pelo? Levántate ahora, y di: «¿Cómo están?».

Gatsby y yo, a su vez, nos inclinamos y tomamos la pequeña mano renuente. A continuación, él no dejaba de mirar a la niña con sorpresa. Creo que nunca había creído realmente en su existencia.

—Me vestí para el almuerzo —dijo la niña, volviéndose ansiosa hacia Daisy.

—Eso es porque tu madre quería presumir de ti. —Su cara se dobló en la única arruga del pequeño cuello blanco—. Eres un sueño, tú. Tú, pequeño sueño perfecto.

—Sí —admitió la niña con calma—. La tía Jordan también se ha puesto un vestido blanco.

—¿Qué te parecen los amigos de mamá? —Daisy la hizo girar para que mirara a Gatsby—. ¿Crees que son guapos?

—¿Dónde está papá?

—No se parece a su padre —explicó Daisy—. Se parece a mí. Tiene mi pelo y la misma forma de la cara.

Daisy volvió a sentarse en el sofá. La niñera dio un paso adelante y le tendió la mano.

—Ven, Pammy.

"Goodbye, sweetheart!"

With a reluctant backward glance the well-disciplined child held to her nurse's hand and was pulled out the door, just as Tom came back, preceding four gin rickeys that clicked full of ice.

Gatsby took up his drink.

"They certainly look cool," he said, with visible tension.

We drank in long, greedy swallows.

"I read somewhere that the sun's getting hotter every year," said Tom genially. "It seems that pretty soon the earth's going to fall into the sun—or wait a minute—it's just the opposite—the sun's getting colder every year.

"Come outside," he suggested to Gatsby, "I'd like you to have a look at the place."

I went with them out to the veranda. On the green Sound, stagnant in the heat, one small sail crawled slowly toward the fresher sea. Gatsby's eyes followed it momentarily; he raised his hand and pointed across the bay.

"I'm right across from you."

"So you are."

Our eyes lifted over the rose-beds and the hot lawn and the weedy refuse of the dog-days alongshore. Slowly the white wings of the boat moved against the blue cool limit of the sky. Ahead lay the scalloped ocean and the abounding blessed isles.

"There's sport for you," said Tom, nodding. "I'd like to be out there with him for about an hour."

We had luncheon in the dining-room, darkened too against the

—¡Adiós, cariño!

Con una reticente mirada hacia atrás, la niña, bien educada, se aferró a la mano de su niñera y fue guiada por la puerta, justo cuando Tom regresó, precediendo cuatro *gins* con lima que chasqueaban, llenos de hielo.

Gatsby tomó su bebida.

—Sin duda parecen fríos —dijo, visiblemente tenso.

Bebimos en largos y ávidos tragos.

—He leído en alguna parte que el sol se calienta más cada año —dijo Tom, simpático—. Parece que muy pronto la tierra va a caer en el sol... o esperen un minuto... es justo lo contrario... el sol se enfría cada año.

—Ven afuera —sugirió a Gatsby—, me gustaría que eches un vistazo al lugar.

Salí con ellos a la veranda. En el verde Sound, estancado por el calor, una pequeña vela se arrastraba lentamente hacia el fresco mar. Los ojos de Gatsby la siguieron momentáneamente; levantó la mano y señaló al otro lado de la bahía.

—Estoy justo enfrente de ti.

—Así es.

Nuestros ojos se alzaron sobre los rosales y el césped caliente y los desechos de algas que dejaban a lo largo de la costa estos días de perros. Lentamente, las blancas alas de la barca se movían contra el frío límite azul del cielo. Por delante estaba el océano ondulado y las abundantes y benditas islas.

—Ese es un buen deporte —dijo Tom, asintiendo—. Me gustaría estar ahí fuera con él durante una hora.

Almorzamos en el comedor, también en penumbra para luchar

heat, and drank down nervous gaiety with the cold ale.

"What'll we do with ourselves this afternoon?" cried Daisy, "and the day after that, and the next thirty years?"

"Don't be morbid," Jordan said. "Life starts all over again when it gets crisp in the fall."

"But it's so hot," insisted Daisy, on the verge of tears, "and everything's so confused. Let's all go to town!"

Her voice struggled on through the heat, beating against it, moulding its senselessness into forms.

"I've heard of making a garage out of a stable," Tom was saying to Gatsby, "but I'm the first man who ever made a stable out of a garage."

"Who wants to go to town?" demanded Daisy insistently. Gatsby's eyes floated toward her. "Ah," she cried, "you look so cool."

Their eyes met, and they stared together at each other, alone in space. With an effort she glanced down at the table.

"You always look so cool," she repeated.

She had told him that she loved him, and Tom Buchanan saw. He was astounded. His mouth opened a little, and he looked at Gatsby, and then back at Daisy as if he had just recognized her as someone he knew a long time ago.

"You resemble the advertisement of the man," she went on innocently. "You know the advertisement of the man—"

"All right," broke in Tom quickly, "I'm perfectly willing to go to town. Come on—we're all going to town."

He got up, his eyes still flashing between Gatsby and his wife. No one moved.

contra el calor, y bebimos alegría nerviosa con la cerveza fría.

—¿Qué haremos de nosotros esta tarde? —exclamó Daisy—, y al día siguiente, y los próximos treinta años.

—No seas morbosa —dijo Jordan—. La vida vuelve a empezar cuando refresca en otoño.

—Pero hace tanto calor —insistió Daisy, al borde de las lágrimas—, y todo es tan confuso. ¡Vayamos todos a la ciudad!

Su voz luchaba contra el calor, golpeando contra él, moldeando su insensatez en formas.

—He oído hablar de hacer un garaje de un establo —le decía Tom a Gatsby—, pero soy el primer hombre que ha hecho un establo de un garaje.

—¿Quién quiere ir a la ciudad? —exigió Daisy con insistencia. Los ojos de Gatsby flotaron hacia ella—. Ah —exclamó ella—, te ves tan bien.

Sus ojos se encontraron y se quedaron mirándose, juntos y solos en el espacio. Con un esfuerzo, ella miró hacia la mesa.

—Siempre estás muy bien —repitió.

Ella le había dicho que lo amaba, y Tom Buchanan lo vio. Estaba asombrado. Abrió un poco la boca y miró a Gatsby y luego de nuevo a Daisy como si acabara de reconocerla, como a alguien que conocía desde hacía mucho tiempo.

—Te pareces al hombre del anuncio —continuó ella inocentemente—. Ya conoces el hombre del anuncio...

—De acuerdo —interrumpió Tom rápidamente—, estoy totalmente dispuesto a ir a la ciudad. Vamos, todos vamos a la ciudad.

Se levantó, con los ojos aún centrados en Gatsby y su esposa. Nadie se movió.

"Come on!" His temper cracked a little. "What's the matter, anyhow? If we're going to town, let's start."

His hand, trembling with his effort at self-control, bore to his lips the last of his glass of ale. Daisy's voice got us to our feet and out on to the blazing gravel drive.

"Are we just going to go?" she objected. "Like this? Aren't we going to let anyone smoke a cigarette first?"

"Everybody smoked all through lunch."

"Oh, let's have fun," she begged him. "It's too hot to fuss."

He didn't answer.

"Have it your own way," she said. "Come on, Jordan."

They went upstairs to get ready while we three men stood there shuffling the hot pebbles with our feet. A silver curve of the moon hovered already in the western sky. Gatsby started to speak, changed his mind, but not before Tom wheeled and faced him expectantly.

"Have you got your stables here?" asked Gatsby with an effort.

"About a quarter of a mile down the road."

"Oh."

A pause.

"I don't see the idea of going to town," broke out Tom savagely. "Women get these notions in their heads—"

"Shall we take anything to drink?" called Daisy from an upper window.

"I'll get some whisky," answered Tom. He went inside.

—¡Vamos! —Tenía menos paciencia—. ¿Y ahora qué sucede? Si vamos a la ciudad, pongámonos en marcha.

Su mano, temblorosa por el esfuerzo de autocontrolarse, llevó a los labios el último trago de cerveza. La voz de Daisy nos hizo ponernos en pie y salir al camino de grava abrasador.

—¿Nos vamos a ir sin más? —objetó ella—. ¿Así? ¿No vamos a dejar que alguien fume un cigarrillo antes?

—Todo el mundo fumó durante el almuerzo.

—Oh, tenemos que divertirnos —le rogó ella—. Hace demasiado calor como para hacer un lío.

Él no respondió.

—Como quieras —dijo ella—. Vamos, Jordan.

Ellas subieron a prepararse mientras los tres hombres nos quedamos de pie arrastrando los pies en los guijarros calientes. Una curva plateada de la luna se cernía ya en el cielo occidental. Gatsby empezó a hablar, cambió de opinión, pero no antes de que Tom se diera la vuelta y lo mirara expectante.

—¿Tienes los establos aquí? —preguntó Gatsby con un esfuerzo.

—A unos trescientos metros por ese camino.

—Ah.

Una pausa.

—No entiendo la idea de ir a la ciudad —estalló Tom salvajemente—. A las mujeres se les meten esas ideas en la cabeza...

—¿Llevamos algo para beber? —dijo Daisy desde una ventana en la primera planta.

—Cogeré un poco de *whisky* —respondió Tom entrando en la casa.

Gatsby turned to me rigidly:

"I can't say anything in his house, old sport."

"She's got an indiscreet voice," I remarked. "It's full of—" I hesitated.

"Her voice is full of money," he said suddenly.

That was it. I'd never understood before. It was full of money—that was the inexhaustible charm that rose and fell in it, the jingle of it, the cymbals' song of it... High in a white palace the king's daughter, the golden girl...

Tom came out of the house wrapping a quart bottle in a towel, followed by Daisy and Jordan wearing small tight hats of metallic cloth and carrying light capes over their arms.

"Shall we all go in my car?" suggested Gatsby. He felt the hot, green leather of the seat. "I ought to have left it in the shade."

"Is it standard shift?" demanded Tom.

"Yes."

"Well, you take my coupé and let me drive your car to town."

The suggestion was distasteful to Gatsby.

"I don't think there's much gas," he objected.

"Plenty of gas," said Tom boisterously. He looked at the gauge. "And if it runs out I can stop at a drugstore. You can buy anything at a drugstore nowadays."

A pause followed this apparently pointless remark. Daisy looked at Tom frowning, and an indefinable expression, at once definitely unfamiliar and vaguely recognizable, as if I had only heard it described in words, passed over Gatsby's face.

Gatsby se volvió hacia mí, rígido.

—No puedo decir nada en su casa, viejo amigo.

—Ella tiene una voz indiscreta —comenté—. Está llena de... — dudé.

—Su voz está llena de dinero —dijo él de repente.

¡Eso era! Nunca lo había entendido. Estaba llena de dinero: ese era el encanto inagotable que subía y bajaba en su voz, su tintineo, su canto de címbalos... En lo alto de un palacio blanco estaba la hija del rey, la chica de oro...

Tom salió de la casa envolviendo una botella de un litro en una toalla, seguido por Daisy y Jordan que llevaban pequeños sombreros ajustados de tela metálica y capas ligeras sobre los brazos.

—¿Vamos todos en mi coche? —sugirió Gatsby. Palpó el cuero verde y caliente del asiento—. Debería haberlo dejado a la sombra.

—¿El cambio de marchas es estándar? —preguntó Tom.

—Sí.

—Bueno, tú coge mi cupé y déjame manejar tu coche hasta la ciudad.

La sugerencia no le gustó a Gatsby.

—No creo que haya mucha gasolina —objetó.

—Hay gasolina de más —dijo Tom con determinación. Miró el dial—. Y si se acaba puedo parar en una botica. Hoy en día se puede comprar cualquier cosa en una botica.

Una pausa siguió a este comentario aparentemente inútil. Daisy miró a Tom con el ceño fruncido, y una expresión indefinible, a la vez definitivamente desconocida y vagamente reconocible, como si solo la hubiera oído describir en palabras, pasó por el rostro de

"Come on, Daisy" said Tom, pressing her with his hand toward Gatsby's car. "I'll take you in this circus wagon."

He opened the door, but she moved out from the circle of his arm.

"You take Nick and Jordan. We'll follow you in the coupé."

She walked close to Gatsby, touching his coat with her hand. Jordan and Tom and I got into the front seat of Gatsby's car, Tom pushed the unfamiliar gears tentatively, and we shot off into the oppressive heat, leaving them out of sight behind.

"Did you see that?" demanded Tom.

"See what?"

He looked at me keenly, realizing that Jordan and I must have known all along.

"You think I'm pretty dumb, don't you?" he suggested. "Perhaps I am, but I have a—almost a second sight, sometimes, that tells me what to do. Maybe you don't believe that, but science—"

He paused. The immediate contingency overtook him, pulled him back from the edge of theoretical abyss.

"I've made a small investigation of this fellow," he continued. "I could have gone deeper if I'd known—"

"Do you mean you've been to a medium?" inquired Jordan humorously.

"What?" Confused, he stared at us as we laughed. "A medium?"

"About Gatsby."

Gatsby.

—Vamos, Daisy —dijo Tom, empujándola con la mano hacia el coche de Gatsby—. Te llevaré en este vagón de circo.

Abrió la puerta, pero ella se soltó de su abrazo.

—Llévate a Nick y a Jordan. Nosotros te seguiremos en el cupé.

Se acercó a Gatsby, tocando su abrigo con la mano. Jordan, Tom y yo subimos al asiento delantero del coche de Gatsby, Tom empujó tímidamente las marchas que no conocía y salimos disparados hacia el calor opresivo, dejándolos atrás y fuera de la vista.

—¿Han visto eso? —preguntó Tom.

—¿Ver qué?

Me miró con interés, dándose cuenta de que Jordan y yo debíamos haber estado al tanto todo el tiempo.

—Creen que soy bastante tonto, ¿no? —sugirió—. Tal vez lo sea, pero tengo un... casi un instinto especial, a veces, que me dice lo que tengo que hacer. Tal vez no lo crean, pero la ciencia...

Hizo una pausa. El asunto inmediato lo sobrepasó, lo sacó del borde del abismo teórico.

—He hecho una pequeña investigación sobre este tipo —continuó—. Podría haber profundizado más si hubiera sabido...

—¿Quieres decir que has acudido a una médium? —inquirió Jordan con humor.

—¿Qué? —Confundido, nos miró fijamente mientras nos reíamos—. ¿Una médium?

—Sobre Gatsby.

"About Gatsby! No, I haven't. I said I'd been making a small investigation of his past."

"And you found he was an Oxford man," said Jordan helpfully.

"An Oxford man!" He was incredulous. "Like hell he is! He wears a pink suit."

"Nevertheless he's an Oxford man."

"Oxford, New Mexico," snorted Tom contemptuously, "or something like that."

"Listen, Tom. If you're such a snob, why did you invite him to lunch?" demanded Jordan crossly.

"Daisy invited him; she knew him before we were married—God knows where!"

We were all irritable now with the fading ale, and aware of it we drove for a while in silence. Then as Doctor T. J. Eckleburg's faded eyes came into sight down the road, I remembered Gatsby's caution about gasoline.

"We've got enough to get us to town," said Tom.

"But there's a garage right here," objected Jordan. "I don't want to get stalled in this baking heat."

Tom threw on both brakes impatiently, and we slid to an abrupt dusty stop under Wilson's sign. After a moment the proprietor emerged from the interior of his establishment and gazed hollow-eyed at the car.

"Let's have some gas!" cried Tom roughly. "What do you think we stopped for—to admire the view?"

"I'm sick," said Wilson without moving. "Been sick all day."

—¡Sobre Gatsby! No, no lo he hecho. Dije que había estado haciendo una pequeña investigación sobre su pasado.

—Y descubriste que estudió en Oxford —dijo Jordan ayudándolo.

—¡Un estudiante de Oxford! —Se mostró incrédulo—. ¡Eso es estúpido! Lleva un traje rosa.

—Sin embargo, estudió en  Oxford.

—Oxford, Nuevo México —resopló Tom despectivamente—, o algo así.

—Escucha, Tom. Si eres tan esnob, ¿por qué le has invitado a comer? —preguntó Jordan con sorna.

—Daisy lo invitó; lo conoció antes de que nos casáramos, ¡sabe Dios dónde!

Todos estábamos irritados ahora por el efecto de la cerveza que se desvanecía, y conscientes de ello viajamos durante un rato en silencio. Entonces, cuando los ojos descoloridos del doctor T. J. Eckleburg aparecieron en la carretera, recordé la advertencia de Gatsby sobre la gasolina.

—Tenemos suficiente para llegar a la ciudad —dijo Tom.

—Pero hay un garaje justo aquí —objetó Jordan—. No quiero quedarme parada con este calor abrasador.

Tom pisó ambos frenos con impaciencia, y nos deslizamos hasta una brusca y polvorienta parada bajo el cartel de Wilson. Al cabo de un momento, el propietario salió del interior de su establecimiento y contempló el coche con los ojos hundidos.

—¡Queremos cargar gasolina! —gritó Tom con aspereza—. ¿Para qué crees que nos hemos detenido... para admirar la vista?

—Estoy enfermo —dijo Wilson sin moverse—. He estado enfermo todo el día.

"What's the matter?"

"I'm all run down."

"Well, shall I help myself?" Tom demanded. "You sounded well enough on the phone."

With an effort Wilson left the shade and support of the doorway and, breathing hard, unscrewed the cap of the tank. In the sunlight his face was green.

"I didn't mean to interrupt your lunch," he said. "But I need money pretty bad, and I was wondering what you were going to do with your old car."

"How do you like this one?" inquired Tom. "I bought it last week."

"It's a nice yellow one," said Wilson, as he strained at the handle.

"Like to buy it?"

"Big chance," Wilson smiled faintly. "No, but I could make some money on the other."

"What do you want money for, all of a sudden?"

"I've been here too long. I want to get away. My wife and I want to go West."

"Your wife does," exclaimed Tom, startled.

"She's been talking about it for ten years." He rested for a moment against the pump, shading his eyes. "And now she's going whether she wants to or not. I'm going to get her away."

The coupé flashed by us with a flurry of dust and the flash of a waving hand.

—¿Qué pasa?

—Estoy agotado.

—Bueno, ¿me sirvo yo mismo? —preguntó Tom—. Sonabas bastante bien en el teléfono.

Con un esfuerzo, Wilson abandonó la sombra y el apoyo de la puerta y, respirando con dificultad, desenroscó el tapón del depósito. Su rostro se veía verde a la luz del sol.

—No quería interrumpir tu almuerzo —dijo—. Pero necesito dinero con urgencia y me preguntaba qué ibas a hacer con tu coche viejo.

—¿Qué te parece este? —preguntó Tom—. Lo compré la semana pasada.

—Es muy bonito y amarillo —dijo Wilson, mientras tiraba de la manivela.

—¿Te gustaría comprarlo?

—Es demasiado —sonrió Wilson débilmente—. No, pero podría ganar algo de dinero con el otro.

—¿Para qué quieres dinero, de repente?

—Llevo demasiado tiempo aquí. Quiero alejarme. Mi mujer y yo queremos ir al Oeste.

—Tu mujer quiere —exclamó Tom, sorprendido.

—Ella lleva diez años hablando de ello. —Se apoyó un momento en la bomba, haciéndose sombra sobre los ojos—. Y ahora se va, lo quiera o no. Voy a llevarla lejos.

El cupé pasó junto a nosotros con una ráfaga de polvo y el destello de una mano agitándose.

"What do I owe you?" demanded Tom harshly.

"I just got wised up to something funny the last two days," remarked Wilson. "That's why I want to get away. That's why I been bothering you about the car."

"What do I owe you?"

"Dollar twenty."

The relentless beating heat was beginning to confuse me and I had a bad moment there before I realized that so far his suspicions hadn't alighted on Tom. He had discovered that Myrtle had some sort of life apart from him in another world, and the shock had made him physically sick. I stared at him and then at Tom, who had made a parallel discovery less than an hour before—and it occurred to me that there was no difference between men, in intelligence or race, so profound as the difference between the sick and the well. Wilson was so sick that he looked guilty, unforgivably guilty—as if he had just got some poor girl with child.

"I'll let you have that car," said Tom. "I'll send it over tomorrow afternoon."

That locality was always vaguely disquieting, even in the broad glare of afternoon, and now I turned my head as though I had been warned of something behind. Over the ash-heaps the giant eyes of Doctor T. J. Eckleburg kept their vigil, but I perceived, after a moment, that other eyes were regarding us with peculiar intensity from less than twenty feet away.

In one of the windows over the garage the curtains had been moved aside a little, and Myrtle Wilson was peering down at the car. So engrossed was she that she had no consciousness of being observed, and one emotion after another crept into her face like objects into a slowly developing picture. Her expression was curiously familiar—it was an expression I had often seen on women's faces, but on Myrtle Wilson's face it seemed purposeless and inexplicable until I realized that her eyes, wide with jealous terror,

—¿Cuánto te debo? —preguntó Tom con rudeza.

—Es que me he dado cuenta de algo curioso en estos últimos días —comentó Wilson—. Por eso quiero irme. Por eso te he estado molestando con lo del coche.

—¿Cuánto te debo?

—Un dólar con veinte.

El implacable calor empezaba a aturdirme y tuve un mal momento antes de darme cuenta de que hasta ahora sus sospechas no se habían posado sobre Tom. Había descubierto que Myrtle tenía algún tipo de vida aparte de él, en otro mundo, y la conmoción lo había dejado enfermo físicamente. Lo miré fijamente y luego a Tom, que había hecho un descubrimiento paralelo menos de una hora antes, y se me ocurrió que no había ninguna diferencia entre los hombres, en inteligencia o raza, tan profunda como la diferencia entre los enfermos y los sanos. Wilson estaba tan enfermo que parecía culpable, imperdonablemente culpable... como si acabara de dejar una chica pobre embarazada.

—Te dejaré el coche —dijo Tom—. Lo enviaré mañana por la tarde.

Aquel lugar era siempre un poco inquietante, incluso en la luz diáfana de la tarde, y entonces volví la cara como si me hubieran advertido de que había algo detrás. Sobre los montones de ceniza, los gigantescos ojos del doctor T. J. Eckleburg seguían vigilando, pero percibí, al cabo de un momento, que otros ojos nos miraban con peculiar intensidad a menos de seis metros de distancia.

En una de las ventanas sobre el garaje las cortinas se habían corrido un poco y Myrtle Wilson estaba mirando el coche. Estaba tan absorta que no se daba cuenta de que la observaban, y una emoción tras otra se transparentaba en su rostro como los objetos en un cuadro que se revelan lentamente. Su expresión era curiosamente familiar; era una expresión que yo había visto a menudo en los rostros de las mujeres, pero en el de Myrtle Wilson parecía sin propósito e inexplicable, hasta que me di cuenta de que sus ojos, bien abiertos

were fixed not on Tom, but on Jordan Baker, whom she took to be his wife.

***

There is no confusion like the confusion of a simple mind, and as we drove away Tom was feeling the hot whips of panic. His wife and his mistress, until an hour ago secure and inviolate, were slipping precipitately from his control. Instinct made him step on the accelerator with the double purpose of overtaking Daisy and leaving Wilson behind, and we sped along toward Astoria at fifty miles an hour, until, among the spidery girders of the elevated, we came in sight of the easygoing blue coupé.

"Those big movies around Fiftieth Street are cool," suggested Jordan. "I love New York on summer afternoons when everyone's away. There's something very sensuous about it—overripe, as if all sorts of funny fruits were going to fall into your hands."

The word "sensuous" had the effect of further disquieting Tom, but before he could invent a protest the coupé came to a stop, and Daisy signalled us to draw up alongside.

"Where are we going?" she cried.

"How about the movies?"

"It's so hot," she complained. "You go. We'll ride around and meet you after." With an effort her wit rose faintly. "We'll meet you on some corner. I'll be the man smoking two cigarettes."

"We can't argue about it here," Tom said impatiently, as a truck gave out a cursing whistle behind us. "You follow me to the south side of Central Park, in front of the Plaza."

Several times he turned his head and looked back for their car, and if the traffic delayed them he slowed up until they came into sight. I think he was afraid they would dart down a side-street and

por el terror de los celos, no estaban fijos en Tom, sino en Jordan Baker, a quien tomaba por su esposa.

***

No hay confusión como la de una mente sencilla y, mientras nos alejábamos, Tom sentía los latigazos del pánico. Su esposa y su amante, hasta hacía una hora seguras e inviolables, se escapaban precipitadamente de su control. El instinto le hizo pisar el acelerador con el doble propósito de adelantar a Daisy y dejar atrás a Wilson, y aceleramos hacia Astoria a cincuenta millas por hora, hasta que, entre las vigas del tren elevado, pudimos avistar el despreocupado cupé azul.

—Esas grandes películas de las Calles cincuenta y tanto son geniales —sugirió Jordan—. Me encanta Nueva York en las tardes de verano, cuando todo el mundo está fuera. Hay algo muy sensual en ello: como de frutas maduras, como si todo tipo de frutas exóticas fueran a caer en tus manos.

La palabra «sensual» inquietó aún más a Tom, pero antes de que él pudiera inventar una protesta, el cupé se detuvo y Daisy nos indicó que nos paráramos a su lado.

—¿Adónde vamos? —gritó.

—¿Qué tal al cine?

—Hace mucho calor —se quejó ella—. Vayan ustedes. Nosotros daremos una vuelta y nos encontramos después. —Con un esfuerzo su ingenio se levantó débilmente—. Nos encontraremos en alguna esquina. Yo seré el hombre que esté fumando dos cigarrillos.

—No podemos hablarlo aquí —dijo Tom con impaciencia, mientras un camión emitía un silbido maligno detrás de nosotros—. Síganme hasta el lado sur de Central Park, frente al Plaza.

Varias veces giró la cabeza y miró hacia atrás en busca del coche de ellos, y si el tráfico los retrasaba, él reducía la velocidad hasta que los tenía a la vista. Creo que temía que salieran corriendo por una

out of his life forever.

But they didn't. And we all took the less explicable step of engaging the parlour of a suite in the Plaza Hotel.

The prolonged and tumultuous argument that ended by herding us into that room eludes me, though I have a sharp physical memory that, in the course of it, my underwear kept climbing like a damp snake around my legs and intermittent beads of sweat raced cool across my back. The notion originated with Daisy's suggestion that we hire five bathrooms and take cold baths, and then assumed more tangible form as "a place to have a mint julep." Each of us said over and over that it was a "crazy idea"—we all talked at once to a baffled clerk and thought, or pretended to think, that we were being very funny...

The room was large and stifling, and, though it was already four o'clock, opening the windows admitted only a gust of hot shrubbery from the Park. Daisy went to the mirror and stood with her back to us, fixing her hair.

"It's a swell suite," whispered Jordan respectfully, and everyone laughed.

"Open another window," commanded Daisy, without turning around.

"There aren't any more."

"Well, we'd better telephone for an axe—"

"The thing to do is to forget about the heat," said Tom impatiently. "You make it ten times worse by crabbing about it."

He unrolled the bottle of whisky from the towel and put it on the table.

"Why not let her alone, old sport?" remarked Gatsby. "You're

calle lateral y se alejaran de su vida para siempre.

Pero no lo hicieron. Y todos dimos el paso mucho menos explicable de contratar el salón de una *suite* del Plaza Hotel.

Se me escapa la prolongada y tumultuosa discusión que terminó metiéndonos en esa habitación, aunque tengo el agudo recuerdo físico de que, en el transcurso de la misma, mi ropa interior trepaba como una serpiente húmeda alrededor de mis piernas y que intermitentes gotas de sudor recorrían frías en mi espalda. La idea se originó con la sugerencia de Daisy de que alquiláramos cinco cuartos de baño y tomáramos baños fríos, y luego asumió una forma más tangible como «un lugar para tomar un julepe de menta». Cada uno de nosotros dijo una y otra vez que era una «idea descabellada»; todos hablamos a la vez con un empleado desconcertado y pensamos, o fingimos pensar, que estábamos siendo muy graciosos...

La habitación era grande y sofocante y, aunque ya eran las cuatro, al abrir las ventanas solo entraba el soplo de arbustos calientes de Central Park. Daisy se acercó al espejo y se puso de espaldas a nosotros, arreglándose el pelo.

—Es una *suite* estupenda —susurró Jordan respetuosamente, y todos se rieron.

—Abre otra ventana —ordenó Daisy, sin volverse.

—No hay más.

—Bueno, será mejor que llamemos por teléfono para pedir un hacha...

—Lo que hay que hacer es olvidarse del calor —dijo Tom con impaciencia—. Lo empeoras diez veces más si protestas sobre eso.

Desenrolló la botella de *whisky* de la toalla y la puso sobre la mesa.

—¿Por qué no la dejas en paz, viejo amigo? —comentó Gatsby—. Tú

the one that wanted to come to town."

There was a moment of silence. The telephone book slipped from its nail and splashed to the floor, whereupon Jordan whispered, "Excuse me"—but this time no one laughed.

"I'll pick it up," I offered.

"I've got it." Gatsby examined the parted string, muttered "Hum!" in an interested way, and tossed the book on a chair.

"That's a great expression of yours, isn't it?" said Tom sharply.

"What is?"

"All this 'old sport' business. Where'd you pick that up?"

"Now see here, Tom," said Daisy, turning around from the mirror, "if you're going to make personal remarks I won't stay here a minute. Call up and order some ice for the mint julep."

As Tom took up the receiver the compressed heat exploded into sound and we were listening to the portentous chords of Mendelssohn's Wedding March from the ballroom below.

"Imagine marrying anybody in this heat!" cried Jordan dismally.

"Still—I was married in the middle of June," Daisy remembered. "Louisville in June! Somebody fainted. Who was it fainted, Tom?"

"Biloxi," he answered shortly.

"A man named Biloxi. 'Blocks' Biloxi, and he made boxes—that's a fact—and he was from Biloxi, Tennessee."

"They carried him into my house," appended Jordan, "because we lived just two doors from the church. And he stayed three

eres el que quería venir a la ciudad.

Hubo un momento de silencio. La guía telefónica se resbaló de su clavo en la pared y cayó al suelo, tras lo cual Jordan susurró: «Disculpen», pero esta vez nadie se rio.

—Yo la recojo —me ofrecí.

—Ya la tengo.

Gatsby examinó la cuerda rota, murmuró «¡Hum!» de manera interesada, y arrojó el libro sobre una silla.

—Esa es una gran expresión tuya, ¿no? —dijo Tom bruscamente.

—¿Cuál expresión?

—Todo este asunto del «viejo amigo». ¿De dónde sacaste eso?

—Mira, Tom —dijo Daisy, volviéndose del espejo—, si vas a hacer comentarios personales no me quedaré aquí ni un minuto. Llama y pide hielo para el julepe de menta.

Cuando Tom cogió el auricular, el calor comprimido estalló en sonido y escuchamos los portentosos acordes de la Marcha Nupcial de Mendelssohn desde el salón de baile de abajo.

—¡Imagínate casarte con alguien con este calor! —exclamó Jordan consternada.

—Aun así, me casé a mediados de junio —recordó Daisy—. ¡Louisville en junio! Alguien se desmayó. ¿Quién se desmayó, Tom?

—Biloxi —contestó él brevemente.

—Un hombre llamado Biloxi. «Blocks» Biloxi, y hacía cajas, eso sí es cierto, y era de Biloxi, Tennessee.

—Lo llevaron a mi casa —añadió Jordan—, porque vivíamos a dos pasos de la iglesia. Y se quedó tres semanas, hasta que papá le dijo

weeks, until Daddy told him he had to get out. The day after he left Daddy died." After a moment she added. "There wasn't any connection."

"I used to know a Bill Biloxi from Memphis," I remarked.

"That was his cousin. I knew his whole family history before he left. He gave me an aluminium putter that I use today."

The music had died down as the ceremony began and now a long cheer floated in at the window, followed by intermittent cries of "Yea—ea—ea!" and finally by a burst of jazz as the dancing began.

"We're getting old," said Daisy. "If we were young we'd rise and dance."

"Remember Biloxi," Jordan warned her. "Where'd you know him, Tom?"

"Biloxi?" He concentrated with an effort. "I didn't know him. He was a friend of Daisy's."

"He was not," she denied. "I'd never seen him before. He came down in the private car."

"Well, he said he knew you. He said he was raised in Louisville. Asa Bird brought him around at the last minute and asked if we had room for him."

Jordan smiled.

"He was probably bumming his way home. He told me he was president of your class at Yale."

Tom and I looked at each other blankly.

"Bilo*xi?*"

"First place, we didn't have any president—"

que tenía que irse. Al día siguiente de irse, papá murió. —Después de un momento añadió—: No hay ninguna conexión entre los dos hechos.

—Yo conocía a un Bill Biloxi de Memphis —comenté.

—Era su primo. Conocí toda su historia familiar antes de que se fuera. Me regaló un *putter* de aluminio que todavía uso.

La música se había apagado al comenzar la ceremonia y ahora una larga ovación llegaba flotando desde la ventana, seguida de gritos intermitentes diciendo «¡Sí, sí, sí!» y, finalmente, de un estallido de música de jazz cuando comenzó el baile.

—Nos estamos haciendo viejos —dijo Daisy—. Si fuéramos jóvenes nos pondríamos de pie y bailaríamos.

—Acuérdense de Biloxi —le advirtió Jordan—. ¿Dónde lo conociste, Tom?

—¿Biloxi? —Se concentró con esfuerzo—. Yo no lo conocía. Era un amigo de Daisy.

—No lo era —negó ella—. Nunca lo había visto. Bajó en uno de los vagones alquilados.

—Bueno, dijo que te conocía. Dijo que se había criado en Louisville. Asa Bird le trajo a último momento y preguntó si teníamos sitio para él.

Jordan sonrió.

—Probablemente estaba recorriendo el camino de vuelta a casa. Me dijo que fue presidente de la clase de ustedes en Yale.

Tom y yo nos miramos sin comprender.

—¿Bilo*xi?*

—En primer lugar, no teníamos ningún presidente...

Gatsby's foot beat a short, restless tattoo and Tom eyed him suddenly.

"By the way, Mr. Gatsby, I understand you're an Oxford man."

"Not exactly."

"Oh, yes, I understand you went to Oxford."

"Yes—I went there."

A pause. Then Tom's voice, incredulous and insulting:

"You must have gone there about the time Biloxi went to New Haven."

Another pause. A waiter knocked and came in with crushed mint and ice but the silence was unbroken by his "thank you" and the soft closing of the door. This tremendous detail was to be cleared up at last.

"I told you I went there," said Gatsby.

"I heard you, but I'd like to know when."

"It was in nineteen-nineteen, I only stayed five months. That's why I can't really call myself an Oxford man."

Tom glanced around to see if we mirrored his unbelief. But we were all looking at Gatsby.

"It was an opportunity they gave to some of the officers after the armistice," he continued. "We could go to any of the universities in England or France."

I wanted to get up and slap him on the back. I had one of those renewals of complete faith in him that I'd experienced before.

Daisy rose, smiling faintly, and went to the table.

El pie de Gatsby golpeaba el suelo inquieto y Tom lo miró de repente.

—Por cierto, señor Gatsby, tengo entendido que usted fue a Oxford.

—No exactamente.

—Oh, sí, tengo entendido que estudió en Oxford.

—Sí... fui allí.

Una pausa. Luego la voz de Tom, incrédula e insultante:

—Debes haber ido allí más o menos cuando Biloxi fue a New Haven.

Otra pausa. Un camarero llamó a la puerta y entró con menta triturada y hielo, pero el silencio no se vio interrumpido por su «gracias» y el suave cierre de la puerta. Este tremendo detalle iba a ser aclarado por fin.

—Te dije que había ido allí —dijo Gatsby.

—Te he oído, pero me gustaría saber cuándo.

—Fue en mil novecientos diecinueve, solo estuve cinco meses. Por eso no puedo llamarme realmente un alumno de Oxford.

Tom miró a su alrededor para ver si reflejábamos su incredulidad. Pero todos estábamos mirando a Gatsby.

—Fue una oportunidad que dieron a algunos oficiales después del armisticio —continuó—. Podíamos ir a cualquier universidad de Inglaterra o Francia.

Quería levantarme y darle una palmada en la espalda. Tuve una de esas sensaciones renovadas de fe completa en él que había experimentado antes.

Daisy se levantó, sonriendo débilmente, y se dirigió a la mesa.

"Open the whisky, Tom," she ordered, "and I'll make you a mint julep. Then you won't seem so stupid to yourself... Look at the mint!"

"Wait a minute," snapped Tom, "I want to ask Mr. Gatsby one more question."

"Go on," Gatsby said politely.

"What kind of a row are you trying to cause in my house anyhow?"

They were out in the open at last and Gatsby was content.

"He isn't causing a row," Daisy looked desperately from one to the other. "You're causing a row. Please have a little self-control."

"Self-control!" repeated Tom incredulously. "I suppose the latest thing is to sit back and let Mr. Nobody from Nowhere make love to your wife. Well, if that's the idea you can count me out... Nowadays people begin by sneering at family life and family institutions, and next they'll throw everything overboard and have intermarriage between black and white."

Flushed with his impassioned gibberish, he saw himself standing alone on the last barrier of civilization.

"We're all white here," murmured Jordan.

"I know I'm not very popular. I don't give big parties. I suppose you've got to make your house into a pigsty in order to have any friends—in the modern world."

Angry as I was, as we all were, I was tempted to laugh whenever he opened his mouth. The transition from libertine to prig was so complete.

"I've got something to tell *you*, old sport—" began Gatsby. But Daisy guessed at his intention.

—Abre el *whisky* —ordenó ella—, y te haré un julepe de menta. Así no te sentirás tan estúpido... ¡Mira la menta!

—Espera un momento —espetó Tom—, quiero hacerle una pregunta más al señor Gatsby.

—Adelante —dijo Gatsby amablemente.

—¿Qué clase de escándalo estás tratando de causar en mi casa, de todos modos?

Por fin estaban al descubierto y Gatsby estaba feliz.

—No está causando un escándalo. —Daisy miró desesperadamente de uno a otro—. Tú estás provocando un escándalo. Por favor, contrólate un poco.

—¡Que me controle! —repitió Tom con incredulidad—. Supongo que la última moda es sentarse y dejar que el señor Nadie de Ninguna Parte le haga el amor a tu mujer. Bueno, si esa es la idea, no cuenten conmigo... Hoy en día la gente empieza por despreciar la vida familiar y las instituciones familiares y al día siguiente tiran todo por la borda y tienen matrimonios entre blancos y negros.

Sonrojado por su apasionado galimatías, se vio solo defendiendo la última barrera de la civilización.

—Aquí todos somos blancos —murmuró Jordan.

—Sé que no soy muy popular. No doy grandes fiestas. Supongo que tienes que convertir tu casa en una pocilga para tener amigos... en el mundo moderno.

Enfadado como estaba, como todos lo estábamos, yo tenía la tentación de reír cada vez que él abría la boca. La transición de libertino a mojigato era tan completa.

—Tengo algo que *decirte,* viejo amigo... —comenzó a decir Gatsby. Pero Daisy adivinó su intención.

"Please don't!" she interrupted helplessly. "Please let's all go home. Why don't we all go home?"

"That's a good idea," I got up. "Come on, Tom. Nobody wants a drink."

"I want to know what Mr. Gatsby has to tell me."

"Your wife doesn't love you," said Gatsby. "She's never loved you. She loves me."

"You must be crazy!" exclaimed Tom automatically.

Gatsby sprang to his feet, vivid with excitement.

"She never loved you, do you hear?" he cried. "She only married you because I was poor and she was tired of waiting for me. It was a terrible mistake, but in her heart she never loved anyone except me!"

At this point Jordan and I tried to go, but Tom and Gatsby insisted with competitive firmness that we remain—as though neither of them had anything to conceal and it would be a privilege to partake vicariously of their emotions.

"Sit down, Daisy," Tom's voice groped unsuccessfully for the paternal note. "What's been going on? I want to hear all about it."

"I told you what's been going on," said Gatsby. "Going on for five years—and you didn't know."

Tom turned to Daisy sharply.

"You've been seeing this fellow for five years?"

"Not seeing," said Gatsby. "No, we couldn't meet. But both of us loved each other all that time, old sport, and you didn't know. I used to laugh sometimes"—but there was no laughter in his eyes—"to think that you didn't know."

—¡Por favor, no! —interrumpió impotente—. Por favor, vayamos todos a casa. ¿Por qué no nos vamos todos a casa?

—Es una buena idea —me levanté—. Vamos, Tom. Nadie quiere un trago.

—Quiero saber qué tiene para decirme el señor Gatsby.

—Tu mujer no te ama —dijo Gatsby—. Ella nunca te ha amado. Me ama a mí.

—¡Debes estar loco! —exclamó Tom automáticamente.

Gatsby se puso en pie de un salto, vivo de excitación.

—Ella nunca te amó, ¿oíste? —gritó—. Solo se casó contigo porque yo era pobre y ella estaba cansada de esperarme. Fue un terrible error, pero en su corazón nunca amó a nadie más que a mí.

En ese momento Jordan y yo intentamos irnos, pero Tom y Gatsby insistieron, cada uno con más firmeza, que nos quedáramos... como si ninguno de ellos tuviera nada que ocultar y fuera un privilegio participar indirectamente de sus emociones.

—Siéntate, Daisy. —La voz de Tom buscó infructuosamente la nota paternal—. ¿Qué ha pasado? Quiero oírlo todo.

—Ya te he dicho lo que ha pasado —dijo Gatsby—. Desde hace cinco años, y tú ni lo sabías.

Tom se volvió hacia Daisy bruscamente.

—¿Has estado viendo a este tipo durante cinco años?

—No nos veíamos —dijo Gatsby—. No, no podíamos vernos. Pero los dos nos hemos querido todo ese tiempo, viejo amigo, y tú no lo sabías. A veces me reía —pero no había risa en sus ojos— al pensar que no lo sabías.

"Oh—that's all." Tom tapped his thick fingers together like a clergyman and leaned back in his chair.

"You're crazy!" he exploded. "I can't speak about what happened five years ago, because I didn't know Daisy then—and I'll be damned if I see how you got within a mile of her unless you brought the groceries to the back door. But all the rest of that's a God damned lie. Daisy loved me when she married me and she loves me now."

"No," said Gatsby, shaking his head.

"She does, though. The trouble is that sometimes she gets foolish ideas in her head and doesn't know what she's doing." He nodded sagely. "And what's more, I love Daisy too. Once in a while I go off on a spree and make a fool of myself, but I always come back, and in my heart I love her all the time."

"You're revolting," said Daisy. She turned to me, and her voice, dropping an octave lower, filled the room with thrilling scorn: "Do you know why we left Chicago? I'm surprised that they didn't treat you to the story of that little spree."

Gatsby walked over and stood beside her.

"Daisy, that's all over now," he said earnestly. "It doesn't matter any more. Just tell him the truth—that you never loved him—and it's all wiped out forever."

She looked at him blindly. "Why—how could I love him—possibly?"

"You never loved him."

She hesitated. Her eyes fell on Jordan and me with a sort of appeal, as though she realized at last what she was doing—and as though she had never, all along, intended doing anything at all. But it was done now. It was too late.

—Oh... eso es todo. —Tom golpeó sus gruesos dedos como un sacerdote y se recostó en su silla.

—¡Estás loco! —explotó—. No puedo hablar de lo que pasó hace cinco años, porque no conocía a Daisy entonces... y que me maten si veo cómo te acercaste a ella a menos que entraras por la puerta de atrás haciendo los mandados. Pero todo lo demás es una maldita mentira. Daisy me amaba cuando se casó conmigo y me sigue amando.

—No —dijo Gatsby, sacudiendo la cabeza.

—Sin embargo, es así. El problema es que a veces se le meten ideas tontas en la cabeza y no sabe lo que hace. —Asintió sabiamente—. Y lo que es más, yo también amo a Daisy. De vez en cuando me voy de juerga y hago el ridículo, pero siempre vuelvo, y en mi corazón siempre la amo.

—Eres repugnante —dijo Daisy. Se volvió hacia mí, y su voz, bajando una octava, llenó la habitación de emocionante desprecio—. ¿Sabes por qué dejamos Chicago? Me sorprende que no te hayan contado la historia de esa pequeña juerga.

Gatsby se acercó y se puso a su lado.

—Daisy, todo ha terminado —dijo con seriedad—. Ya no importa. Solo tienes que decirle la verdad, que nunca le has amado, y todo se borrará para siempre.

Ella lo miró ciegamente.

—¡Vaya! ¿Cómo podría... amarlo... cómo sería posible?

—Nunca lo amaste.

Ella dudó. Sus ojos se posaron en Jordan y en mí con una especie de súplica, como si por fin se diera cuenta de lo que estaba haciendo, y como si nunca hubiera tenido la intención de hacer nada en absoluto. Pero ya estaba hecho. Era demasiado tarde.

"I never loved him," she said, with perceptible reluctance.

"Not at Kapiolani?" demanded Tom suddenly.

"No."

From the ballroom beneath, muffled and suffocating chords were drifting up on hot waves of air.

"Not that day I carried you down from the Punch Bowl to keep your shoes dry?" There was a husky tenderness in his tone... "Daisy?"

"Please don't." Her voice was cold, but the rancour was gone from it. She looked at Gatsby. "There, Jay," she said—but her hand as she tried to light a cigarette was trembling. Suddenly she threw the cigarette and the burning match on the carpet.

"Oh, you want too much!" she cried to Gatsby. "I love you now—isn't that enough? I can't help what's past." She began to sob helplessly. "I did love him once—but I loved you too."

Gatsby's eyes opened and closed.

"You loved me *too?*" he repeated.

"Even that's a lie," said Tom savagely. "She didn't know you were alive. Why—there's things between Daisy and me that you'll never know, things that neither of us can ever forget."

The words seemed to bite physically into Gatsby.

"I want to speak to Daisy alone," he insisted. "She's all excited

—Nunca lo he amado —dijo ella, con perceptible reticencia.

—¿Ni siquiera en Kapiolani? —preguntó Tom de repente.

—No.

Desde el salón de baile de abajo, unos acordes apagados y asfixiantes subían en ondas de aire caliente.

—¿Ni siquiera aquel día que te alcé en brazos del Punch Bowl para mantener tus zapatos secos? —Había una ternura ronca en su tono cuando dijo—: ¿Daisy?

—Por favor, no.

Su voz era fría, pero el rencor había desaparecido de ella. Miró a Gatsby.

—Ya está, Jay —dijo... pero su mano, al intentar encender un cigarrillo, temblaba.

De repente tiró el cigarrillo y la cerilla cayó encendida a la alfombra.

—¡Oh, quieres demasiado! —le gritó ella a Gatsby—. Ahora te amo, ¿no es suficiente? No puedo evitar lo que ha pasado. —Comenzó a sollozar sin poder evitarlo—. Lo amé una vez... pero también te amé a ti.

Los ojos de Gatsby se abrieron y se cerraron.

—¿También me *amaste?* —repitió.

—Incluso eso es una mentira —dijo Tom salvajemente—. Ella no sabía que estabas vivo. Hay cosas entre Daisy y yo que nunca sabrás, cosas que ninguno de los dos podrá olvidar.

Las palabras parecían morder físicamente a Gatsby.

—Quiero hablar con Daisy a solas —insistió él—. Ahora está muy

now—"

"Even alone I can't say I never loved Tom," she admitted in a pitiful voice. "It wouldn't be true."

"Of course it wouldn't," agreed Tom.

She turned to her husband.

"As if it mattered to you," she said.

"Of course it matters. I'm going to take better care of you from now on."

"You don't understand," said Gatsby, with a touch of panic. "You're not going to take care of her any more."

"I'm not?" Tom opened his eyes wide and laughed. He could afford to control himself now. "Why's that?"

"Daisy's leaving you."

"Nonsense."

"I am, though," she said with a visible effort.

"She's not leaving me!" Tom's words suddenly leaned down over Gatsby. "Certainly not for a common swindler who'd have to steal the ring he put on her finger."

"I won't stand this!" cried Daisy. "Oh, please let's get out."

"Who are you, anyhow?" broke out Tom. "You're one of that bunch that hangs around with Meyer Wolfshiem—that much I happen to know. I've made a little investigation into your affairs— and I'll carry it further tomorrow."

"You can suit yourself about that, old sport," said Gatsby steadily.

excitada...

—Incluso a solas no puedo decir que nunca amé a Tom —admitió ella con voz lastimera—. No sería cierto.

—Por supuesto que no lo sería —coincidió Tom.

Ella se volvió hacia su marido.

—Como si te importara —dijo ella.

—Claro que importa. Voy a cuidar mejor de ti a partir de ahora.

—No lo entiendes —dijo Gatsby, con un toque de pánico—. Ya no vas a cuidar de ella.

—¿No lo voy a hacer? —Tom abrió mucho los ojos y se rio. Ahora podía permitirse el lujo de controlarse—. ¿Por qué?

—Daisy te va a dejar.

—Tonterías.

—Sin embargo, es sí —dijo ella con un visible esfuerzo.

—¡No me va a dejar! —Las palabras de Tom llovieron repentinamente sobre Gatsby—. Sin duda no por un vulgar estafador que tendría que robar el anillo que le ponga en el dedo.

—¡No soportaré esto! —gritó Daisy—. Oh, por favor, salgamos.

—¿Quién eres tú, de todos modos? —estalló Tom—. Eres uno de los que andan con Meyer Wolfshiem... eso sí lo sé. He hecho una pequeña investigación sobre tus asuntos y mañana continuaré con ella.

—Puedes hacer lo que quieras al respecto, viejo amigo —dijo Gatsby con firmeza.

"I found out what your 'drugstores' were." He turned to us and spoke rapidly. "He and this Wolfshiem bought up a lot of side-street drugstores here and in Chicago and sold grain alcohol over the counter. That's one of his little stunts. I picked him for a boot-legger the first time I saw him, and I wasn't far wrong."

"What about it?" said Gatsby politely. "I guess your friend Walter Chase wasn't too proud to come in on it."

"And you left him in the lurch, didn't you? You let him go to jail for a month over in New Jersey. God! You ought to hear Walter on the subject of *you.*"

"He came to us dead broke. He was very glad to pick up some money, old sport."

"Don't you call me 'old sport'!" cried Tom. Gatsby said nothing. "Walter could have you up on the betting laws too, but Wolfshiem scared him into shutting his mouth."

That unfamiliar yet recognizable look was back again in Gatsby's face.

"That drugstore business was just small change," continued Tom slowly, "but you've got something on now that Walter's afraid to tell me about."

I glanced at Daisy, who was staring terrified between Gatsby and her husband, and at Jordan, who had begun to balance an invisible but absorbing object on the tip of her chin. Then I turned back to Gatsby—and was startled at his expression. He looked—and this is said in all contempt for the babbled slander of his garden—as if he had "killed a man." For a moment the set of his face could be described in just that fantastic way.

It passed, and he began to talk excitedly to Daisy, denying everything, defending his name against accusations that had not been made. But with every word she was drawing further and further into herself, so he gave that up, and only the dead dream

—Descubrí lo que eran tus «boticas». —Se volvió hacia nosotros y habló rápidamente—. Él y este Wolfshiem compraron un montón de boticas en callejuelas aquí y en Chicago y vendieron licor de contrabando en el mostrador. Esa es una de sus pequeñas maniobras. Lo tomé por un contrabandista de alcohol la primera vez que lo vi, y no me equivoqué mucho.

—¿Y qué? —dijo Gatsby amablemente—. Supongo que Walter Chase, tu amigo, no fue tan orgulloso como para no participar en eso.

—Y lo dejaste en la estacada, ¿no? Lo dejaste ir a la cárcel por un mes en Nueva Jersey. ¡Dios! Deberías escuchar a Walter hablar de *ti*.

—Vino a nosotros sin un centavo. Se alegró mucho de conseguir algo de dinero, viejo amigo.

—¡No me llames «viejo amigo»! —gritó Tom. Gatsby no dijo nada—. Walter también podría haberte agarrado con el asunto de las apuestas, pero Wolfshiem lo asustó para que cerrara la boca.

Esa mirada tan diferente pero reconocible volvió a aparecer en el rostro de Gatsby.

—Ese asunto de las boticas era solo unas moneditas —continuó Tom lentamente—, pero ahora tienes algo que Walter tiene miedo de contarme.

Miré a Daisy, que clavaba sus ojos, aterrada, pasando de Gatsby a su marido, y a Jordan, que había empezado a balancear un objeto invisible pero absorbente en la punta de la barbilla. Luego me volví hacia Gatsby... y me sorprendió su expresión. Parecía —y esto lo digo con todo el desprecio que tengo por las balbuceantes calumnias de su jardín— como si hubiera «matado a alguien». Por un momento la expresión de su rostro podía describirse de esa fantástica manera.

Pasó, y él comenzó a hablar animadamente con Daisy, negando todo, defendiendo su nombre contra acusaciones que no se habían hecho. Pero con cada palabra ella se replegaba más y más en sí misma, así que él renunció a eso, y solo el sueño muerto siguió luchando

fought on as the afternoon slipped away, trying to touch what was no longer tangible, struggling unhappily, undespairingly, toward that lost voice across the room.

The voice begged again to go.

*"Please,* Tom! I can't stand this any more."

Her frightened eyes told that whatever intentions, whatever courage she had had, were definitely gone.

"You two start on home, Daisy," said Tom. "In Mr. Gatsby's car."

She looked at Tom, alarmed now, but he insisted with magnanimous scorn.

"Go on. He won't annoy you. I think he realizes that his presumptuous little flirtation is over."

They were gone, without a word, snapped out, made accidental, isolated, like ghosts, even from our pity.

After a moment Tom got up and began wrapping the unopened bottle of whisky in the towel.

"Want any of this stuff? Jordan?... Nick?"

I didn't answer.

"Nick?" He asked again.

"What?"

"Want any?"

"No... I just remembered that today's my birthday."

I was thirty. Before me stretched the portentous, menacing road of a new decade.

mientras la tarde se deslizaba, tratando de tocar lo que ya no era tangible, luchando infelizmente, sin desesperación, dirigido a esa voz perdida al otro lado de la habitación.

La voz suplicó de nuevo que nos fuéramos.

—*¡Por favor,* Tom! Ya no lo soporto más.

Sus ojos asustados decían que cualquier intención, cualquier valor que hubiera tenido, había desaparecido definitivamente.

—Ustedes dos empiecen a ir a casa, Daisy —dijo Tom—. En el coche del señor Gatsby.

Ella miró a Tom, alarmada ahora, pero él insistió con magnánimo desprecio.

—Vete. No te molestará. Creo que se da cuenta de que su presuntuoso coqueteo ha terminado.

Se fueron, sin decir una palabra, arrebatados, accidentados, aislados, como fantasmas, incluso de nuestra piedad.

Después de un momento Tom se levantó y comenzó a envolver en la toalla la botella de *whisky* sin abrir.

—¿Quieren un poco de esto? ¿Jordan...? ¿Nick?

No respondí.

—¿Nick? —Volvió a preguntar.

—¿Qué?

—¿Quieres un poco?

—No... Acabo de recordar que hoy es mi cumpleaños.

Tenía treinta años. Ante mí se extendía el camino portentoso y amenazante de una nueva década.

It was seven o'clock when we got into the coupé with him and started for Long Island. Tom talked incessantly, exulting and laughing, but his voice was as remote from Jordan and me as the foreign clamour on the sidewalk or the tumult of the elevated overhead. Human sympathy has its limits, and we were content to let all their tragic arguments fade with the city lights behind. Thirty—the promise of a decade of loneliness, a thinning list of single men to know, a thinning briefcase of enthusiasm, thinning hair. But there was Jordan beside me, who, unlike Daisy, was too wise ever to carry well-forgotten dreams from age to age. As we passed over the dark bridge her wan face fell lazily against my coat's shoulder and the formidable stroke of thirty died away with the reassuring pressure of her hand.

So we drove on toward death through the cooling twilight.

***

The young Greek, Michaelis, who ran the coffee joint beside the ash-heaps was the principal witness at the inquest. He had slept through the heat until after five, when he strolled over to the garage, and found George Wilson sick in his office—really sick, pale as his own pale hair and shaking all over. Michaelis advised him to go to bed, but Wilson refused, saying that he'd miss a lot of business if he did. While his neighbour was trying to persuade him a violent racket broke out overhead.

"I've got my wife locked in up there," explained Wilson calmly. "She's going to stay there till the day after tomorrow, and then we're going to move away."

Michaelis was astonished; they had been neighbours for four years, and Wilson had never seemed faintly capable of such a statement. Generally he was one of these worn-out men: when he wasn't working, he sat on a chair in the doorway and stared at the people and the cars that passed along the road. When anyone spoke to him he invariably laughed in an agreeable, colourless way. He was his wife's man and not his own.

Eran las siete cuando subimos al cupé con él y partimos hacia Long Island. Tom hablaba sin cesar, exultante y risueño, pero su voz estaba tan alejada de Jordan y de mí como el clamor extranjero en la acera o el tumulto del tren elevado. La simpatía humana tiene sus límites, y nos contentamos con dejar que todas sus trágicas discusiones se desvanecieran, con las luces de la ciudad detrás. Treinta años: la promesa de una década de soledad, una lista cada vez más escasa de hombres solteros que conocer, un maletín cada vez más escaso de entusiasmo, un pelo cada vez más escaso. Pero allí estaba Jordan a mi lado, que, a diferencia de Daisy, era demasiado sabia como para cargar con sueños bien olvidados de una edad a otra. Cuando pasamos por el oscuro puente, su rostro pálido se posó perezosamente sobre el hombro de mi abrigo y el formidable golpe de los treinta se fue calmando con la tranquilizadora presión de su mano.

Así nos dirigimos hacia la muerte a través del fresco crepúsculo.

***

Michaelis, el joven griego que manejaba la cafetería junto a los montones de cenizas, fue el principal testigo de la investigación. Había dormido con el calor hasta pasadas las cinco, cuando se acercó al garaje y encontró a George Wilson enfermo en su despacho, realmente enfermo, pálido como su propio pelo pálido y temblando sin parar. Michaelis le aconsejó que se fuera a la cama, pero Wilson se negó, diciendo que perdería dinero en el negocio si lo hacía. Mientras su vecino intentaba persuadirle, se escuchó un violento alboroto en el techo.

—Tengo a mi mujer encerrada allí arriba —explicó Wilson con calma—. Se va a quedar allí hasta pasado mañana, y luego nos iremos.

Michaelis se quedó asombrado; habían sido vecinos durante cuatro años y Wilson nunca había parecido ni remotamente capaz de semejante declaración. Por lo general, era uno de esos hombres agotados: cuando no estaba trabajando, se sentaba en una silla en la entrada y miraba a la gente y a los coches que pasaban por la calle. Cuando alguien le hablaba, se reía invariablemente de forma agradable e incolora. Él era el hombre de su mujer, no de sí mismo.

So naturally Michaelis tried to find out what had happened, but Wilson wouldn't say a word—instead he began to throw curious, suspicious glances at his visitor and ask him what he'd been doing at certain times on certain days. Just as the latter was getting uneasy, some workmen came past the door bound for his restaurant, and Michaelis took the opportunity to get away, intending to come back later. But he didn't. He supposed he forgot to, that's all. When he came outside again, a little after seven, he was reminded of the conversation because he heard Mrs. Wilson's voice, loud and scolding, downstairs in the garage.

"Beat me!" he heard her cry. "Throw me down and beat me, you dirty little coward!"

A moment later she rushed out into the dusk, waving her hands and shouting—before he could move from his door the business was over.

The "death car" as the newspapers called it, didn't stop; it came out of the gathering darkness, wavered tragically for a moment, and then disappeared around the next bend. Mavro Michaelis wasn't even sure of its colour—he told the first policeman that it was light green. The other car, the one going toward New York, came to rest a hundred yards beyond, and its driver hurried back to where Myrtle Wilson, her life violently extinguished, knelt in the road and mingled her thick dark blood with the dust.

Michaelis and this man reached her first, but when they had torn open her shirtwaist, still damp with perspiration, they saw that her left breast was swinging loose like a flap, and there was no need to listen for the heart beneath. The mouth was wide open and ripped a little at the corners, as though she had choked a little in giving up the tremendous vitality she had stored so long.

***

We saw the three or four automobiles and the crowd when we were still some distance away.

Naturalmente, Michaelis trató de averiguar lo que había sucedido, pero Wilson no dijo ni una palabra... sino que empezó a lanzar miradas curiosas y sospechosas a su visitante y a preguntarle qué había estado haciendo a ciertas horas en ciertos días. En el momento en que este se inquietaba, pasaron por la puerta unos obreros que se dirigían a su restaurante y Michaelis aprovechó para alejarse, con la intención de volver más tarde. Pero no lo hizo. Supuso que se había olvidado, eso es todo. Cuando volvió a salir, un poco después de las siete, se acordó de la conversación porque oyó la voz de la señora Wilson, fuerte y regañona, abajo, en el garaje.

—¡Golpéame! —la oyó gritar—. ¡Tírame al suelo y pégame, cobarde asqueroso!

Un momento después, ella se precipitó en el crepúsculo, agitando las manos y gritando; antes de que él pudiera moverse de su puerta, el asunto había terminado.

El «coche de la muerte», como lo llamaban los periódicos, no se detuvo; salió de la creciente oscuridad, vaciló trágicamente por un momento y luego desapareció en la siguiente curva. Mavro Michaelis ni siquiera estaba seguro de su color: le dijo al primer policía que era verde claro. El otro coche, el que iba en dirección a Nueva York, se detuvo un centenar de metros más allá, y su conductor se apresuró a volver al lugar donde Myrtle Wilson, con su vida violentamente extinta, se arrodillaba en la carretera y mezclaba su espesa sangre oscura con el polvo.

Michaelis y este hombre llegaron primero a ella, pero cuando le abrieron la cintura de la camisa, todavía húmeda de sudor, vieron que el pecho izquierdo se balanceaba suelto como un colgajo, y no hubo necesidad de escuchar el corazón que había debajo. La boca estaba muy abierta y se rasgaba un poco en las comisuras, como si se hubiera atragantado un poco al entregar la tremenda vitalidad que había almacenado durante tanto tiempo.

***

Vimos los tres o cuatro automóviles y la multitud cuando aún estábamos a cierta distancia.

"Wreck!" said Tom. "That's good. Wilson'll have a little business at last."

He slowed down, but still without any intention of stopping, until, as we came nearer, the hushed, intent faces of the people at the garage door made him automatically put on the brakes.

"We'll take a look," he said doubtfully, "just a look."

I became aware now of a hollow, wailing sound which issued incessantly from the garage, a sound which as we got out of the coupé and walked toward the door resolved itself into the words "Oh, my God!" uttered over and over in a gasping moan.

"There's some bad trouble here," said Tom excitedly.

He reached up on tiptoes and peered over a circle of heads into the garage, which was lit only by a yellow light in a swinging metal basket overhead. Then he made a harsh sound in his throat, and with a violent thrusting movement of his powerful arms pushed his way through.

The circle closed up again with a running murmur of expostulation; it was a minute before I could see anything at all. Then new arrivals deranged the line, and Jordan and I were pushed suddenly inside.

Myrtle Wilson's body, wrapped in a blanket, and then in another blanket, as though she suffered from a chill in the hot night, lay on a worktable by the wall, and Tom, with his back to us, was bending over it, motionless. Next to him stood a motorcycle policeman taking down names with much sweat and correction in a little book. At first I couldn't find the source of the high, groaning words that echoed clamorously through the bare garage—then I saw Wilson standing on the raised threshold of his office, swaying back and forth and holding to the doorposts with both hands. Some man was talking to him in a low voice and attempting, from time to time, to lay a hand on his shoulder, but Wilson neither heard nor saw. His eyes would drop slowly from the swinging light to the laden table by the wall, and then jerk back to the light again,

—Un accidente —dijo Tom—. Eso es bueno. Wilson tendrá por fin un poco de trabajo.

Aminoró la marcha, pero todavía sin intención de detenerse, hasta que, al acercarnos, los rostros callados y concentrados de la gente en la puerta del garaje le hicieron pisar automáticamente el freno.

—Vamos a echar un vistazo —dijo dubitativo—, solo un vistazo.

Ahora me di cuenta de un sonido sordo y ululante que venía incesantemente del garaje, un sonido que cuando salimos del cupé y nos dirigimos a la puerta se convirtió en las palabras «¡Oh, Dios mío!», pronunciadas una y otra vez en un estertor jadeante.

—Hay un problema grave aquí —dijo Tom con entusiasmo.

Se puso de puntillas y miró por encima de un círculo de cabezas hacia el garaje, que solo estaba iluminado por una luz amarilla en un cesto metálico oscilante en lo alto. Luego emitió un sonido áspero en su garganta y, con un violento movimiento de empuje de sus poderosos brazos, se abrió paso.

El círculo se cerró de nuevo con un murmullo de protesta; pasó un minuto antes de que yo pudiera ver algo. Entonces, la llegada de nuevas personas desordenó la fila, y Jordan y yo fuimos empujados repentinamente hacia el interior.

El cuerpo de Myrtle Wilson, envuelto en una manta y luego en otra, como si tuviera frío en la calurosa noche, yacía en una mesa de trabajo junto a la pared, y Tom, de espaldas a nosotros, estaba inclinado sobre ella, inmóvil. A su lado había un policía motorizado que anotaba los nombres con mucho sudor y corrección en un pequeño libro. Al principio no pude encontrar el origen de las palabras y los gemidos que resonaban clamorosamente por el garaje desnudo; entonces vi a Wilson de pie en el umbral de su despacho, sobre el único escalón, balanceándose de un lado a otro y agarrándose a los postes de la puerta con ambas manos. Alguien le hablaba en voz baja e intentaba, de vez en cuando, ponerle la mano en el hombro, pero Wilson ni oía ni veía. Sus ojos bajaban lentamente de la luz oscilante a la mesa y su carga junto a la pared, y luego volvían a la luz de nuevo,

and he gave out incessantly his high, horrible call:

"Oh, my Ga-od! Oh, my Ga-od! Oh, Ga-od! Oh, my Ga-od!"

Presently Tom lifted his head with a jerk and, after staring around the garage with glazed eyes, addressed a mumbled incoherent remark to the policeman.

"*M-a-v—*" the policeman was saying, "*—o—*"

"No, *r—*" corrected the man, "*M-a-v-r-o—*"

"Listen to me!" muttered Tom fiercely.

"*r—*" said the policeman, "*o—*"

"*g—*"

"*g—*" He looked up as Tom's broad hand fell sharply on his shoulder. "What you want, fella?"

"What happened?—that's what I want to know."

"Auto hit her. Ins'antly killed."

"Instantly killed," repeated Tom, staring.

"She ran out ina road. Son-of-a-bitch didn't even stopus car."

"There was two cars," said Michaelis, "one comin', one goin', see?"

"Going where?" asked the policeman keenly.

"One goin' each way. Well, she"—his hand rose toward the blankets but stopped halfway and fell to his side—"she ran out there an' the one comin' from N'York knock right into her, goin' thirty or forty miles an hour."

y emitía incesantemente su llamado, agudo y horrible:

—¡Oh, mi Dios! ¡Oh, mi Dios! ¡Oh, Dios mío! Oh, mi Dios!

En ese momento, Tom levantó la cabeza con una sacudida y, después de mirar alrededor del garaje con ojos vidriosos, dirigió un comentario incoherente y entre dientes al policía.

—*M... a... v...* —decía el policía— *o...*

—No, *r...* —corrigió la otra persona— *M... a... v... r... o...*

—¡Escúchame! —murmuró Tom con fiereza.

—*r...* —decía el policía— *o...*

—*g...*

—*g...* —Levantó la vista cuando la ancha mano de Tom cayó bruscamente sobre su hombro—. ¿Qué quieres, amigo?

—¿Qué pasó? Eso es lo que quiero saber.

—El auto la chocó. Murió instantáneamente.

—Murió instantáneamente —repitió Tom, mirando fijamente.

—Ella salió corriendo a la carretera. El hijo de puta ni siquiera paró el coche.

—Había dos coches —dijo Michaelis—, uno que iba y otro que venía, ¿entiendes?

—¿Adónde iban? —preguntó el policía con interés.

—Uno iba en cada dirección. Bueno, ella... —su mano se levantó hacia las mantas, pero se detuvo a mitad de camino y cayó a su lado—, corrió hacia allá y el que venía de Nueva York la golpeó, iba a treinta o cuarenta millas por hora.

"What's the name of this place here?" demanded the officer.

"Hasn't got any name."

A pale well-dressed negro stepped near.

"It was a yellow car," he said, "big yellow car. New."

"See the accident?" asked the policeman.

"No, but the car passed me down the road, going faster'n forty. Going fifty, sixty."

"Come here and let's have your name. Look out now. I want to get his name."

Some words of this conversation must have reached Wilson, swaying in the office door, for suddenly a new theme found voice among his grasping cries:

"You don't have to tell me what kind of car it was! I know what kind of car it was!"

Watching Tom, I saw the wad of muscle back of his shoulder tighten under his coat. He walked quickly over to Wilson and, standing in front of him, seized him firmly by the upper arms.

"You've got to pull yourself together," he said with soothing gruffness.

Wilson's eyes fell upon Tom; he started up on his tiptoes and then would have collapsed to his knees had not Tom held him upright.

"Listen," said Tom, shaking him a little. "I just got here a minute ago, from New York. I was bringing you that coupé we've been talking about. That yellow car I was driving this afternoon wasn't mine—do you hear? I haven't seen it all afternoon."

—¿Cómo se llama este lugar? —preguntó el oficial.

—No tiene ningún nombre.

Un negro pálido y bien vestido se acercó.

—Era un coche amarillo —dijo—, un gran coche amarillo. Nuevo.

—¿Viste el accidente? —preguntó el policía.

—No, pero el coche me pasó por la carretera, yendo a más de sesenta. Iba a setenta y cinco, noventa.

—Ven aquí y danos tu nombre. Silencio. Quiero saber tu nombre.

Algunas palabras de esta conversación debieron llegar a Wilson, que se balanceaba en la puerta de la oficina, porque de repente un nuevo tema encontró voz entre sus gritos de agobio:

—¡No tienes que decirme qué tipo de coche era! Ya sé qué tipo de coche era.

Observando a Tom, vi que el fajo de músculos de su espalda se tensaba bajo el abrigo. Se acercó rápidamente a Wilson y, poniéndose frente a él, lo agarró con firmeza por la parte superior de los brazos.

—Tienes que recuperar la compostura —dijo con una brusquedad tranquilizadora.

Los ojos de Wilson se posaron sobre Tom; se puso de puntillas y luego habría caído de rodillas si Tom no lo hubiera sostenido.

—Escucha —dijo Tom, sacudiéndolo un poco—. Acabo de llegar aquí hace un minuto, desde Nueva York. Te traía ese cupé del que hemos estado hablando. El coche amarillo que conducía esta tarde no era el mío... ¿me oyes? No lo he visto en toda la tarde.

Only the negro and I were near enough to hear what he said, but the policeman caught something in the tone and looked over with truculent eyes.

"What's all that?" he demanded.

"I'm a friend of his." Tom turned his head but kept his hands firm on Wilson's body. "He says he knows the car that did it... It was a yellow car."

Some dim impulse moved the policeman to look suspiciously at Tom.

"And what colour's your car?"

"It's a blue car, a coupé."

"We've come straight from New York," I said.

Someone who had been driving a little behind us confirmed this, and the policeman turned away.

***

"Now, if you'll let me have that name again correct—"

Picking up Wilson like a doll, Tom carried him into the office, set him down in a chair, and came back.

"If somebody'll come here and sit with him," he snapped authoritatively. He watched while the two men standing closest glanced at each other and went unwillingly into the room. Then Tom shut the door on them and came down the single step, his eyes avoiding the table. As he passed close to me he whispered: "Let's get out."

Self-consciously, with his authoritative arms breaking the way, we pushed through the still gathering crowd, passing a hurried

Solo el negro y yo estábamos lo suficientemente cerca como para oír lo que decía, pero el policía captó algo en el tono y miró con ojos truculentos.

—¿Qué es todo eso? —preguntó.

—Soy un amigo suyo. —Tom giró la cabeza pero mantuvo sus manos firmes sobre el cuerpo de Wilson—. Dice que conoce el coche que lo hizo... Era un coche amarillo.

Algún tenue instinto guió al policía a mirar con suspicacia a Tom.

—¿Y de qué color es su coche?

—Es un coche azul, un cupé.

—Venimos directamente de Nueva York —dije.

Alguien que venía conduciendo un poco detrás de nosotros lo confirmó, y el policía se apartó.

***

—Ahora, si me permite tomar nota de ese nombre de nuevo, correctamente...

Levantando a Wilson como a un muñeco, Tom lo llevó a la oficina, lo dejó en una silla y regresó.

—Si alguien viene aquí y se sienta con él... —espetó con autoridad. Observó mientras los dos hombres que estaban más cerca se miraban entre sí y entraban de mala gana en la habitación. Entonces Tom cerró la puerta tras ellos y bajó el único escalón, evitando mirar hacia la mesa.

—Vámonos de aquí —susurró al pasar cerca de mí.

Un poco aturdidos, con sus brazos autoritarios haciendo camino, nos abrimos paso entre la multitud que aún se reunía, pasando por

doctor, case in hand, who had been sent for in wild hope half an hour ago.

Tom drove slowly until we were beyond the bend—then his foot came down hard, and the coupé raced along through the night. In a little while I heard a low husky sob, and saw that the tears were overflowing down his face.

"The God damned coward!" he whimpered. "He didn't even stop his car."

The Buchanans' house floated suddenly toward us through the dark rustling trees. Tom stopped beside the porch and looked up at the second floor, where two windows bloomed with light among the vines.

"Daisy's home," he said. As we got out of the car he glanced at me and frowned slightly.

"I ought to have dropped you in West Egg, Nick. There's nothing we can do tonight."

A change had come over him, and he spoke gravely, and with decision. As we walked across the moonlight gravel to the porch he disposed of the situation in a few brisk phrases.

"I'll telephone for a taxi to take you home, and while you're waiting you and Jordan better go in the kitchen and have them get you some supper—if you want any." He opened the door. "Come in."

"No, thanks. But I'd be glad if you'd order me the taxi. I'll wait outside."

Jordan put her hand on my arm.

"Won't you come in, Nick?"

"No, thanks."

delante de un médico apresurado, con un maletín en la mano, que había sido enviado a buscar, con una esperanza descabellada, hacía media hora.

Tom condujo despacio hasta que pasamos la curva; entonces pisó a fondo el acelerador y el cupé fue lanzado a través de la noche. Al poco rato oí un sollozo ronco y vi que las lágrimas se desbordaban por su rostro.

—¡El maldito cobarde! —gimió—. Ni siquiera detuvo su coche.

La casa de los Buchanan flotó de repente ante nosotros a través del rumor y la oscuridad de los árboles. Tom se detuvo junto al porche y miró hacia el segundo piso, donde dos ventanas se abrían con su luz entre las enredaderas.

—Daisy está en casa —dijo. Mientras bajábamos del coche me miró y frunció ligeramente el ceño.

—Debería haberte dejado en West Egg, Nick. No podemos hacer nada esta noche.

Se había producido un cambio en él y hablaba con seriedad y decisión. Mientras caminábamos por la grava a la luz de la luna hasta el porche, resolvió la situación con unas pocas frases enérgicas.

—Llamaré por teléfono a un taxi para que te lleve a casa, y mientras esperas será mejor que tú y Jordan vayan a la cocina para que les traigan algo de cenar... si es que quieren... —Abrió la puerta—. Entren.

—No, gracias. Pero te agradecería que me pidieras el taxi. Esperaré fuera.

Jordan me puso la mano en el brazo.

—¿No vas a entrar, Nick?

—No, gracias.

I was feeling a little sick and I wanted to be alone. But Jordan lingered for a moment more.

"It's only half-past nine," she said.

I'd be damned if I'd go in; I'd had enough of all of them for one day, and suddenly that included Jordan too. She must have seen something of this in my expression, for she turned abruptly away and ran up the porch steps into the house. I sat down for a few minutes with my head in my hands, until I heard the phone taken up inside and the butler's voice calling a taxi. Then I walked slowly down the drive away from the house, intending to wait by the gate.

I hadn't gone twenty yards when I heard my name and Gatsby stepped from between two bushes into the path. I must have felt pretty weird by that time, because I could think of nothing except the luminosity of his pink suit under the moon.

"What are you doing?" I inquired.

"Just standing here, old sport."

Somehow, that seemed a despicable occupation. For all I knew he was going to rob the house in a moment; I wouldn't have been surprised to see sinister faces, the faces of "Wolfshiem's people," behind him in the dark shrubbery.

"Did you see any trouble on the road?" he asked after a minute.

"Yes."

He hesitated.

"Was she killed?"

"Yes."

"I thought so; I told Daisy I thought so. It's better that the shock

Me sentía un poco mal y quería estar solo. Pero Jordan se quedó un momento más.

—Solo son las nueve y media —dijo.

Que me condenen si entro; ya había tenido suficiente de todos ellos ese día, y de repente eso incluía también a Jordan. Ella debió de ver algo de esto en mi expresión porque se dio la vuelta bruscamente y subió corriendo los escalones del porche hasta la casa. Me senté durante unos minutos con la cabeza entre las manos, hasta que oí que dentro cogían el teléfono y la voz del mayordomo llamaba a un taxi. Entonces bajé lentamente por el camino de la casa, con la intención de esperar junto a la puerta.

No había avanzado ni veinte metros cuando oí mi nombre y Gatsby salió de entre dos arbustos hacia el camino. Debía de sentirme muy raro en ese momento porque no podía pensar en nada más que en la luminosidad de su traje rosa bajo la luna.

—¿Qué estás haciendo? —pregunté.

—Solo estoy aquí, viejo amigo.

De alguna manera, eso parecía una ocupación despreciable. Por mi parte parecía que iba a robar la casa de un momento a otro; no me habría sorprendido ver rostros siniestros, los rostros de «la gente de Wolfshiem», detrás de él, en la oscuridad de los arbustos.

—¿Vieron algún problema en el camino? —preguntó después de un minuto.

—Sí.

Dudó.

—¿Está muerta?

—Sí.

—Eso pensé; le dije a Daisy que eso era lo que pensaba. Es mejor

should all come at once. She stood it pretty well."

He spoke as if Daisy's reaction was the only thing that mattered.

"I got to West Egg by a side road," he went on, "and left the car in my garage. I don't think anybody saw us, but of course I can't be sure."

I disliked him so much by this time that I didn't find it necessary to tell him he was wrong.

"Who was the woman?" he inquired.

"Her name was Wilson. Her husband owns the garage. How the devil did it happen?"

"Well, I tried to swing the wheel—" He broke off, and suddenly I guessed at the truth.

"Was Daisy driving?"

"Yes," he said after a moment, "but of course I'll say I was. You see, when we left New York she was very nervous and she thought it would steady her to drive—and this woman rushed out at us just as we were passing a car coming the other way. It all happened in a minute, but it seemed to me that she wanted to speak to us, thought we were somebody she knew. Well, first Daisy turned away from the woman toward the other car, and then she lost her nerve and turned back. The second my hand reached the wheel I felt the shock—it must have killed her instantly."

"It ripped her open—"

"Don't tell me, old sport." He winced. "Anyhow—Daisy stepped on it. I tried to make her stop, but she couldn't, so I pulled on the emergency brake. Then she fell over into my lap and I drove on.

que el golpe llegue de una sola vez. Ella lo soportó bastante bien.

Hablaba como si la reacción de Daisy fuera lo único que importaba.

—Llegué a West Egg por un camino lateral —continuó—, y dejé el coche en mi garaje. Creo que nadie nos vio, pero por supuesto no puedo estar seguro.

A estas alturas me caía tan mal que no me pareció necesario decirle que estaba equivocado.

—¿Quién era la mujer? —preguntó.

—Se llamaba Wilson. Su marido es el dueño del garaje. ¿Cómo diablos sucedió?

—Bueno, intenté girar el volante... —Se interrumpió, y de repente adiviné la verdad.

—¿Conducía Daisy?

—Sí —dijo después de un momento—, pero por supuesto diré que yo conducía. Verás, cuando salimos de Nueva York ella estaba muy nerviosa y pensó que la tranquilizaría conducir... y esta mujer se abalanzó sobre nosotros justo cuando pasábamos por delante de un coche que venía en sentido contrario. Todo sucedió en un minuto, pero me pareció que ella quería hablar con nosotros, pensó que éramos alguien que ella conocía. Bueno, primero Daisy se apartó de la mujer hacia el otro coche, y luego perdió los nervios y se volvió. En el momento en que mi mano alcanzó el volante, sentí el impacto... debió de matarla al instante.

—La abrió de par en par...

—No me lo digas, viejo amigo. —Hizo una mueca de dolor—. De todos modos, Daisy aceleró. Traté de convencerla que se detuviera, pero no podía, así que tiré del freno de emergencia. Entonces ella cayó en mi regazo y yo seguí conduciendo.

"She'll be all right tomorrow," he said presently. "I'm just going to wait here and see if he tries to bother her about that unpleasantness this afternoon. She's locked herself into her room, and if he tries any brutality she's going to turn the light out and on again."

"He won't touch her," I said. "He's not thinking about her."

"I don't trust him, old sport."

"How long are you going to wait?"

"All night, if necessary. Anyhow, till they all go to bed."

A new point of view occurred to me. Suppose Tom found out that Daisy had been driving. He might think he saw a connection in it—he might think anything. I looked at the house; there were two or three bright windows downstairs and the pink glow from Daisy's room on the ground floor.

"You wait here," I said. "I'll see if there's any sign of a commotion."

I walked back along the border of the lawn, traversed the gravel softly, and tiptoed up the veranda steps. The drawing-room curtains were open, and I saw that the room was empty. Crossing the porch where we had dined that June night three months before, I came to a small rectangle of light which I guessed was the pantry window. The blind was drawn, but I found a rift at the sill.

Daisy and Tom were sitting opposite each other at the kitchen table, with a plate of cold fried chicken between them, and two bottles of ale. He was talking intently across the table at her, and in his earnestness his hand had fallen upon and covered her own. Once in a while she looked up at him and nodded in agreement.

They weren't happy, and neither of them had touched the chicken or the ale—and yet they weren't unhappy either. There

—Ella estará bien mañana —agregó inmediatamente—. Voy a esperar aquí y ver si él trata de molestarla por el disgusto de esta tarde. Ella se ha encerrado en su habitación, y si él intenta cualquier brutalidad, ella apagará la luz y la encenderá de nuevo.

—No la tocará —dije—. No está pensando en ella.

—No confío en él, viejo amigo.

—¿Cuánto tiempo vas a esperar?

—Toda la noche, si es necesario. En cualquier caso, hasta que todos se vayan a la cama.

Se me ocurrió un nuevo punto de vista. Supongamos que Tom descubriera que Daisy había estado conduciendo. Podría pensar que vio una conexión en ello; podría pensar cualquier cosa. Miré la casa; había dos o tres ventanas brillantes en la planta baja y el resplandor rosado de la habitación de Daisy en la planta alta.

—Espera aquí —dije—. Veré si hay alguna señal de conmoción.

Volví caminando por el borde del césped, atravesé la grava suavemente y subí de puntillas los escalones de la veranda. Las cortinas del salón estaban abiertas y vi que la habitación estaba vacía. Cruzando el porche donde habíamos cenado aquella noche de junio, tres meses atrás, llegué a un pequeño rectángulo de luz que supuse era la ventana de la antecocina. La persiana estaba baja, pero encontré una grieta en el marco.

Daisy y Tom estaban sentados uno frente al otro en la mesa de la cocina, con un plato de pollo frito, frío, entre ellos y dos botellas de cerveza. Él hablaba atentamente con ella al otro lado de la mesa y, en su seriedad, su mano había caído sobre la de ella y la cubría. De vez en cuando, ella le miraba y asentía con la cabeza.

No eran felices, y ninguno de ellos había tocado el pollo o la cerveza... pero tampoco eran infelices. Había un inconfundible aire de

was an unmistakable air of natural intimacy about the picture, and anybody would have said that they were conspiring together.

As I tiptoed from the porch I heard my taxi feeling its way along the dark road toward the house. Gatsby was waiting where I had left him in the drive.

"Is it all quiet up there?" he asked anxiously.

"Yes, it's all quiet." I hesitated. "You'd better come home and get some sleep."

He shook his head.

"I want to wait here till Daisy goes to bed. Good night, old sport."

He put his hands in his coat pockets and turned back eagerly to his scrutiny of the house, as though my presence marred the sacredness of the vigil. So I walked away and left him standing there in the moonlight—watching over nothing.

intimidad natural en la imagen, y cualquiera habría dicho que estaban conspirando juntos.

Cuando salí del porche de puntillas, oí que mi taxi se abría paso por el oscuro camino hacia la casa. Gatsby estaba esperando donde lo había dejado en la entrada.

—¿Está todo tranquilo ahí arriba? —preguntó ansioso.

—Sí, está todo tranquilo. —Dudé—. Será mejor que vuelvas a casa y duermas un poco.

Él negó con la cabeza.

—Quiero esperar aquí hasta que Daisy se acueste. Buenas noches, viejo amigo.

Se metió las manos en los bolsillos del abrigo y volvió con celo a su escrutinio de la casa, como si mi presencia estropeara lo sagrado de la vigilia. Así que me alejé y le dejé allí, a la luz de la luna... vigilando la nada.

I couldn't sleep all night; a foghorn was groaning incessantly on the Sound, and I tossed half-sick between grotesque reality and savage, frightening dreams. Toward dawn I heard a taxi go up Gatsby's drive, and immediately I jumped out of bed and began to dress—I felt that I had something to tell him, something to warn him about, and morning would be too late.

Crossing his lawn, I saw that his front door was still open and he was leaning against a table in the hall, heavy with dejection or sleep.

"Nothing happened," he said wanly. "I waited, and about four o'clock she came to the window and stood there for a minute and then turned out the light."

His house had never seemed so enormous to me as it did that night when we hunted through the great rooms for cigarettes. We pushed aside curtains that were like pavilions, and felt over innumerable feet of dark wall for electric light switches—once I tumbled with a sort of splash upon the keys of a ghostly piano. There was an inexplicable amount of dust everywhere, and the rooms were musty, as though they hadn't been aired for many days. I found the humidor on an unfamiliar table, with two stale, dry cigarettes inside. Throwing open the French windows of the drawing-room, we sat smoking out into the darkness.

"You ought to go away," I said. "It's pretty certain they'll trace your car."

"Go away now, old sport?"

"Go to Atlantic City for a week, or up to Montreal."

He wouldn't consider it. He couldn't possibly leave Daisy until he knew what she was going to do. He was clutching at some last hope and I couldn't bear to shake him free.

No pude dormir en toda la noche; una sirena de niebla gemía incesantemente en el Sound, y yo daba vueltas entre la grotesca realidad y los sueños salvajes y aterradores. Hacia el amanecer oí que un taxi subía por el camino de Gatsby e inmediatamente salté de la cama y empecé a vestirme; sentía que tenía algo que decirle, algo que advertirle, y por la mañana sería demasiado tarde.

Al cruzar su jardín, vi que la puerta de su casa seguía abierta y que él estaba apoyado en una mesa del vestíbulo, agobiado por el abatimiento o el sueño.

—No pasó nada —dijo con desgana—. Esperé, y a eso de las cuatro ella se acercó a la ventana y se quedó allí un minuto y luego apagó la luz.

Su casa nunca me había parecido tan enorme como aquella noche, cuando estábamos buscando cigarrillos en las grandes habitaciones. Apartamos las cortinas que parecían pabellones, y palpamos innumerables metros de pared oscura en busca de interruptores de luz eléctrica; una vez caí con una especie de chapoteo sobre las teclas de un piano fantasma. Había una cantidad inexplicable de polvo por todas partes, y las habitaciones estaban mohosas, como si no hubieran sido ventiladas por muchos días. Encontré el estuche del tabaco en una mesa desconocida, con dos cigarrillos rancios y secos dentro. Abrimos las ventanas francesas del salón y nos sentamos a fumar en la oscuridad.

—Deberías irte —dije—. Es casi seguro que rastrearán tu coche.

—¿Irme justo ahora, viejo amigo?

—Ve a Atlantic City por una semana, o a Montreal.

Ni siquiera lo iba a considerar. No podía dejar a Daisy hasta saber qué iba a hacer ella. Se aferraba a una última esperanza y yo no me sentía capaz de liberarlo.

It was this night that he told me the strange story of his youth with Dan Cody—told it to me because "Jay Gatsby" had broken up like glass against Tom's hard malice, and the long secret extravaganza was played out. I think that he would have acknowledged anything now, without reserve, but he wanted to talk about Daisy.

She was the first "nice" girl he had ever known. In various unrevealed capacities he had come in contact with such people, but always with indiscernible barbed wire between. He found her excitingly desirable. He went to her house, at first with other officers from Camp Taylor, then alone. It amazed him—he had never been in such a beautiful house before. But what gave it an air of breathless intensity, was that Daisy lived there—it was as casual a thing to her as his tent out at camp was to him. There was a ripe mystery about it, a hint of bedrooms upstairs more beautiful and cool than other bedrooms, of gay and radiant activities taking place through its corridors, and of romances that were not musty and laid away already in lavender but fresh and breathing and redolent of this year's shining motorcars and of dances whose flowers were scarcely withered. It excited him, too, that many men had already loved Daisy—it increased her value in his eyes. He felt their presence all about the house, pervading the air with the shades and echoes of still vibrant emotions.

But he knew that he was in Daisy's house by a colossal accident. However glorious might be his future as Jay Gatsby, he was at present a penniless young man without a past, and at any moment the invisible cloak of his uniform might slip from his shoulders. So he made the most of his time. He took what he could get, ravenously and unscrupulously—eventually he took Daisy one still October night, took her because he had no real right to touch her hand.

He might have despised himself, for he had certainly taken her under false pretences. I don't mean that he had traded on his phantom millions, but he had deliberately given Daisy a sense of security; he let her believe that he was a person from much the same strata as herself—that he was fully able to take care of her. As a matter of fact, he had no such facilities—he had no comfortable

Fue esta noche cuando me contó la extraña historia de su juventud con Dan Cody; me la contó porque «Jay Gatsby» se había roto como un cristal contra la dura malicia de Tom, y la larga extravagancia secreta había terminado. Creo que ahora él habría admitido lo que sea, sin reservas, pero quería hablar de Daisy.

Era la primera chica «agradable» que había conocido. En diversas funciones, de las que no me contó, había estado en contacto con personas de ese tipo, pero siempre con un indisimulable alambre de púas de por medio. Para él ella era arrebatadoramente deseable. Fue a su casa, al principio con otros oficiales de Camp Taylor, luego solo. Le sorprendió: nunca había estado en una casa tan hermosa. Pero lo que le daba un aire de intensidad sin precedentes era que Daisy vivía allí; era algo tan casual para ella como su tienda en el campamento lo era para él. Había un misterio profundo en ella, un indicio de dormitorios en el piso de arriba más hermosos y frescos que otros dormitorios, de actividades alegres y radiantes que se desarrollaban en sus pasillos, y de romances que no eran rancios, guardado entre la lavanda, sino frescos, respiraban y olían a los brillantes coches de este año y a bailes cuyas flores apenas se habían marchitado. También le excitaba el hecho de que muchos hombres ya hubieran amado a Daisy... lo que aumentaba su valor a sus ojos. Sentía su presencia en toda la casa, impregnando el aire con los matices y los ecos de emociones todavía vibrantes.

Pero sabía que estaba en la casa de Daisy por un colosal accidente. Por muy glorioso que fuera su futuro como Jay Gatsby, en ese momento era un joven sin dinero y sin pasado, y en cualquier momento la capa invisible que era su uniforme podría resbalar de sus hombros. Así que aprovechó al máximo su tiempo. Tomó lo que pudo, vorazmente y sin escrúpulos; y, finalmente, tomó a Daisy una noche de octubre, la tomó porque no tenía ningún derecho a tocar su mano.

Podría haberse despreciado a sí mismo, porque ciertamente la había tomado bajo falsos pretextos. No quiero decir que hubiera comerciado con sus fantasmales millones, sino que había dado deliberadamente a Daisy una sensación de seguridad; le hizo creer que era una persona de un estrato muy parecido al suyo, que era plenamente capaz de cuidar de ella. En realidad, no tenía tales facilidades: no

family standing behind him, and he was liable at the whim of an impersonal government to be blown anywhere about the world.

But he didn't despise himself and it didn't turn out as he had imagined. He had intended, probably, to take what he could and go—but now he found that he had committed himself to the following of a grail. He knew that Daisy was extraordinary, but he didn't realize just how extraordinary a "nice" girl could be. She vanished into her rich house, into her rich, full life, leaving Gatsby—nothing. He felt married to her, that was all.

When they met again, two days later, it was Gatsby who was breathless, who was, somehow, betrayed. Her porch was bright with the bought luxury of star-shine; the wicker of the settee squeaked fashionably as she turned toward him and he kissed her curious and lovely mouth. She had caught a cold, and it made her voice huskier and more charming than ever, and Gatsby was overwhelmingly aware of the youth and mystery that wealth imprisons and preserves, of the freshness of many clothes, and of Daisy, gleaming like silver, safe and proud above the hot struggles of the poor.

***

"I can't describe to you how surprised I was to find out I loved her, old sport. I even hoped for a while that she'd throw me over, but she didn't, because she was in love with me too. She thought I knew a lot because I knew different things from her... Well, there I was, way off my ambitions, getting deeper in love every minute, and all of a sudden I didn't care. What was the use of doing great things if I could have a better time telling her what I was going to do?"

On the last afternoon before he went abroad, he sat with Daisy in his arms for a long, silent time. It was a cold fall day, with fire in the room and her cheeks flushed. Now and then she moved and he changed his arm a little, and once he kissed her dark shining hair. The afternoon had made them tranquil for a while, as

tenía una familia acomodada que lo sostuviera, y estaba expuesto al capricho de un gobierno impersonal para ser enviado a cualquier parte del mundo.

Pero no se despreció a sí mismo y las cosas no sucedieron como él había imaginado. Había tenido la intención, probablemente, de coger lo que pudiera e irse, pero ahora se dio cuenta de que se había comprometido a seguir un grial. Sabía que Daisy era extraordinaria, pero no se había dado cuenta de lo extraordinaria que podía ser una chica «agradable». Ella desapareció en su rica casa, en su rica y plena vida, dejando a Gatsby… sin nada. Él se sentía casado con ella, eso era todo.

Cuando se volvieron a encontrar, dos días después, fue Gatsby quien se quedó sin aliento, quien se sintió, de alguna manera, traicionado. El porche de ella brillaba con el lujo recién comprado que era la luz de las estrellas; el mimbre del sofá chirriaba a la moda cuando ella se volvió hacia él y él besó su curiosa y encantadora boca. Ella había cogido un resfriado, y eso hacía que su voz fuera más ronca y encantadora que nunca, y Gatsby era abrumadoramente consciente de la juventud y el misterio que la riqueza aprisiona y conserva, de la frescura de muchas ropas, y de Daisy, reluciente como la plata, segura y orgullosa por encima de las ardientes luchas de los pobres.

***

—No puedo describirte lo sorprendido que me quedé al descubrir que la amaba, viejo amigo. Incluso esperé durante un tiempo que me echara, pero no lo hizo, porque ella también estaba enamorada de mí. Pensaba que yo sabía mucho porque sabía cosas diferentes de las que ella sabía… Pues bien, ahí estaba yo, muy lejos de mis ambiciones, enamorándome más a cada minuto, y de repente me daba igual. ¿De qué servía hacer grandes cosas si podía pasarlo mejor diciéndole a ella lo que iba a hacer?

La última tarde antes de irse al extranjero, se sentó con Daisy en sus brazos durante un largo y silencioso tiempo. Era un día frío de otoño, con fuego en la habitación y las mejillas de ella se sonrojaron. De vez en cuando ella se movía y él cambiaba un poco de posición el brazo, y una vez él besó su pelo oscuro y brillante. La tarde los había

if to give them a deep memory for the long parting the next day promised. They had never been closer in their month of love, nor communicated more profoundly one with another, than when she brushed silent lips against his coat's shoulder or when he touched the end of her fingers, gently, as though she were asleep.

***

He did extraordinarily well in the war. He was a captain before he went to the front, and following the Argonne battles he got his majority and the command of the divisional machine-guns. After the armistice he tried frantically to get home, but some complication or misunderstanding sent him to Oxford instead. He was worried now—there was a quality of nervous despair in Daisy's letters. She didn't see why he couldn't come. She was feeling the pressure of the world outside, and she wanted to see him and feel his presence beside her and be reassured that she was doing the right thing after all.

For Daisy was young and her artificial world was redolent of orchids and pleasant, cheerful snobbery and orchestras which set the rhythm of the year, summing up the sadness and suggestiveness of life in new tunes. All night the saxophones wailed the hopeless comment of the "Beale Street Blues" while a hundred pairs of golden and silver slippers shuffled the shining dust. At the grey tea hour there were always rooms that throbbed incessantly with this low, sweet fever, while fresh faces drifted here and there like rose petals blown by the sad horns around the floor.

Through this twilight universe Daisy began to move again with the season; suddenly she was again keeping half a dozen dates a day with half a dozen men, and drowsing asleep at dawn with the beads and chiffon of an evening-dress tangled among dying orchids on the floor beside her bed. And all the time something within her was crying for a decision. She wanted her life shaped now, immediately—and the decision must be made by some force—of love, of money, of unquestionable practicality—that was close at hand.

tranquilizado por un rato, como para darles un recuerdo profundo de la larga separación que prometía el día siguiente. Nunca habían estado más cerca en su mes de amor, ni habían comunicado más profundamente el uno con el otro, que cuando ella rozaba con sus labios silenciosos el hombro de su abrigo o cuando él tocaba la punta de sus dedos, suavemente, como si estuviera dormida.

****

Le fue extraordinariamente bien en la guerra. Fue capitán antes de ir al frente y tras las batallas de Argonne se convirtió en mayor y quedó a cargo de las ametralladoras de la división. Tras el armisticio intentó frenéticamente volver a casa, pero alguna complicación o malentendido lo envió a Oxford. Ahora estaba preocupado; había una cualidad de desesperación nerviosa en las cartas de Daisy. Ella no entendía por qué él no podía venir ahora. Ella sentía la presión del mundo exterior, y quería verlo y sentir su presencia a su lado y estar segura de que estaba haciendo lo correcto después de todo.

Porque Daisy era joven y su mundo artificial estaba impregnado de orquídeas y de un agradable y alegre esnobismo, y de orquestas que marcaban el ritmo del año, resumiendo la tristeza y la sugestión de la vida en nuevas melodías. Toda la noche los saxofones gemían el comentario desesperado del «Beale Street Blues» mientras cien pares de zapatillas doradas y plateadas revolvían el polvo brillante. A la hora gris del té siempre había habitaciones que palpitaban incesantemente con esta baja y dulce fiebre, mientras que rostros frescos se desplazaban aquí y allá como pétalos de rosa soplados por los tristes instrumentos sobre la pista.

A través de este universo crepuscular, Daisy empezó a moverse nuevamente cuando empezó la temporada; de repente, volvía a tener media docena de citas al día con media docena de hombres, y se dormía al amanecer con los abalorios y la gasa de un vestido de noche enredados entre orquídeas moribundas en el suelo, junto a su cama. Y todo el tiempo algo dentro de ella clamaba por una decisión. Ahora quería que su vida tuviera un molde, inmediatamente, y la decisión debía ser tomada por alguna fuerza externa —el amor, el dinero, la incuestionable practicidad— que estuviera a mano.

That force took shape in the middle of spring with the arrival of Tom Buchanan. There was a wholesome bulkiness about his person and his position, and Daisy was flattered. Doubtless there was a certain struggle and a certain relief. The letter reached Gatsby while he was still at Oxford.

***

It was dawn now on Long Island and we went about opening the rest of the windows downstairs, filling the house with grey-turning, gold-turning light. The shadow of a tree fell abruptly across the dew and ghostly birds began to sing among the blue leaves. There was a slow, pleasant movement in the air, scarcely a wind, promising a cool, lovely day.

"I don't think she ever loved him." Gatsby turned around from a window and looked at me challengingly. "You must remember, old sport, she was very excited this afternoon. He told her those things in a way that frightened her—that made it look as if I was some kind of cheap sharper. And the result was she hardly knew what she was saying."

He sat down gloomily.

"Of course she might have loved him just for a minute, when they were first married—and loved me more even then, do you see?"

Suddenly he came out with a curious remark.

"In any case," he said, "it was just personal."

What could you make of that, except to suspect some intensity in his conception of the affair that couldn't be measured?

He came back from France when Tom and Daisy were still on their wedding trip, and made a miserable but irresistible journey to Louisville on the last of his army pay. He stayed there a week, walking the streets where their footsteps had clicked together through the November night and revisiting the out-of-the-way

Esa fuerza tomó forma en plena primavera con la llegada de Tom Buchanan. Su persona y su posición tenían un volumen sólido, y Daisy se sintió halagada. Sin duda, hubo una cierta lucha y un cierto alivio. La carta llegó a Gatsby cuando todavía estaba en Oxford.

***

Amanecía ahora en Long Island y empezamos a abrir el resto de las ventanas de la planta baja, llenando la casa de una luz que se tornaba gris y dorada. La sombra de un árbol cayó bruscamente sobre el rocío y unos pájaros fantasma comenzaron a cantar entre las hojas azules. Había un movimiento lento y agradable en el aire, apenas una brisa, que prometía un día fresco y encantador.

—No creo que ella lo haya amado nunca. —Gatsby se volvió desde una ventana y me miró desafiante—. Recuerda, viejo amigo, que ella estaba muy excitada esta tarde. Él le dijo esas cosas de una manera que la asustó... que hizo que pareciera que yo era una especie de estafador barato. Y el resultado fue que ella apenas sabía lo que estaba diciendo.

Se sentó abatido.

—Por supuesto que ella pudo haberlo amado solo por un minuto, cuando se casaron... pero luego me amó más aún, ¿me entiendes?

De repente salió con un comentario curioso.

—En cualquier caso —dijo— era solo personal.

¿Qué podía uno pensar de eso, excepto sospechar que había una intensidad en su concepción del asunto que no podía medirse?

Volvió de Francia cuando Tom y Daisy aún estaban en su luna de miel, e hizo un miserable pero irresistible viaje a Louisville con lo último que le quedaba de la paga del ejército. Permaneció allí una semana, recorriendo las calles donde sus pasos habían resonado en la noche de noviembre y volviendo a visitar los lugares recónditos a

places to which they had driven in her white car. Just as Daisy's house had always seemed to him more mysterious and gay than other houses, so his idea of the city itself, even though she was gone from it, was pervaded with a melancholy beauty.

He left feeling that if he had searched harder, he might have found her—that he was leaving her behind. The day-coach—he was penniless now—was hot. He went out to the open vestibule and sat down on a folding-chair, and the station slid away and the backs of unfamiliar buildings moved by. Then out into the spring fields, where a yellow trolley raced them for a minute with people in it who might once have seen the pale magic of her face along the casual street.

The track curved and now it was going away from the sun, which, as it sank lower, seemed to spread itself in benediction over the vanishing city where she had drawn her breath. He stretched out his hand desperately as if to snatch only a wisp of air, to save a fragment of the spot that she had made lovely for him. But it was all going by too fast now for his blurred eyes and he knew that he had lost that part of it, the freshest and the best, forever.

It was nine o'clock when we finished breakfast and went out on the porch. The night had made a sharp difference in the weather and there was an autumn flavour in the air. The gardener, the last one of Gatsby's former servants, came to the foot of the steps.

"I'm going to drain the pool today, Mr. Gatsby. Leaves'll start falling pretty soon, and then there's always trouble with the pipes."

"Don't do it today," Gatsby answered. He turned to me apologetically. "You know, old sport, I've never used that pool all summer?"

I looked at my watch and stood up.

"Twelve minutes to my train."

I didn't want to go to the city. I wasn't worth a decent stroke of work, but it was more than that—I didn't want to leave Gatsby.

los que habían ido en el coche blanco de ella. Al igual que la casa de Daisy siempre le había parecido más misteriosa y alegre que otras casas, su idea de la ciudad en sí, a pesar de que ella se había ido, estaba impregnada de una belleza melancólica.

Se marchó con la sensación de que si hubiera buscado más a fondo podría haberla encontrado... de que la estaba dejando atrás. Hacía calor en el tren más barato —ya no tenía dinero—. Salió a la plataforma abierta y se sentó en un asiento plegable, y la estación se alejó y las espaldas de edificios desconocidos se movieron. Luego llegó a los campos primaverales, donde un tranvía amarillo se les puso a la par durante un minuto, con gente en él que podría haber visto alguna vez la pálida magia del rostro de ella en una calle cualquiera.

La pista se curvaba y ahora se alejaba del sol, que, al bajar, parecía extenderse como una bendición sobre la ciudad que se desvanecía y en la que ella había respirado. Extendió la mano desesperadamente, como si quisiera arrebatar una brizna de aire, para salvar un fragmento del lugar que ella había hecho encantador para él. Pero todo pasaba demasiado rápido para sus ojos borrosos y sabía que había perdido ese fragmento, el más fresco y el mejor, para siempre.

Eran las nueve cuando terminamos de desayunar y salimos al porche. El tiempo había cambiado mucho durante la noche y había un aroma otoñal en el aire. El jardinero, el último de los antiguos sirvientes de Gatsby, se llegó al pie de la escalinata.

—Hoy voy a vaciar la piscina, señor Gatsby. Las hojas empezarán a caer muy pronto y siempre causan problemas con las tuberías.

—No lo hagas hoy —respondió Gatsby. Se volvió hacia mí disculpándose—. ¿Sabes, viejo amigo, que no he usado la piscina en todo el verano?

Yo miré mi reloj y me puse de pie.

—Doce minutos para que llegue mi tren.

No quería ir a la ciudad. No estaba en condiciones para trabajar decentemente pero aparte de eso: no quería dejar solo a Gatsby. Per-

I missed that train, and then another, before I could get myself away.

"I'll call you up," I said finally.

"Do, old sport."

"I'll call you about noon."

We walked slowly down the steps.

"I suppose Daisy'll call too." He looked at me anxiously, as if he hoped I'd corroborate this.

"I suppose so."

"Well, goodbye."

We shook hands and I started away. Just before I reached the hedge I remembered something and turned around.

"They're a rotten crowd," I shouted across the lawn. "You're worth the whole damn bunch put together."

I've always been glad I said that. It was the only compliment I ever gave him, because I disapproved of him from beginning to end. First he nodded politely, and then his face broke into that radiant and understanding smile, as if we'd been in ecstatic cahoots on that fact all the time. His gorgeous pink rag of a suit made a bright spot of colour against the white steps, and I thought of the night when I first came to his ancestral home, three months before. The lawn and drive had been crowded with the faces of those who guessed at his corruption—and he had stood on those steps, concealing his incorruptible dream, as he waved them goodbye.

I thanked him for his hospitality. We were always thanking him for that—I and the others.

"Goodbye," I called. "I enjoyed breakfast, Gatsby."

dí ese tren, y luego otro, antes de irme.

—Te llamaré —dije finalmente.

—Hazlo, viejo amigo.

—Te llamaré a eso del mediodía.

Bajamos lentamente los escalones.

—Supongo que Daisy también llamará. —Me miró con ansiedad, como si esperara que yo lo corroborara.

—Supongo que sí.

—Bueno, adiós.

Nos dimos la mano y me puse en marcha. Justo antes de llegar al seto recordé algo y me di la vuelta.

—Son una pandilla podrida —grité a través del césped—. Tú solo vales más que todos ellos juntos.

Siempre me he alegrado de haber dicho eso. Fue el único cumplido que le hice, porque lo desaprobaba de principio a fin. Primero asintió cortésmente con la cabeza, y luego su rostro se convirtió en esa sonrisa radiante y comprensiva tan propia de él, como si hubiéramos estado en connivencia extática sobre ese hecho todo el tiempo. Su precioso traje rosa era un punto de color brillante contra los escalones blancos, y yo recordé la noche en que llegué a su casa ancestral por primera vez, tres meses antes. El césped y el camino de entrada se habían llenado de rostros de aquellos que adivinaban su corrupción... y él se había quedado en aquellos escalones, ocultando su sueño incorruptible, mientras les decía adiós.

Le agradecí por su hospitalidad. Siempre se lo agradecíamos... yo y los demás.

—Adiós —dije—. He disfrutado del desayuno, Gatsby.

***

Up in the city, I tried for a while to list the quotations on an interminable amount of stock, then I fell asleep in my swivel-chair. Just before noon the phone woke me, and I started up with sweat breaking out on my forehead. It was Jordan Baker; she often called me up at this hour because the uncertainty of her own movements between hotels and clubs and private houses made her hard to find in any other way. Usually her voice came over the wire as something fresh and cool, as if a divot from a green golf-links had come sailing in at the office window, but this morning it seemed harsh and dry.

"I've left Daisy's house," she said. "I'm at Hempstead, and I'm going down to Southampton this afternoon."

Probably it had been tactful to leave Daisy's house, but the act annoyed me, and her next remark made me rigid.

"You weren't so nice to me last night."

"How could it have mattered then?"

Silence for a moment. Then:

"However—I want to see you."

"I want to see you, too."

"Suppose I don't go to Southampton, and come into town this afternoon?"

"No—I don't think this afternoon."

"Very well."

"It's impossible this afternoon. Various—"

We talked like that for a while, and then abruptly we weren't talking any longer. I don't know which of us hung up with a sharp

***

En la ciudad, intenté durante un rato cotizar una interminable cantidad de acciones y luego me quedé dormido en mi silla giratoria. Justo antes del mediodía me despertó el teléfono, el sudor brotaba sobre mi frente. Era Jordan Baker; a menudo me llamaba a esa hora porque la incertidumbre de sus movimientos entre hoteles y clubes y casas particulares hacía difícil encontrarnos de otra manera. Por lo general, su voz llegaba a través de la línea como algo fresco y agradable, como si un puñado de césped del campo de golf hubiera entrado por la ventana de la oficina, pero esta mañana se sentía áspera y seca.

—He dejado la casa de Daisy —dijo—. Estoy en Hempstead, y voy a bajar a Southampton esta tarde.

Probablemente era sensato haber dejado la casa de Daisy, pero el acto me molestó, y su siguiente comentario me erizó.

—No fuiste tan amable conmigo anoche.

—¿Qué importancia tenía eso anoche?

Silencio por un momento. Luego:

—Sin embargo... quiero verte.

—Yo también quiero verte.

—¿Supongamos que no voy a Southampton y vengo a la ciudad esta tarde?

—No... no creo que esta tarde...

—Muy bien.

—Es imposible esta tarde. Varios...

Hablamos así durante un rato, y luego, abruptamente, dejamos de hablar. No sé quién de los dos colgó con un fuerte chasquido, pero

click, but I know I didn't care. I couldn't have talked to her across a tea-table that day if I never talked to her again in this world.

I called Gatsby's house a few minutes later, but the line was busy. I tried four times; finally an exasperated central told me the wire was being kept open for long distance from Detroit. Taking out my timetable, I drew a small circle around the three-fifty train. Then I leaned back in my chair and tried to think. It was just noon.

***

When I passed the ash-heaps on the train that morning I had crossed deliberately to the other side of the car. I supposed there'd be a curious crowd around there all day with little boys searching for dark spots in the dust, and some garrulous man telling over and over what had happened, until it became less and less real even to him and he could tell it no longer, and Myrtle Wilson's tragic achievement was forgotten. Now I want to go back a little and tell what happened at the garage after we left there the night before.

They had difficulty in locating the sister, Catherine. She must have broken her rule against drinking that night, for when she arrived she was stupid with liquor and unable to understand that the ambulance had already gone to Flushing. When they convinced her of this, she immediately fainted, as if that was the intolerable part of the affair. Someone, kind or curious, took her in his car and drove her in the wake of her sister's body.

Until long after midnight a changing crowd lapped up against the front of the garage, while George Wilson rocked himself back and forth on the couch inside. For a while the door of the office was open, and everyone who came into the garage glanced irresistibly through it. Finally someone said it was a shame, and closed the door. Michaelis and several other men were with him; first, four or five men, later two or three men. Still later Michaelis had to ask the last stranger to wait there fifteen minutes longer, while he went back to his own place and made a pot of coffee. Af-

sé que no me importó. No podría haber hablado con ella al otro lado de una mesa de té aquel día aún si eso implicaba que no volviera a hablar con ella nunca más.

Llamé a la casa de Gatsby unos minutos después, pero la línea estaba ocupada. Lo intenté cuatro veces; finalmente, una operadora desesperada me dijo que la línea se mantenía abierta para larga distancia desde Detroit. Sacando mi horario, dibujé un pequeño círculo alrededor del tren de las tres y cincuenta. Luego me recosté en mi silla y traté de pensar. Apenas si eran las doce.

***

Cuando pasé por delante de los montones de ceniza en el tren aquella mañana, crucé deliberadamente al otro lado del vagón. Supuse que habría una multitud curiosa alrededor de allí todo el día, con niños pequeños buscando manchas oscuras en el polvo, y algún hombre gárrulo contando una y otra vez lo que había sucedido, hasta que se volviera cada vez menos real incluso para él y no pudiera contarlo más, y la trágica hazaña de Myrtle Wilson se olvidara. Ahora quiero retroceder un poco y contar lo que ocurrió en el garaje después de que nos fuéramos de allí la noche anterior.

Tuvieron dificultades para localizar a la hermana, Catherine. Esa noche debe de haber roto su norma de no beber, pues cuando llegó estaba atontada por el licor y era incapaz de comprender que la ambulancia ya había ido a Flushing. Cuando la convencieron de ello, se desmayó inmediatamente, como si eso fuera lo intolerable del asunto. Alguien, bondadoso o curioso, la llevó en su coche y la condujo tras el cadáver de su hermana.

Hasta mucho después de la medianoche, una multitud cambiante se arremolinaba contra la fachada del garaje, mientras George Wilson se mecía adentro, de un lado a otro, en el sofá. Durante un rato, la puerta de la oficina estuvo abierta, y todo el que entraba en el garaje echaba una mirada irresistible a través de ella. Finalmente alguien dijo que era una vergüenza, y cerró la puerta. Michaelis y varios otros hombres estaban con él; primero, cuatro o cinco hombres, más tarde dos o tres. Aún más tarde, Michaelis tuvo que pedir al último desconocido que esperara unos quince minutos más, mientras

ter that, he stayed there alone with Wilson until dawn.

About three o'clock the quality of Wilson's incoherent muttering changed—he grew quieter and began to talk about the yellow
car. He announced that he had a way of finding out whom the
yellow car belonged to, and then he blurted out that a couple of
months ago his wife had come from the city with her face bruised
and her nose swollen.

But when he heard himself say this, he flinched and began to
cry "Oh, my God!" again in his groaning voice. Michaelis made a
clumsy attempt to distract him.

"How long have you been married, George? Come on there, try
and sit still a minute, and answer my question. How long have you
been married?"

"Twelve years."

"Ever had any children? Come on, George, sit still—I asked you
a question. Did you ever have any children?"

The hard brown beetles kept thudding against the dull light,
and whenever Michaelis heard a car go tearing along the road
outside it sounded to him like the car that hadn't stopped a few
hours before. He didn't like to go into the garage, because the
work bench was stained where the body had been lying, so he
moved uncomfortably around the office—he knew every object in
it before morning—and from time to time sat down beside Wilson
trying to keep him more quiet.

"Have you got a church you go to sometimes, George? Maybe
even if you haven't been there for a long time? Maybe I could call
up the church and get a priest to come over and he could talk to
you, see?"

"Don't belong to any."

"You ought to have a church, George, for times like this. You

él volvía a su casa y preparaba una cafetera. Se quedó allí solo con Wilson hasta el amanecer.

Alrededor de las tres, la calidad del incoherente murmullo de Wilson cambió: se fue calmando y empezó a hablar del coche amarillo. Anunció que tenía una forma de averiguar a quién pertenecía el coche amarillo y entonces confesó que un par de meses atrás su mujer había llegado de la ciudad con la cara magullada y la nariz hinchada.

Pero cuando se oyó a sí mismo decir esto, se estremeció y comenzó a gritar «¡Oh, Dios mío!» de nuevo con su voz quejumbrosa. Michaelis hizo un torpe intento de distraerlo.

—¿Cuánto tiempo llevan casados, George? Vamos, intenta quedarte quieto un minuto y responde a mi pregunta. ¿Cuánto tiempo llevan casados?

—Doce años.

—¿Alguna vez tuvieron hijos? Vamos, George, siéntate... te he hecho una pregunta. ¿Alguna vez tuvieron hijos?

Los duros escarabajos marrones seguían repiqueteando contra la débil luz eléctrica, y cada vez que Michaelis oía que un coche recorría la carretera le sonaba como el coche que no había parado unas horas antes. No le gustaba entrar en el garaje, porque el banco de trabajo, donde había estado tendido el cadáver, estaba manchado, así que se movía incómodo por el despacho —conocía todos los objetos que había en él antes de la mañana— y de vez en cuando se sentaba junto a Wilson para intentar que estuviera más tranquilo.

—¿Tienes una iglesia a la que vas a veces, George? ¿Quizás aunque no hayas ido durante mucho tiempo? Tal vez podría llamar a la iglesia y conseguir que un sacerdote venga y pueda hablar contigo, ¿qué te parece?

—No pertenezco a ninguna.

—Deberías tener una iglesia, George, para momentos como este.

must have gone to church once. Didn't you get married in a church? Listen, George, listen to me. Didn't you get married in a church?"

"That was a long time ago."

The effort of answering broke the rhythm of his rocking—for a moment he was silent. Then the same half-knowing, half-bewildered look came back into his faded eyes.

"Look in the drawer there," he said, pointing at the desk.

"Which drawer?"

"That drawer—that one."

Michaelis opened the drawer nearest his hand. There was nothing in it but a small, expensive dog-leash, made of leather and braided silver. It was apparently new.

"This?" he inquired, holding it up.

Wilson stared and nodded.

"I found it yesterday afternoon. She tried to tell me about it, but I knew it was something funny."

"You mean your wife bought it?"

"She had it wrapped in tissue paper on her bureau."

Michaelis didn't see anything odd in that, and he gave Wilson a dozen reasons why his wife might have bought the dog-leash. But conceivably Wilson had heard some of these same explanations before, from Myrtle, because he began saying "Oh, my God!" again in a whisper—his comforter left several explanations in the air.

"Then he killed her," said Wilson. His mouth dropped open suddenly.

Debes haber ido a la iglesia alguna vez. ¿No te casaste en una iglesia? Escucha, George, escúchame. ¿No te casaste en una iglesia?

—Eso fue hace mucho tiempo.

El esfuerzo de responder rompió el ritmo de su balanceo; por un momento se quedó en silencio. Luego, la misma mirada medio sabia, medio desconcertada, volvió a sus ojos descoloridos.

—Mira en ese cajón —dijo señalando el escritorio.

—¿Qué cajón?

—Ese cajón... ese.

Michaelis abrió el cajón más cercano a su mano. En él no había nada más que una pequeña y costosa correa para perros, hecha de cuero y plata trenzada. Aparentemente era nueva.

—¿Esto? —preguntó, sosteniéndola.

Wilson se quedó mirando y asintió.

—La encontré ayer por la tarde. Ella intentó hablarme de eso, pero supe que era algo raro.

—¿Quiere decir que tu esposa la compró?

—La tenía envuelta en papel de seda en su tocador.

Michaelis no vio nada raro en eso, y le dio a Wilson una docena de razones por las que su esposa podría haber comprado la correa para el perro. Pero es de suponer que Wilson ya había oído algunas de esas mismas explicaciones antes, de boca de Myrtle, porque empezó a decir «¡Oh, Dios mío!» de nuevo en un susurro; su amigo que lo consolaba dejó varias explicaciones en el aire.

—Entonces la mató —dijo Wilson. Se quedó con la boca abierta de repente.

"Who did?"

"I have a way of finding out."

"You're morbid, George," said his friend. "This has been a strain to you and you don't know what you're saying. You'd better try and sit quiet till morning."

"He murdered her."

"It was an accident, George."

Wilson shook his head. His eyes narrowed and his mouth widened slightly with the ghost of a superior "Hm!"

"I know," he said definitely. "I'm one of these trusting fellas and I don't think any harm to nobody, but when I get to know a thing I know it. It was the man in that car. She ran out to speak to him and he wouldn't stop."

Michaelis had seen this too, but it hadn't occurred to him that there was any special significance in it. He believed that Mrs. Wilson had been running away from her husband, rather than trying to stop any particular car.

"How could she of been like that?"

"She's a deep one," said Wilson, as if that answered the question. "Ah-h-h—"

He began to rock again, and Michaelis stood twisting the leash in his hand.

"Maybe you got some friend that I could telephone for, George?"

This was a forlorn hope—he was almost sure that Wilson had no friend: there was not enough of him for his wife. He was glad a little later when he noticed a change in the room, a blue quicken-

—¿Quién lo hizo?

—Tengo una forma de averiguarlo.

—Eres morboso, George —dijo su amigo—. Esto ha sido causa de tensión para ti y no sabes lo que dices. Será mejor que intentes estar tranquilo hasta mañana.

—Él la asesinó.

—Fue un accidente, George.

Wilson sacudió la cabeza. Sus ojos se entrecerraron y su boca se ensanchó ligeramente con el fantasma de un «¡Hm!», manifestando superioridad.

—Lo sé —dijo definitivamente—. Soy uno de esos tipos confiados y no pienso mal de nadie, pero cuando sé una cosa la sé. Fue el hombre del coche. Ella salió corriendo para hablar con él y él no se detuvo.

Michaelis también había visto esto, pero no se le había ocurrido que hubiera ningún significado especial en ello. Creía que la señora Wilson había estado huyendo de su marido y no tratando de detener algún coche en particular.

—¿Cómo pudo haber hecho eso?

—Ella es lista —dijo Wilson, como si eso respondiera a la pregunta—. Ah...

Comenzó a mecerse de nuevo, y Michaelis se puso de pie retorciendo la correa en su mano.

—¿Tal vez tengas algún amigo al que pueda llamar por teléfono, George?

Era una esperanza vana; estaba casi seguro de que Wilson no tenía ningún amigo: no había suficiente de él para su mujer. Se alegró un poco más tarde cuando notó un cambio en la habitación, un azul

ing by the window, and realized that dawn wasn't far off. About five o'clock it was blue enough outside to snap off the light.

Wilson's glazed eyes turned out to the ash-heaps, where small grey clouds took on fantastic shapes and scurried here and there in the faint dawn wind.

"I spoke to her," he muttered, after a long silence. "I told her she might fool me but she couldn't fool God. I took her to the window"—with an effort he got up and walked to the rear window and leaned with his face pressed against it—"and I said 'God knows what you've been doing, everything you've been doing. You may fool me, but you can't fool God!'"

Standing behind him, Michaelis saw with a shock that he was looking at the eyes of Doctor T. J. Eckleburg, which had just emerged, pale and enormous, from the dissolving night.

"God sees everything," repeated Wilson.

"That's an advertisement," Michaelis assured him. Something made him turn away from the window and look back into the room. But Wilson stood there a long time, his face close to the window pane, nodding into the twilight.

***

By six o'clock Michaelis was worn out, and grateful for the sound of a car stopping outside. It was one of the watchers of the night before who had promised to come back, so he cooked breakfast for three, which he and the other man ate together. Wilson was quieter now, and Michaelis went home to sleep; when he awoke four hours later and hurried back to the garage, Wilson was gone.

His movements—he was on foot all the time—were afterward traced to Port Roosevelt and then to Gad's Hill, where he bought a sandwich that he didn't eat, and a cup of coffee. He must have been tired and walking slowly, for he didn't reach Gad's Hill un-

creciente en la ventana, y se dio cuenta de que el amanecer no estaba lejos. A eso de las cinco estaba lo suficientemente azul afuera como para apagar la luz.

Los ojos vidriosos de Wilson se volvieron hacia los montones de ceniza, donde pequeñas nubes grises adoptaban formas fantásticas y se escurrían aquí y allá en el débil viento del amanecer.

—Hablé con ella —murmuró después de un largo silencio—. Le dije que podía engañarme a mí, pero que no podía engañar a Dios. La llevé a la ventana... —con un esfuerzo se levantó y caminó hacia la ventana trasera y se apoyó con la cara pegada a ella— y le dije: «Dios sabe lo que has estado haciendo, todo lo que has estado haciendo. Puedes engañarme a mí, pero no puedes engañar a Dios».

De pie detrás de él, Michaelis vio con sobresalto que estaba mirando los ojos del doctor T. J. Eckleburg, que acababan de emerger, pálidos y enormes, de la noche que se disolvía.

—Dios lo ve todo —repitió Wilson.

—Eso es un anuncio —le aseguró Michaelis. Algo le hizo apartarse de la ventana y volver a mirar hacia la habitación. Pero Wilson permaneció allí mucho tiempo, con la cara pegada al cristal de la ventana, asintiendo en el crepúsculo.

***

A las seis, Michaelis estaba agotado, y agradeció al oír el sonido de un coche que se detenía fuera. Era uno de los curiosos de la noche anterior que había prometido volver, así que preparó un desayuno para tres, que él y el otro comieron juntos. Wilson estaba ahora más tranquilo, y Michaelis se fue a casa a dormir; cuando se despertó, cuatro horas más tarde, y se apresuró a volver al garaje, Wilson se había ido.

Sus movimientos —estuvo de pie todo el tiempo— fueron rastreados después hasta Port Roosevelt y luego hasta Gad's Hill, donde compró un sándwich que no comió, y una taza de café. Debía de estar cansado y caminar despacio, pues no llegó a Gad's Hill hasta el

til noon. Thus far there was no difficulty in accounting for his time—there were boys who had seen a man "acting sort of crazy," and motorists at whom he stared oddly from the side of the road. Then for three hours he disappeared from view. The police, on the strength of what he said to Michaelis, that he "had a way of finding out," supposed that he spent that time going from garage to garage thereabout, inquiring for a yellow car. On the other hand, no garage man who had seen him ever came forward, and perhaps he had an easier, surer way of finding out what he wanted to know. By half-past two he was in West Egg, where he asked someone the way to Gatsby's house. So by that time he knew Gatsby's name.

***

At two o'clock Gatsby put on his bathing-suit and left word with the butler that if anyone phoned word was to be brought to him at the pool. He stopped at the garage for a pneumatic mattress that had amused his guests during the summer, and the chauffeur helped him to pump it up. Then he gave instructions that the open car wasn't to be taken out under any circumstances—and this was strange, because the front right fender needed repair.

Gatsby shouldered the mattress and started for the pool. Once he stopped and shifted it a little, and the chauffeur asked him if he needed help, but he shook his head and in a moment disappeared among the yellowing trees.

No telephone message arrived, but the butler went without his sleep and waited for it until four o'clock—until long after there was anyone to give it to if it came. I have an idea that Gatsby himself didn't believe it would come, and perhaps he no longer cared. If that was true he must have felt that he had lost the old warm world, paid a high price for living too long with a single dream. He must have looked up at an unfamiliar sky through frightening leaves and shivered as he found what a grotesque thing a rose is and how raw the sunlight was upon the scarcely created grass. A new world, material without being real, where poor ghosts, breathing dreams like air, drifted fortuitously about... like that ashen, fantastic figure gliding toward him through the amorphous trees.

mediodía. Hasta ese momento no hubo dificultad para justificar sus tiempos: había muchachos que habían visto a un hombre «actuando como un loco», y automovilistas a los que miraba extrañamente desde el lado de la carretera. Luego, durante tres horas, desapareció de la vista. La policía, basándose en lo que le dijo a Michaelis, que «tenía una forma de averiguarlo», supuso que pasó ese tiempo yendo de garaje en garaje por los alrededores, preguntando por un coche amarillo. Por otra parte, ningún taller que lo hubiera visto se presentó, y quizás tenía una forma más fácil y segura de averiguar lo que quería saber. A las dos y media estaba en West Egg, donde preguntó a alguien el camino a la casa de Gatsby. Para entonces ya sabía el nombre de Gatsby.

***

A las dos, Gatsby se puso el traje de baño y dejó dicho al mayordomo que si alguien llamaba por teléfono le avisara en la piscina. Se detuvo en el garaje a por un colchón inflable que había divertido a sus invitados durante el verano, y el chófer le ayudó a inflarlo. Luego dio instrucciones de que el coche descapotable no debía ser sacado bajo ninguna circunstancia... y eso era extraño, porque el guardabarros delantero derecho necesitaba ser reparado.

Gatsby se echó el colchón al hombro y se dirigió a la piscina. Se detuvo una vez y lo cogió mejor, y el chófer le preguntó si necesitaba ayuda, pero él negó con la cabeza y en seguida desapareció entre los árboles amarillentos.

No llegó ningún mensaje telefónico, pero el mayordomo se quedó sin dormir y lo esperó hasta las cuatro... hasta mucho después de que hubiera alguien a quien dárselo si llegaba. Tengo la idea de que el propio Gatsby no creía que fuera a llegar, y tal vez ya no le importaba. Si eso era cierto, debió de sentir que había perdido el viejo y cálido mundo, que había pagado un alto precio por vivir demasiado tiempo con un solo sueño. Debió de mirar a un cielo desconocido a través de unas hojas espantosas y se estremeció al comprobar lo grotesca que es una rosa y lo cruda que era la luz del sol sobre el césped apenas creado. Un mundo nuevo, material sin ser real, donde los pobres fantasmas, que respiran los sueños como si fuera aire, vagaban fortuitamente... como aquella figura cenicienta y fantástica

The chauffeur—he was one of Wolfshiem's protégés—heard the shots—afterwards he could only say that he hadn't thought anything much about them. I drove from the station directly to Gatsby's house and my rushing anxiously up the front steps was the first thing that alarmed anyone. But they knew then, I firmly believe. With scarcely a word said, four of us, the chauffeur, butler, gardener, and I hurried down to the pool.

There was a faint, barely perceptible movement of the water as the fresh flow from one end urged its way toward the drain at the other. With little ripples that were hardly the shadows of waves, the laden mattress moved irregularly down the pool. A small gust of wind that scarcely corrugated the surface was enough to disturb its accidental course with its accidental burden. The touch of a cluster of leaves revolved it slowly, tracing, like the leg of transit, a thin red circle in the water.

It was after we started with Gatsby toward the house that the gardener saw Wilson's body a little way off in the grass, and the holocaust was complete.

que se deslizaba hacia él a través de los árboles amorfos.

El chófer —era uno de los protegidos de Wolfshiem— oyó los disparos y después solo pudo decir que no había pensado mucho en ellos. Yo conduje desde la estación directamente a la casa de Gatsby, y mi prisa por subir ansiosamente los escalones de la entrada fue lo primero que alarmó a todos. Pero ellos ya lo sabían para entonces, lo creo firmemente. Sin decir apenas una palabra, cuatro de nosotros, el chófer, el mayordomo, el jardinero y yo nos apresuramos a bajar a la piscina.

El agua se movía débilmente, era apenas perceptible, el flujo de agua fresca de un extremo se abría paso hacia el desagüe en el otro. A causa de las pequeñas ondulaciones que apenas eran sombras de olas, el colchón cargado se movía irregularmente por el estanque. Una pequeña ráfaga de viento que apenas ondulaba la superficie fue suficiente para perturbar su curso accidental y su carga accidental. El roce de un racimo de hojas lo hacía girar lentamente, trazando, como un compás, un fino círculo rojo en el agua.

Fue después de que nos pusiéramos en marcha, llevando a Gatsby hacia la casa, que el jardinero vio el cuerpo de Wilson un poco más allá en el césped, y el holocausto estaba completo.

IX

After two years I remember the rest of that day, and that night and the next day, only as an endless drill of police and photographers and newspaper men in and out of Gatsby's front door. A rope stretched across the main gate and a policeman by it kept out the curious, but little boys soon discovered that they could enter through my yard, and there were always a few of them clustered open-mouthed about the pool. Someone with a positive manner, perhaps a detective, used the expression "madman" as he bent over Wilson's body that afternoon, and the adventitious authority of his voice set the key for the newspaper reports next morning.

Most of those reports were a nightmare—grotesque, circumstantial, eager, and untrue. When Michaelis's testimony at the inquest brought to light Wilson's suspicions of his wife I thought the whole tale would shortly be served up in racy pasquinade—but Catherine, who might have said anything, didn't say a word. She showed a surprising amount of character about it too—looked at the coroner with determined eyes under that corrected brow of hers, and swore that her sister had never seen Gatsby, that her sister was completely happy with her husband, that her sister had been into no mischief whatever. She convinced herself of it, and cried into her handkerchief, as if the very suggestion was more than she could endure. So Wilson was reduced to a man "deranged by grief" in order that the case might remain in its simplest form. And it rested there.

But all this part of it seemed remote and unessential. I found myself on Gatsby's side, and alone. From the moment I telephoned news of the catastrophe to West Egg village, every surmise about him, and every practical question, was referred to me. At first I was surprised and confused; then, as he lay in his house and didn't move or breathe or speak, hour upon hour, it grew upon me that I was responsible, because no one else was interested—interested, I mean, with that intense personal interest to which everyone has some vague right at the end.

I called up Daisy half an hour after we found him, called her

Después de dos años, recuerdo el resto de aquel día, y de aquella noche y del día siguiente, como un ejercicio interminable de policías, fotógrafos y periodistas que entraban y salían por la puerta principal de Gatsby. Una cuerda extendida a través de la puerta principal y un policía junto a ella mantenían alejados a los curiosos, pero los chiquillos pronto descubrieron que podían entrar a través de mi jardín, y siempre había unos cuantos agrupados con la boca abierta alrededor de la piscina. Alguien con buenos modales, tal vez un detective, utilizó la expresión «loco» mientras se inclinaba sobre el cuerpo de Wilson aquella tarde, y la imprevista autoridad de su voz dio la clave para los informes periodísticos de la mañana siguiente.

La mayoría de esos informes eran una pesadilla: grotescos, circunstanciales, ansiosos y falsos. Cuando el testimonio de Michaelis en la investigación sacó a la luz las sospechas de Wilson sobre su esposa, pensé que toda la historia se serviría en breve en un trepidante pasquín, pero Catherine, que podría haber dicho algo, no dijo ni una palabra. Mostró un carácter sorprendente al respecto: miró al forense con ojos decididos bajo sus cejas corregidas y juró que su hermana nunca había visto a Gatsby, que su hermana era completamente feliz con su marido, que su hermana no había hecho ninguna travesura. Se convenció de ello y lloró en su pañuelo, como si la mera sugerencia fuera más de lo que podía soportar. Así que Wilson quedó reducido a un hombre «trastornado por la pena» para que el caso quedara en su forma más simple. Y así quedó.

Pero esa parte del asunto me pareció remota y sin importancia. Me encontré del lado de Gatsby, y solo. Desde el momento en que telefoneé la noticia de la catástrofe al pueblo de West Egg, todas las conjeturas sobre él, y todas las preguntas prácticas, me fueron remitidas. Al principio me sorprendí y me sentí confuso; luego, mientras él yacía en su casa y no se movía, ni respiraba, ni hablaba, hora tras hora, creció en mí la idea de que yo era el responsable, porque nadie más se interesaba... interesaba, quiero decir, con ese intenso interés personal al que todo el mundo tiene algún vago derecho al final.

Llamé a Daisy media hora después de encontrarlo, la llamé ins-

instinctively and without hesitation. But she and Tom had gone away early that afternoon, and taken baggage with them.

"Left no address?"

"No."

"Say when they'd be back?"

"No."

"Any idea where they are? How I could reach them?"

"I don't know. Can't say."

I wanted to get somebody for him. I wanted to go into the room where he lay and reassure him: "I'll get somebody for you, Gatsby. Don't worry. Just trust me and I'll get somebody for you—"

Meyer Wolfshiem's name wasn't in the phone book. The butler gave me his office address on Broadway, and I called Information, but by the time I had the number it was long after five, and no one answered the phone.

"Will you ring again?"

"I've rung three times."

"It's very important."

"Sorry. I'm afraid no one's there."

I went back to the drawing-room and thought for an instant that they were chance visitors, all these official people who suddenly filled it. But, though they drew back the sheet and looked at Gatsby with shocked eyes, his protest continued in my brain:

"Look here, old sport, you've got to get somebody for me. You've got to try hard. I can't go through this alone."

tintivamente y sin dudarlo. Pero ella y Tom se habían marchado a primera hora de la tarde y se habían llevado el equipaje.

—¿No dejó ninguna dirección?

—No.

—¿Dijo cuándo volverían?

—No.

—¿Alguna idea de dónde están? ¿Cómo puedo llegar a ellos?

—No lo sé. No puedo decirlo.

Quería buscar a alguien para él. Quería entrar en la habitación donde yacía y tranquilizarlo: «Conseguiré a alguien que te acompañe, Gatsby. No te preocupes. Confía en mí y te conseguiré a alguien...».

El nombre de Meyer Wolfshiem no estaba en la guía telefónica. El mayordomo me dio la dirección de su oficina en Broadway, y llamé a Información, pero para cuando obtuve el número ya eran mucho más de las cinco, y nadie respondió al teléfono.

—¿Puede llamar otra vez?

—He llamado tres veces.

—Es muy importante.

—Lo siento. Me temo que no hay nadie allí.

Volví al salón y pensé por un instante que eran visitantes casuales, toda esa gente oficial que lo llenaba de repente. Pero, aunque retiraron la sábana y miraron a Gatsby con ojos sorprendidos, su protesta continuó en mi cerebro:

«Mira, viejo amigo, tienes que conseguir a alguien que me acompañe. Tienes que esforzarte. No puedo pasar por esto solo».

Someone started to ask me questions, but I broke away and going upstairs looked hastily through the unlocked parts of his desk—he'd never told me definitely that his parents were dead. But there was nothing—only the picture of Dan Cody, a token of forgotten violence, staring down from the wall.

Next morning I sent the butler to New York with a letter to Wolfshiem, which asked for information and urged him to come out on the next train. That request seemed superfluous when I wrote it. I was sure he'd start when he saw the newspapers, just as I was sure there'd be a wire from Daisy before noon—but neither a wire nor Mr. Wolfshiem arrived; no one arrived except more police and photographers and newspaper men. When the butler brought back Wolfshiem's answer I began to have a feeling of defiance, of scornful solidarity between Gatsby and me against them all.

> Dear Mr. Carraway. This has been one of the most terrible shocks of my life to me I hardly can believe it that it is true at all. Such a mad act as that man did should make us all think. I cannot come down now as I am tied up in some very important business and cannot get mixed up in this thing now. If there is anything I can do a little later let me know in a letter by Edgar. I hardly know where I am when I hear about a thing like this and am completely knocked down and out.
>
> Yours truly
>
> Meyer Wolfshiem

and then hasty addenda beneath:

> Let me know about the funeral etc do not know his family at all.

When the phone rang that afternoon and Long Distance said Chicago was calling I thought this would be Daisy at last. But the connection came through as a man's voice, very thin and far away.

"This is Slagle speaking..."

Alguien empezó a hacerme preguntas, pero me escabullí y subiendo las escaleras miré apresuradamente en los cajones sin llave de su escritorio; él nunca me había dicho definitivamente que sus padres habían muerto. Pero no había nada: solo la foto de Dan Cody, una muestra de olvidada violencia, que miraba desde la pared.

A la mañana siguiente envié al mayordomo a Nueva York con una carta para Wolfshiem, en la que le pedía información y le instaba a venir en el próximo tren. Esa petición me pareció superflua cuando la escribí. Estaba seguro de que se pondría en marcha cuando viera los periódicos, al igual que estaba seguro de que habría un telegrama de Daisy antes del mediodía; pero ni el telegrama ni el señor Wolfshiem llegaron; no llegó nadie, salvo más policías y fotógrafos y periodistas. Cuando el mayordomo trajo la respuesta de Wolfshiem, empecé a tener un sentimiento de desafío, de despreciable solidaridad entre Gatsby y yo contra todos ellos.

> Estimado señor Carraway. Este ha sido uno de los choques más terribles de mi vida, apenas puedo creer que sea cierto. Un acto tan loco como el de ese hombre debería hacernos reflexionar a todos. No puedo ir ahora porque estoy ocupado en un asunto muy importante y no puedo involucrarme en esto. Si hay algo que pueda hacer un poco más tarde hágamelo saber con una carta de Edgar. Apenas sé dónde estoy al enterarme de semejante cosa y estoy completamente abatido y fuera de combate.
>
> Atentamente,
>
> Meyer Wolfshiem

y luego se apresuró a añadir debajo:

> Hágame saber sobre el funeral, etc. No conozco a su familia.

Cuando esa tarde sonó el teléfono y la operadora de larga distancia dijo que llamaban desde Chicago, pensé que por fin sería Daisy. Pero la conexión consistía en una voz de hombre, muy fina y lejana.

—Habla Slagle...

"Yes?" The name was unfamiliar.

"Hell of a note, isn't it? Get my wire?"

"There haven't been any wires."

"Young Parke's in trouble," he said rapidly. "They picked him up when he handed the bonds over the counter. They got a circular from New York giving 'em the numbers just five minutes before. What d'you know about that, hey? You never can tell in these hick towns—"

"Hello!" I interrupted breathlessly. "Look here—this isn't Mr. Gatsby. Mr. Gatsby's dead."

There was a long silence on the other end of the wire, followed by an exclamation... then a quick squawk as the connection was broken.

***

I think it was on the third day that a telegram signed Henry C. Gatz arrived from a town in Minnesota. It said only that the sender was leaving immediately and to postpone the funeral until he came.

It was Gatsby's father, a solemn old man, very helpless and dismayed, bundled up in a long cheap ulster against the warm September day. His eyes leaked continuously with excitement, and when I took the bag and umbrella from his hands he began to pull so incessantly at his sparse grey beard that I had difficulty in getting off his coat. He was on the point of collapse, so I took him into the music-room and made him sit down while I sent for something to eat. But he wouldn't eat, and the glass of milk spilled from his trembling hand.

"I saw it in the Chicago newspaper," he said. "It was all in the Chicago newspaper. I started right away."

"I didn't know how to reach you."

—¿Sí? —El nombre no era familiar.

—Vaya nota, ¿verdad? ¿Recibiste mi telegrama?

—No ha habido ningún telegrama.

—El joven Parke está en problemas —dijo rápidamente—. Lo detuvieron cuando entregó los bonos en el mostrador. Recibieron una circular de Nueva York dándoles los números solo cinco minutos antes. ¿Qué sabes tú de eso, eh? Nunca se sabe en estos pueblitos del campo...

—¡Oiga! —interrumpí falto de aliento—. Mire, yo no soy el señor Gatsby. El señor Gatsby está muerto.

Hubo un largo silencio en el otro extremo del cable, seguido de una exclamación... y luego un rápido graznido cuando se cortó la conexión.

***

Creo que fue al tercer día cuando llegó un telegrama firmado por Henry C. Gatz desde un pueblo de Minnesota. Solo decía que el remitente viajaba inmediatamente y que pospusiera el funeral hasta que llegara.

Era el padre de Gatsby, un anciano solemne, desolado y consternado, envuelto en un largo abrigo barato contra el cálido día de septiembre. Sus ojos goteaban continuamente por la excitación, y cuando le ayudé con el bolso y el paraguas empezó a tirar tan incesantemente de su escasa barba gris que me costó quitarle el abrigo. Estaba a punto de derrumbarse, así que le llevé a la sala de música y le hice sentarse mientras mandaba a buscar algo de comer. Pero no quiso comer, y el vaso de leche se derramaba de su mano temblorosa.

—Lo vi en el periódico de Chicago —dijo—. Todo salió en el periódico de Chicago. Me puse en marcha de inmediato.

—No sabía cómo encontrarlo.

His eyes, seeing nothing, moved ceaselessly about the room.

"It was a madman," he said. "He must have been mad."

"Wouldn't you like some coffee?" I urged him.

"I don't want anything. I'm all right now, Mr.—"

"Carraway."

"Well, I'm all right now. Where have they got Jimmy?"

I took him into the drawing-room, where his son lay, and left him there. Some little boys had come up on the steps and were looking into the hall; when I told them who had arrived, they went reluctantly away.

After a little while Mr. Gatz opened the door and came out, his mouth ajar, his face flushed slightly, his eyes leaking isolated and unpunctual tears. He had reached an age where death no longer has the quality of ghastly surprise, and when he looked around him now for the first time and saw the height and splendour of the hall and the great rooms opening out from it into other rooms, his grief began to be mixed with an awed pride. I helped him to a bedroom upstairs; while he took off his coat and vest I told him that all arrangements had been deferred until he came.

"I didn't know what you'd want, Mr. Gatsby—"

"Gatz is my name."

"—Mr. Gatz. I thought you might want to take the body West."

He shook his head.

"Jimmy always liked it better down East. He rose up to his position in the East. Were you a friend of my boy's, Mr.—?"

Sus ojos, sin ver nada, se movían incesantemente por la habitación.

—Era un loco —dijo—. Debía de estar loco.

—¿No quiere un poco de café? —insistí.

—No quiero nada. Ya estoy bien, señor...

—Carraway.

—Bueno, ya estoy bien. ¿Dónde tienen a Jimmy?

Lo llevé al salón, donde estaba su hijo, y lo dejé allí. Unos chiquillos habían subido a la escalera y miraban hacia el salón; cuando les dije quién había llegado, se fueron de mala gana.

Al cabo de un rato, el señor Gatz abrió la puerta y salió, con la boca entreabierta, el rostro ligeramente enrojecido y los ojos goteando lágrimas aisladas e imprecisas. Había llegado a una edad en la que la muerte ya no tiene la cualidad de una sorpresa espantosa, y cuando miró a su alrededor por primera vez y vio la altura y el esplendor del vestíbulo y las grandes habitaciones que se abrían desde allí a otras estancias, su pena empezó a mezclarse con un orgullo sobrecogedor. Le ayudé a subir a un dormitorio; mientras se quitaba el abrigo y el chaleco le dije que todos los preparativos se habían aplazado hasta su llegada.

—No sabía lo que quería hacer, señor Gatsby...

—Mi nombre es Gatz.

—... señor Gatz. Pensé que querría llevarse el cuerpo al Oeste.

Sacudió la cabeza.

—A Jimmy siempre le gustó más el Este. Llegó a esta posición en el Este. ¿Era usted amigo de mi hijo, señor...?

"We were close friends."

"He had a big future before him, you know. He was only a young man, but he had a lot of brain power here."

He touched his head impressively, and I nodded.

"If he'd of lived, he'd of been a great man. A man like James J. Hill. He'd of helped build up the country."

"That's true," I said, uncomfortably.

He fumbled at the embroidered coverlet, trying to take it from the bed, and lay down stiffly—was instantly asleep.

That night an obviously frightened person called up, and demanded to know who I was before he would give his name.

"This is Mr. Carraway," I said.

"Oh!" He sounded relieved. "This is Klipspringer."

I was relieved too, for that seemed to promise another friend at Gatsby's grave. I didn't want it to be in the papers and draw a sightseeing crowd, so I'd been calling up a few people myself. They were hard to find.

"The funeral's tomorrow," I said. "Three o'clock, here at the house. I wish you'd tell anybody who'd be interested."

"Oh, I will," he broke out hastily. "Of course I'm not likely to see anybody, but if I do."

His tone made me suspicious.

"Of course you'll be there yourself."

"Well, I'll certainly try. What I called up about is—"

"Wait a minute," I interrupted. "How about saying you'll come?"

—Éramos amigos íntimos.

—Tenía un gran futuro por delante. Era solo un hombre joven, pero tenía mucho cerebro aquí.

Se tocó la cabeza de forma contundente, y yo asentí.

—Si hubiera vivido, habría sido un gran hombre. Un hombre como James J. Hill. Habría ayudado a levantar el país.

—Es cierto —dije, incómodo.

Tanteó la colcha bordada, tratando de sacarla de la cama, y se acostó con rigidez; se quedó dormido al instante.

Esa noche llamó una persona evidentemente asustada, y exigió saber quién era yo antes de dar su nombre.

—Soy el señor Carraway —dije.

—¡Oh! —sonó aliviado—. Soy Klipspringer.

Yo también me sentí aliviado, pues eso parecía prometer otro amigo en la tumba de Gatsby. No quería que saliera en los periódicos y atrajera a una multitud de turistas, así que yo mismo había llamado a algunas personas. Eran difícil de encontrar.

—El funeral es mañana —dije—. A las tres, aquí en la casa. Me gustaría que se lo dijeras a quien le interese.

—Oh, lo haré —se apresuró a decir—. Por supuesto que no es probable que vea a nadie, pero si lo hago.

Su tono me hizo sospechar.

—Por supuesto que tú mismo estarás allí.

—Bueno, ciertamente lo intentaré. Por lo que llamé es...

—Espera un momento —interrumpí—. ¿Qué tal si dices que ven-

"Well, the fact is—the truth of the matter is that I'm staying with some people up here in Greenwich, and they rather expect me to be with them tomorrow. In fact, there's a sort of picnic or something. Of course I'll do my best to get away."

I ejaculated an unrestrained "Huh!" and he must have heard me, for he went on nervously:

"What I called up about was a pair of shoes I left there. I wonder if it'd be too much trouble to have the butler send them on. You see, they're tennis shoes, and I'm sort of helpless without them. My address is care of B. F.—"

I didn't hear the rest of the name, because I hung up the receiver.

After that I felt a certain shame for Gatsby—one gentleman to whom I telephoned implied that he had got what he deserved. However, that was my fault, for he was one of those who used to sneer most bitterly at Gatsby on the courage of Gatsby's liquor, and I should have known better than to call him.

The morning of the funeral I went up to New York to see Meyer Wolfshiem; I couldn't seem to reach him any other way. The door that I pushed open, on the advice of an elevator boy, was marked "The Swastika Holding Company," and at first there didn't seem to be anyone inside. But when I'd shouted "hello" several times in vain, an argument broke out behind a partition, and presently a lovely Jewess appeared at an interior door and scrutinized me with black hostile eyes.

"Nobody's in," she said. "Mr. Wolfshiem's gone to Chicago."

The first part of this was obviously untrue, for someone had begun to whistle "The Rosary," tunelessly, inside.

"Please say that Mr. Carraway wants to see him."

drás?

—Bueno, el hecho es que... la verdad es que me estoy quedando con algunas personas aquí en Greenwich, y más bien esperan que esté con ellos mañana. De hecho, hay una especie de picnic o algo así. Por supuesto, haré todo lo posible por escaparme.

Yo exclamé un irrefrenable «¡Eh!» y él debió de oírme, porque continuó nervioso:

—Por lo que llamé fue por un par de zapatos que dejé allí. Me pregunto si sería demasiado problema que el mayordomo me los enviara. Verá, son zapatillas de tenis, y estoy un poco perdido sin ellas. Mi dirección es la casa de B. F. ...

No escuché el resto del nombre, porque colgué el auricular.

Después sentí cierta vergüenza por Gatsby; un caballero al que llamé por teléfono me dio a entender que había recibido su merecido. Sin embargo, eso fue culpa mía, pues era uno de los que solían mofarse más amargamente de Gatsby al emborracharse en las fiestas, y yo debería haber sabido que no debía llamar.

La mañana del funeral fui a Nueva York para ver a Meyer Wolfshiem; parecía que no podía contactarlo de otra manera. La puerta que empujé, siguiendo el consejo de un ascensorista, decía «The Swastika Holding Company», y al principio no parecía haber nadie dentro. Pero después de haber gritado «hola» varias veces en vano, estalló una discusión detrás de un tabique, y en ese momento una encantadora mujer judía apareció desde una puerta interior y me escudriñó con ojos negros y hostiles.

—No hay nadie —dijo—. El señor Wolfshiem se ha ido a Chicago.

La primera parte de esto era obviamente falsa, pues alguien había empezado a silbar «El Rosario», no muy entonado, en el interior.

—Por favor, diga que el señor Carraway quiere verlo.

"I can't get him back from Chicago, can I?"

At this moment a voice, unmistakably Wolfshiem's, called "Stella!" from the other side of the door.

"Leave your name on the desk," she said quickly. "I'll give it to him when he gets back."

"But I know he's there."

She took a step toward me and began to slide her hands indignantly up and down her hips.

"You young men think you can force your way in here any time," she scolded. "We're getting sickantired of it. When I say he's in Chicago, he's in Chicago."

I mentioned Gatsby.

"Oh-h!" She looked at me over again. "Will you just—What was your name?"

She vanished. In a moment Meyer Wolfshiem stood solemnly in the doorway, holding out both hands. He drew me into his office, remarking in a reverent voice that it was a sad time for all of us, and offered me a cigar.

"My memory goes back to when first I met him," he said. "A young major just out of the army and covered over with medals he got in the war. He was so hard up he had to keep on wearing his uniform because he couldn't buy some regular clothes. First time I saw him was when he came into Winebrenner's poolroom at Forty-third Street and asked for a job. He hadn't eat anything for a couple of days. 'Come on have some lunch with me,' I said. He ate more than four dollars' worth of food in half an hour."

"Did you start him in business?" I inquired.

"Start him! I made him."

—No puedo hacer que vuelva de Chicago, ¿verdad?

En ese momento una voz, inconfundiblemente de Wolfshiem, llamó «¡Stella!» desde el otro lado de la puerta.

—Deje su nombre en el escritorio —dijo rápidamente—. Se lo daré cuando vuelva.

—Pero sé que está ahí.

Dio un paso hacia mí y comenzó a deslizar sus manos indignadas hacia arriba y hacia abajo de sus caderas.

—Ustedes, jóvenes, creen que pueden entrar aquí por la fuerza en cualquier momento —me reprendió—. Nos estamos hartando de esto. Cuando digo que está en Chicago, está en Chicago.

Mencioné a Gatsby.

—¡Oh...! —Ella me miró por encima de nuevo—. ¿Podría...? ¿Cuál era su nombre?

Desapareció. En un momento, Meyer Wolfshiem se plantó solemnemente en la puerta, extendiendo ambas manos. Me hizo pasar a su despacho, comentando con voz reverente que era un momento triste para todos nosotros, y me ofreció un cigarro.

—Mi memoria me remonta a la primera vez que lo conocí —dijo—. Un joven mayor recién salido del ejército y cubierto de medallas que obtuvo en la guerra. Estaba tan mal que tenía que seguir portando el uniforme porque no tenía con qué comprar otra ropa. La primera vez que lo vi fue cuando entró en la sala de billar de Winebrenner en la Calle 43 y pidió trabajo. Llevaba un par de días sin comer nada. «Ven a almorzar conmigo», le dije. Se comió más de cuatro dólares de comida en media hora.

—¿Lo iniciaste en el negocio? —pregunté.

—¡Iniciarlo! Yo lo hice a él.

"Oh."

"I raised him up out of nothing, right out of the gutter. I saw right away he was a fine-appearing, gentlemanly young man, and when he told me he was at Oggsford I knew I could use him good. I got him to join the American Legion and he used to stand high there. Right off he did some work for a client of mine up to Albany. We were so thick like that in everything"—he held up two bulbous fingers—"always together."

I wondered if this partnership had included the World's Series transaction in 1919.

"Now he's dead," I said after a moment. "You were his closest friend, so I know you'll want to come to his funeral this afternoon."

"I'd like to come."

"Well, come then."

The hair in his nostrils quivered slightly, and as he shook his head his eyes filled with tears.

"I can't do it—I can't get mixed up in it," he said.

"There's nothing to get mixed up in. It's all over now."

"When a man gets killed I never like to get mixed up in it in any way. I keep out. When I was a young man it was different—if a friend of mine died, no matter how, I stuck with them to the end. You may think that's sentimental, but I mean it—to the bitter end."

I saw that for some reason of his own he was determined not to come, so I stood up.

"Are you a college man?" he inquired suddenly.

For a moment I thought he was going to suggest a "gonnegtion," but he only nodded and shook my hand.

—Oh.

—Lo saqué de la nada, directamente de la alcantarilla. Enseguida vi que era un joven de aspecto fino y un caballero, y cuando me dijo que había ido a *Oggsford* supe que podía ser útil. Conseguí que se uniera a la Legión Americana y llegó bien lejos allí. Enseguida hizo algunos trabajos para un cliente mío en Albany. Éramos muy unidos en todo... —levantó dos dedos bulbosos— siempre juntos.

Me pregunté si esta asociación había incluido la transacción de las Grandes Ligas de 1919.

—Ahora está muerto —dije después de un momento—. Eras su mejor amigo, así que sé que querrás venir a su funeral esta tarde.

—Me gustaría ir.

—Pues entonces ven.

El pelo de sus fosas nasales tembló ligeramente, y al sacudir la cabeza sus ojos se llenaron de lágrimas.

—No puedo hacerlo, no puedo mezclarme en esto —dijo.

—No hay nada en lo que mezclarse. Ya está todo hecho.

—Cuando matan a un hombre nunca me gusta mezclarme en ello de ninguna manera. Me mantengo al margen. Cuando era joven era diferente: si un amigo mío moría, no importa cómo, me quedaba con él hasta el final. Puede que pienses que eso es muy sentimental, pero lo digo en serio... hasta el final.

Vi que por alguna razón privada había decidido que no iba a venir, así que me levanté.

—¿Es usted universitario? —preguntó de repente.

Por un momento pensé que iba a sugerir una *«connegción»*, pero se limitó a asentir y a estrechar mi mano.

"Let us learn to show our friendship for a man when he is alive and not after he is dead," he suggested. "After that my own rule is to let everything alone."

When I left his office the sky had turned dark and I got back to West Egg in a drizzle. After changing my clothes I went next door and found Mr. Gatz walking up and down excitedly in the hall. His pride in his son and in his son's possessions was continually increasing and now he had something to show me.

"Jimmy sent me this picture." He took out his wallet with trembling fingers. "Look there."

It was a photograph of the house, cracked in the corners and dirty with many hands. He pointed out every detail to me eagerly. "Look there!" and then sought admiration from my eyes. He had shown it so often that I think it was more real to him now than the house itself.

"Jimmy sent it to me. I think it's a very pretty picture. It shows up well."

"Very well. Had you seen him lately?"

"He come out to see me two years ago and bought me the house I live in now. Of course we was broke up when he run off from home, but I see now there was a reason for it. He knew he had a big future in front of him. And ever since he made a success he was very generous with me."

He seemed reluctant to put away the picture, held it for another minute, lingeringly, before my eyes. Then he returned the wallet and pulled from his pocket a ragged old copy of a book called *Hopalong Cassidy.*

"Look here, this is a book he had when he was a boy. It just shows you."

He opened it at the back cover and turned it around for me to

—Aprendamos a mostrar nuestra amistad por alguien cuando está vivo y no después de muerto —sugirió—. Después de eso, mi regla es dejar que cada cosa siga su curso.

Cuando salí de su despacho el cielo se había oscurecido y regresé a West Egg bajo una llovizna. Después de cambiarme de ropa, fui a la puerta de al lado y encontré al señor Gatz caminando de arriba abajo con entusiasmo por el pasillo. Su orgullo por su hijo y por las posesiones de su hijo aumentaba continuamente y ahora tenía algo que mostrarme.

—Jimmy me envió esta foto. —Sacó su cartera con dedos temblorosos—. Mira ahí.

Era una fotografía de la casa, agrietada en las esquinas y sucia con muchas huellas. Me señaló cada detalle con entusiasmo —«¡Mira ahí!»— y luego buscó la admiración de mis ojos. La había enseñado tantas veces que creo que ahora era más real para él que la propia casa.

—Me la envió Jimmy. Creo que es una fotografía muy bonita. Se ve muy bien.

—Muy bien. ¿Lo había visto últimamente?

—Vino a verme hace dos años y me compró la casa en la que vivo ahora. Por supuesto, nos destrozó cuando se escapó de casa, pero ahora veo que había una razón para ello. Él sabía que tenía un gran futuro por delante. Y desde el momento en que tuvo éxito fue muy generoso conmigo.

Parecía reacio a guardar la foto, la sostuvo durante un minuto más, de forma persistente, ante mis ojos. Luego me devolvió la cartera y sacó del bolsillo un viejo y raído ejemplar de un libro titulado *Hopalong Cassidy*.

—Mira, este es un libro que él tenía cuando era un niño. Esto solo basta de muestra.

Lo abrió por la contraportada y le dio la vuelta para que lo viera. En

see. On the last flyleaf was printed the word schedule, and the date September 12, 1906. And underneath:

> Rise from bed: 6:00 a.m.
> Dumbell exercise and wall-scaling: 6:15 - 6:30.
> Study electricity, etc.: 7:15 - 8:15.
> Work: 8:30 - 4:30 p.m.
> Baseball and sports: 4:30 - 5:00.
> Practise elocution, poise and how to attain it: 5:00 - 6:00.
> Study needed inventions: 7:00 - 9:00.
>
> GENERAL RESOLVES
> No wasting time at Shafters or [a name, indecipherable].
> No more smokeing or chewing.
> Bath every other day.
> Read one improving book or magazine per week.
> Save $5.00 [crossed out] $3.00 per week.
> Be better to parents.

"I came across this book by accident," said the old man. "It just shows you, don't it?"

"It just shows you."

"Jimmy was bound to get ahead. He always had some resolves like this or something. Do you notice what he's got about improving his mind? He was always great for that. He told me I et like a hog once, and I beat him for it."

He was reluctant to close the book, reading each item aloud and then looking eagerly at me. I think he rather expected me to copy down the list for my own use.

A little before three the Lutheran minister arrived from Flushing, and I began to look involuntarily out the windows for other cars. So did Gatsby's father. And as the time passed and the servants came in and stood waiting in the hall, his eyes began to blink anxiously, and he spoke of the rain in a worried, uncertain way. The minister glanced several times at his watch, so I took him aside and asked him to wait for half an hour. But it wasn't any

la última hoja estaba escrito con letra de imprenta la palabra «horario», y la fecha del 12 de septiembre de 1906. Y debajo:

> Levantarse de la cama: 6:00 a.m.
> Ejercicios con mancuernas y escalar la pared: 6:15 - 6:30.
> Estudiar electricidad, etc.: 7:15 - 8:15.
> Trabajar: 8:30 - 4:30 p.m.
> Béisbol y deportes: 4:30 - 5:00.
> Practicar elocución, aplomo y cómo conseguirlo: 5:00 - 6:00.
> Estudiar los inventos necesarios: 7:00 - 9:00.
>
> RESOLUCIONES GENERALES
> No perder el tiempo en Shafters o en [un nombre, ilegible].
> No fumar ni mascar.
> Bañarse cada dos días.
> Leer un libro o revista que ayude a mejorar a la semana.
> Ahorrar $5.00 [tachado] $3.00 por semana.
> Ser mejor con mis padres.

—Encontré este libro al azar —dijo el anciano—. Esto solo basta de muestra, ¿no?

—Esto solo basta de muestra.

—Jimmy estaba destinado a salir adelante. Siempre tenía algunas resoluciones como estas o similares. ¿Te das cuenta de cómo se preocupaba por mejorar su mente? Siempre fue muy bueno para eso. Una vez me dijo que yo comía como un cerdo, y le pegué.

Se resistía a cerrar el libro, leía cada elemento en voz alta y luego me miraba con entusiasmo. Creo que más bien esperaba que copiara la lista para mi propio uso.

Un poco antes de las tres llegó el ministro luterano de Flushing, y yo empecé a mirar involuntariamente por las ventanas en busca de otros coches. Lo mismo hizo el padre de Gatsby. Y a medida que pasaba el tiempo y los sirvientes entraban y esperaban en el vestíbulo, sus ojos empezaron a parpadear ansiosamente, y habló de la lluvia de forma preocupada e incierta. El ministro miró varias veces su reloj, así que lo llevé aparte y le pedí que esperara media hora. Pero fue

use. Nobody came.

***

About five o'clock our procession of three cars reached the cemetery and stopped in a thick drizzle beside the gate—first a motor hearse, horribly black and wet, then Mr. Gatz and the minister and me in the limousine, and a little later four or five servants and the postman from West Egg, in Gatsby's station wagon, all wet to the skin. As we started through the gate into the cemetery I heard a car stop and then the sound of someone splashing after us over the soggy ground. I looked around. It was the man with owl-eyed glasses whom I had found marvelling over Gatsby's books in the library one night three months before.

I'd never seen him since then. I don't know how he knew about the funeral, or even his name. The rain poured down his thick glasses, and he took them off and wiped them to see the protecting canvas unrolled from Gatsby's grave.

I tried to think about Gatsby then for a moment, but he was already too far away, and I could only remember, without resentment, that Daisy hadn't sent a message or a flower. Dimly I heard someone murmur "Blessed are the dead that the rain falls on," and then the owl-eyed man said "Amen to that," in a brave voice.

We straggled down quickly through the rain to the cars. Owl-eyes spoke to me by the gate.

"I couldn't get to the house," he remarked.

"Neither could anybody else."

"Go on!" He started. "Why, my God! they used to go there by the hundreds."

He took off his glasses and wiped them again, outside and in.

inútil. No vino nadie.

***

Hacia las cinco, nuestra procesión de tres coches llegó al cementerio y se detuvo bajo una espesa llovizna junto a la entrada: primero un coche fúnebre, horriblemente negro y mojado, luego el señor Gatz y el ministro y yo en la limusina, y un poco más allá cuatro o cinco sirvientes y el cartero de West Egg, en la camioneta de Gatsby, todos mojados hasta los huesos. Cuando empezamos a cruzar la entrada del cementerio, oí que un coche se detenía y luego el sonido de alguien chapoteando tras nosotros sobre el suelo empapado. Miré a mi alrededor. Era el hombre con gafas de ojo de búho al que había encontrado maravillado ante los libros de Gatsby en la biblioteca, una noche, tres meses atrás.

No lo había visto desde entonces. No sé cómo sabía lo del funeral, ni siquiera sabía su nombre. La lluvia caía sobre sus gruesas gafas, y se las quitó y las limpió para ver cómo levantaban la lona protectora de la tumba de Gatsby.

Intenté entonces pensar en Gatsby por un momento, pero ya estaba demasiado lejos, y solo pude recordar, sin resentimiento, que Daisy no había enviado un mensaje ni una flor. Oí débilmente que alguien murmuraba «Benditos sean los muertos sobre los que cae la lluvia», y entonces el hombre de ojos de búho dijo «Amén», con voz potente.

Caminamos rápidamente bajo la lluvia hasta los coches. Ojos de Búho me habló junto a la entrada.

—No pude llegar a la casa —comentó.

—Tampoco pudo nadie más.

—¡No me digas! —estalló—. ¡Por Dios! Solían ir allí a cientos.

Se quitó las gafas y las volvió a limpiar, por fuera y por dentro.

"The poor son-of-a-bitch," he said.

***

One of my most vivid memories is of coming back West from prep school and later from college at Christmas time. Those who went farther than Chicago would gather in the old dim Union Station at six o'clock of a December evening, with a few Chicago friends, already caught up into their own holiday gaieties, to bid them a hasty goodbye. I remember the fur coats of the girls returning from Miss This-or-That's and the chatter of frozen breath and the hands waving overhead as we caught sight of old acquaintances, and the matchings of invitations: "Are you going to the Ordways'? the Herseys'? the Schultzes'?" and the long green tickets clasped tight in our gloved hands. And last the murky yellow cars of the Chicago, Milwaukee and St. Paul railroad looking cheerful as Christmas itself on the tracks beside the gate.

When we pulled out into the winter night and the real snow, our snow, began to stretch out beside us and twinkle against the windows, and the dim lights of small Wisconsin stations moved by, a sharp wild brace came suddenly into the air. We drew in deep breaths of it as we walked back from dinner through the cold vestibules, unutterably aware of our identity with this country for one strange hour, before we melted indistinguishably into it again.

That's my Middle West—not the wheat or the prairies or the lost Swede towns, but the thrilling returning trains of my youth, and the street lamps and sleigh bells in the frosty dark and the shadows of holly wreaths thrown by lighted windows on the snow. I am part of that, a little solemn with the feel of those long winters, a little complacent from growing up in the Carraway house in a city where dwellings are still called through decades by a family's name. I see now that this has been a story of the West, after all—Tom and Gatsby, Daisy and Jordan and I, were all Westerners, and perhaps we possessed some deficiency in common which made us subtly unadaptable to Eastern life.

—El pobre hijo de puta —dijo.

***

Uno de mis recuerdos más vívidos es la vuelta al Oeste desde la escuela preparatoria y más tarde desde la universidad para Navidad. Los que iban más allá de Chicago se reunían en la vieja y poco iluminada Union Station a las seis de la tarde en una tarde de diciembre, con unos pocos amigos de Chicago, ya sumergidos en sus propias juergas navideñas, para despedirse apresuradamente. Recuerdo los abrigos de pieles de las chicas que volvían de la señorita Tal o Cual y el parloteo con el vaho helado y las manos que se agitaban en lo alto al ver a viejos conocidos, y las coincidencias de las invitaciones: «¿Vas a ir a casa de los Ordway? ¿A casa de los Hersey? ¿A casa de los Schultz?» y los largos billetes de tren verdes apretados en nuestras manos enguantadas. Y, por último, los sucios vagones amarillos del ferrocarril de Chicago, Milwaukee y St. Paul, que parecían tan alegres como la propia Navidad en las vías junto a la entrada.

Cuando nos adentramos en la noche invernal y la verdadera nieve, nuestra nieve, empezaba a extenderse por todos lados y a centellear contra las ventanas, y las tenues luces de las pequeñas estaciones de Wisconsin se movían, el aire se congelaba de pronto, cortante y afilado. Lo aspirábamos profundamente mientras regresábamos de la cena a través de los fríos vestíbulos, indeciblemente conscientes de nuestra identidad con este país durante una extraña hora, antes de volver a fundirnos indistintamente en él.

Ese es mi Medio Oeste... no el trigo ni las praderas ni los perdidos pueblos de los suecos, sino los emocionantes trenes de regreso de mi juventud, y las lámparas de las calles y las campanas de los trineos en la oscuridad helada y las sombras de las coronas de acebo a través de las ventanas iluminadas sobre la nieve. Soy parte de eso, un poco solemne con la sensación de esos largos inviernos, un poco complaciente por haber crecido en la casa de los Carraway en una ciudad donde las viviendas siguen llamándose durante décadas por el nombre de una familia. Ahora veo que esta ha sido una historia del Oeste, después de todo: Tom y Gatsby, Daisy y Jordan y yo, éramos todos del Oeste, y quizás poseíamos alguna deficiencia en común que nos hacía sutilmente inadaptables a la vida en el Este.

Even when the East excited me most, even when I was most keenly aware of its superiority to the bored, sprawling, swollen towns beyond the Ohio, with their interminable inquisitions which spared only the children and the very old—even then it had always for me a quality of distortion. West Egg, especially, still figures in my more fantastic dreams. I see it as a night scene by El Greco: a hundred houses, at once conventional and grotesque, crouching under a sullen, overhanging sky and a lustreless moon. In the foreground four solemn men in dress suits are walking along the sidewalk with a stretcher on which lies a drunken woman in a white evening dress. Her hand, which dangles over the side, sparkles cold with jewels. Gravely the men turn in at a house—the wrong house. But no one knows the woman's name, and no one cares.

After Gatsby's death the East was haunted for me like that, distorted beyond my eyes' power of correction. So when the blue smoke of brittle leaves was in the air and the wind blew the wet laundry stiff on the line I decided to come back home.

There was one thing to be done before I left, an awkward, unpleasant thing that perhaps had better have been let alone. But I wanted to leave things in order and not just trust that obliging and indifferent sea to sweep my refuse away. I saw Jordan Baker and talked over and around what had happened to us together, and what had happened afterward to me, and she lay perfectly still, listening, in a big chair.

She was dressed to play golf, and I remember thinking she looked like a good illustration, her chin raised a little jauntily, her hair the colour of an autumn leaf, her face the same brown tint as the fingerless glove on her knee. When I had finished she told me without comment that she was engaged to another man. I doubted that, though there were several she could have married at a nod of her head, but I pretended to be surprised. For just a minute I wondered if I wasn't making a mistake, then I thought it all over again quickly and got up to say goodbye.

Incluso cuando el Este me entusiasmaba más, incluso cuando era bien consciente de su superioridad en comparación con las aburridas, extensas e inflamadas ciudades más allá del Ohio, con sus interminables inquisiciones que solo perdonaban a los niños y a los ancianos, incluso así estaba siempre teñido por la distorsión. West Egg, especialmente, sigue figurando en mis sueños más fantásticos. Lo veo como una escena nocturna de El Greco: un centenar de casas, a la vez convencionales y grotescas, agazapadas bajo un cielo sombrío y sobresaliente y una luna sin brillo. En el primer plano, cuatro hombres solemnes, vestidos con trajes de gala, caminan por la acera con una camilla en la que yace una mujer ebria con un vestido de noche blanco. Su mano, que cuelga sobre el costado, brilla fría con sus joyas. Gravemente, los hombres se detienen en una casa, la casa equivocada. Pero nadie sabe el nombre de la mujer y a nadie le importa.

Después de la muerte de Gatsby, el Este se me antojó así, distorsionado más allá del poder de corrección propio a mis ojos. Así que cuando el humo azul de las hojas quebradizas estaba en el aire y el viento congelaba la ropa mojada en el tendedero, decidí volver a casa.

Había algo por hacer antes de irme, algo incómodo y desagradable que tal vez hubiera sido mejor no hacer. Pero quería dejar las cosas en orden y no solo confiar en que aquel mar servicial e indiferente arrastrara mis desechos. Vi a Jordan Baker y le hablé de lo que nos había pasado a nosotros, y de lo que me había pasado después, y ella se quedó perfectamente quieta, escuchando, en un gran sillón.

Iba vestida para jugar al golf, y recuerdo que pensé que tenía el aspecto de una buena ilustración, con la barbilla levantada con gracia, el pelo del color de una hoja de otoño y la cara del mismo tono crema que el mitón descansando en su rodilla. Cuando terminé, me dijo, sin hacer ningún comentario, que estaba comprometida con otro hombre. Lo dudé, aunque había varios con los que podría haberse casado con un movimiento de cabeza, pero fingí estar sorprendido. Durante un minuto me pregunté si no estaría cometiendo un error, luego lo pensé de nuevo, rápidamente, y me levanté para despedirme.

"Nevertheless you did throw me over," said Jordan suddenly. "You threw me over on the telephone. I don't give a damn about you now, but it was a new experience for me, and I felt a little dizzy for a while."

We shook hands.

"Oh, and do you remember"—she added—"a conversation we had once about driving a car?"

"Why—not exactly."

"You said a bad driver was only safe until she met another bad driver? Well, I met another bad driver, didn't I? I mean it was careless of me to make such a wrong guess. I thought you were rather an honest, straightforward person. I thought it was your secret pride."

"I'm thirty," I said. "I'm five years too old to lie to myself and call it honour."

She didn't answer. Angry, and half in love with her, and tremendously sorry, I turned away.

One afternoon late in October I saw Tom Buchanan. He was walking ahead of me along Fifth Avenue in his alert, aggressive way, his hands out a little from his body as if to fight off interference, his head moving sharply here and there, adapting itself to his restless eyes. Just as I slowed up to avoid overtaking him he stopped and began frowning into the windows of a jewellery store. Suddenly he saw me and walked back, holding out his hand.

"What's the matter, Nick? Do you object to shaking hands with me?"

"Yes. You know what I think of you."

"You're crazy, Nick," he said quickly. "Crazy as hell. I don't know what's the matter with you."

—Sin embargo, tú me dejaste —dijo Jordan de repente—. Me dejaste por teléfono. Ahora me importas un bledo, pero fue una experiencia nueva para mí, y me sentí un poco mareada por un rato.

Nos dimos la mano.

—Oh, ¿y recuerdas —añadió— una conversación que tuvimos una vez sobre cómo conducir un coche?

—Bueno... no exactamente.

—¿Dijiste que un mal conductor solo estaba seguro hasta que conociera a otro mal conductor? Bueno, yo conocí a otro mal conductor, ¿no es así? Quiero decir, que fue un descuido por mi parte hacer una suposición tan equivocada. Pensé que eras una persona más bien honesta y directa. Pensé que era tu orgullo secreto.

—Tengo treinta años —dije—. Tengo cinco años más para mentirme a mí mismo y llamarlo honor.

Ella no contestó. Enfadado, y medio enamorado de ella, y tremendamente arrepentido, me di la vuelta.

Una tarde de finales de octubre vi a Tom Buchanan. Caminaba delante de mí por la Quinta Avenida a su manera, alerta y agresiva, con las manos un poco separadas del cuerpo, como si quisiera combatir las interferencias, con la cabeza moviéndose bruscamente aquí y allá, adaptándose a sus ojos inquietos. Justo cuando empecé a caminar más despacio para no adelantarle, se detuvo y empezó a fruncir el ceño en los escaparates de una joyería. De repente, me vio y retrocedió, tendiéndome la mano.

—¿Qué pasa, Nick? ¿Te opones a darme la mano?

—Sí. Ya sabes lo que pienso de ti.

—Estás loco, Nick —dijo rápidamente—. Loco de remate. No sé qué te pasa.

"Tom," I inquired, "what did you say to Wilson that afternoon?"

He stared at me without a word, and I knew I had guessed right about those missing hours. I started to turn away, but he took a step after me and grabbed my arm.

"I told him the truth," he said. "He came to the door while we were getting ready to leave, and when I sent down word that we weren't in he tried to force his way upstairs. He was crazy enough to kill me if I hadn't told him who owned the car. His hand was on a revolver in his pocket every minute he was in the house—" He broke off defiantly. "What if I did tell him? That fellow had it coming to him. He threw dust into your eyes just like he did in Daisy's, but he was a tough one. He ran over Myrtle like you'd run over a dog and never even stopped his car."

***

There was nothing I could say, except the one unutterable fact that it wasn't true.

"And if you think I didn't have my share of suffering—look here, when I went to give up that flat and saw that damn box of dog biscuits sitting there on the sideboard, I sat down and cried like a baby. By God it was awful—"

I couldn't forgive him or like him, but I saw that what he had done was, to him, entirely justified. It was all very careless and confused. They were careless people, Tom and Daisy—they smashed up things and creatures and then retreated back into their money or their vast carelessness, or whatever it was that kept them together, and let other people clean up the mess they had made...

I shook hands with him; it seemed silly not to, for I felt suddenly as though I were talking to a child. Then he went into the jewellery store to buy a pearl necklace—or perhaps only a pair of cuff buttons—rid of my provincial squeamishness forever.

—Tom —pregunté—, ¿qué le dijiste a Wilson esa tarde?

Me miró fijamente sin decir nada, y supe que había adivinado correctamente lo sucedido en esas horas perdidas. Empecé a darme la vuelta, pero él dio un paso tras de mí y me tomó del brazo.

—Le dije la verdad —dijo—. Se acercó a la puerta mientras nos preparábamos para salir, y cuando le dijeron que no estábamos, intentó subir a la fuerza. Estaba lo suficientemente loco como para matarme si no le hubiera dicho quién era el dueño del coche. Tenía su mano sobre un revólver en el bolsillo cada minuto que pasó en la casa... —Se interrumpió desafiante—. ¿Y si se lo dije? Ese tipo se lo buscó. Te echó polvo en los ojos igual que a Daisy, pero era un tipo peligroso. Atropelló a Myrtle como se atropella a un perro y ni siquiera paró el coche.

***

No había nada que pudiera decir, excepto el hecho inconfesable de que no era cierto.

—Y si crees que yo no tuve mi cuota de sufrimiento... mira, cuando fui a dejar el departamento y vi esa maldita caja de galletas para perros en el aparador, me senté y lloré como un bebé. Por Dios, fue horrible...

No podía perdonarle ni mostrarle simpatía, pero veía que lo que había hecho estaba, para él, totalmente justificado. Todo era muy descuidado y confuso. Ellos, Tom y Daisy, eran personas descuidadas: destrozaban cosas y criaturas y luego se refugiaban en su dinero o en su enorme despreocupación, o en lo que fuera que los mantenía unidos, y dejaban que otras personas limpiaran el desastre que habían hecho...

Le estreché la mano; me pareció una tontería no hacerlo, porque de repente me sentí como si estuviera hablando con un niño. Luego él entró en la joyería para comprar un collar de perlas —o tal vez solo un par de gemelos—, lo que lo libró para siempre de mi aprehensión provinciana.

***

Gatsby's house was still empty when I left—the grass on his lawn had grown as long as mine. One of the taxi drivers in the village never took a fare past the entrance gate without stopping for a minute and pointing inside; perhaps it was he who drove Daisy and Gatsby over to East Egg the night of the accident, and perhaps he had made a story about it all his own. I didn't want to hear it and I avoided him when I got off the train.

I spent my Saturday nights in New York because those gleaming, dazzling parties of his were with me so vividly that I could still hear the music and the laughter, faint and incessant, from his garden, and the cars going up and down his drive. One night I did hear a material car there, and saw its lights stop at his front steps. But I didn't investigate. Probably it was some final guest who had been away at the ends of the earth and didn't know that the party was over.

On the last night, with my trunk packed and my car sold to the grocer, I went over and looked at that huge incoherent failure of a house once more. On the white steps an obscene word, scrawled by some boy with a piece of brick, stood out clearly in the moonlight, and I erased it, drawing my shoe raspingly along the stone. Then I wandered down to the beach and sprawled out on the sand.

Most of the big shore places were closed now and there were hardly any lights except the shadowy, moving glow of a ferryboat across the Sound. And as the moon rose higher the inessential houses began to melt away until gradually I became aware of the old island here that flowered once for Dutch sailors' eyes—a fresh, green breast of the new world. Its vanished trees, the trees that had made way for Gatsby's house, had once pandered in whispers to the last and greatest of all human dreams; for a transitory enchanted moment man must have held his breath in the presence of this continent, compelled into an aesthetic contemplation he neither understood nor desired, face to face for the last time in history with something commensurate to his capacity for wonder.

***

La casa de Gatsby seguía vacía cuando me fui; el césped de su casa había crecido tanto como el mío. Uno de los taxistas del pueblo nunca pasaba por la puerta de entrada sin detenerse un minuto y señalar el interior; tal vez fue él quien llevó a Daisy y a Gatsby a East Egg la noche del accidente, y tal vez se había inventado una historia al respecto. Yo no quería oírla y evitaba encontrarme con él al bajar del tren.

Pasaba las noches de los sábados en Nueva York porque aquellas fiestas suyas, brillantes y deslumbrantes, me acompañaban tan vivamente que aún podía oír la música y las risas, débiles e incesantes, de su jardín, y los coches subiendo y bajando por su entrada. Una noche oí un coche allí, y vi sus luces detenerse en sus escalones delanteros. Pero no investigué. Probablemente se trataba de algún último invitado que se había ido al fin del mundo y no sabía que la fiesta había terminado.

La última noche, con el equipaje hecho y el coche vendido al dueño de la despensa, me acerqué y miré una vez más aquel enorme e incoherente fracaso de casa. En los blancos escalones, una palabra obscena, garabateada por algún niño con un trozo de ladrillo, se destacaba claramente a la luz de la luna, y la borré, arrastrando mi zapato por la piedra. Luego bajé a la playa y me tumbé en la arena.

La mayoría de las grandes casas de la costa ya estaban cerradas y apenas había luces, salvo el resplandor sombrío y móvil de un transbordador al otro lado del Sound. Y a medida que la luna se elevaba, las casas innecesarias empezaron a desvanecerse hasta que poco a poco fui consciente de la vieja isla que floreció una vez ante los ojos de los marineros holandeses: un pecho fresco y verde del nuevo mundo. Sus árboles desaparecidos, los árboles que habían dado paso a la casa de Gatsby, habían susurrado una vez el último y más grande de todos los sueños humanos; durante un momento, encantado y transitorio, el ser humano debió contener la respiración en presencia de este continente, obligado a una contemplación estética que no comprendía ni deseaba, enfrentándose por última vez en la historia a algo acorde con su capacidad de asombro.

And as I sat there brooding on the old, unknown world, I thought of Gatsby's wonder when he first picked out the green light at the end of Daisy's dock. He had come a long way to this blue lawn, and his dream must have seemed so close that he could hardly fail to grasp it. He did not know that it was already behind him, somewhere back in that vast obscurity beyond the city, where the dark fields of the republic rolled on under the night.

Gatsby believed in the green light, the orgastic future that year by year recedes before us. It eluded us then, but that's no matter—tomorrow we will run faster, stretch out our arms further... And one fine morning—

So we beat on, boats against the current, borne back ceaselessly into the past.

Y mientras me sentaba a meditar sobre el viejo y desconocido mundo, pensé en el asombro de Gatsby cuando divisó por primera vez la luz verde al final del muelle de Daisy. Había recorrido un largo camino hasta llegar a este césped azul, y su sueño debía de parecerle tan cercano que difícilmente podía dejar de alcanzarlo. No sabía que ya lo había dejado atrás, en algún lugar de esa vasta oscuridad más allá de la ciudad, donde los oscuros campos de la república se extienden bajo la noche.

Gatsby creía en la luz verde, en el futuro orgásmico que año tras año retrocede ante nosotros. Ahora se nos escapa, pero no importa: mañana correremos más rápido, extenderemos más los brazos... Y una buena mañana...

Así es que seguimos avanzando, barcos contra la corriente, arrastrados sin cesar hacia el pasado.

CLÁSICOS EN ESPAÑOL

Esperamos que haya disfrutado esta lectura. ¿Quiere leer otra obra de nuestra colección de *Clásicos en español*?

En nuestro Club del Libro encontrarás artículos relacionados con los libros que publicamos y la literatura en general. ¡Suscríbete en nuestra página web y te ofrecemos un ebook gratis por mes!

Recibe tu copia totalmente gratuita de nuestro *Club del libro* en rosettaedu.com/pages/club-del-libro